# LA MIA DEBOLEZZA

## Da
## Alex McAnders

**McAnders Books**

*****

I personaggi e gli eventi in questo libro sono fittizi. Ogni somiglianza con persone reali, vive o morte, è casuale e non voluto dall'autore. La persona o le persone ritratte sulla copertina sono modelli e sono in nessun modo associati con la creazione, il contenuto o la materia oggetto di questo libro.

Tutti i diritti riservati. Nessuna parte di questo libro può essere riprodotta in qualsiasi forma o con qualsiasi mezzo elettronico o meccanico, compresi i sistemi di stoccaggio e di recupero informazioni, senza autorizzazione scritta da parte dell'editore, eccezion fatta per un critico che potrebbe citare brevi passaggi in una recensione. Per informazioni contattare l'autore all'indirizzo: Alex@AlexAndersBooks.com

Diritto d'autore © 2022

Sito Ufficiale: www.AlexAndersBooks.com
Podcast: www.SoundsEroticPodcast.com
Visita l'autore su Facebook all'indirizzo: Facebook.com/AlexAndersBooks
Prendi 5 libri gratis quando ti iscrivi per la mailing list dell'autore all'indirizzo: AlexAndersBooks.com

Pubblicato da McAnders Publishing

# Libri di Alex (MF) McAnders

## Romanticismo sportivo

Il mio Tutor; Libro 2; Libro 3

*****

# Libri di Alex Anders

## BDSM

Tutto quello che desidera il Milionario
Sottomettersi al miliardario
Soddisfare il Miliardario
Libro 2; Servire due Padroni
Prigionieri del proprio potere: L'antologia
Come Desidera il Miliardario
Allevata per l'erede del Sceicco; Libro 2; Libro 3
Allevata per l'erede dello Principe
Allevata per l'erede del Miliardario
Allevata per l'erede del Dittatore
Al servizio del miliardario
A Loro Piacimento; Libro 2

*****

## Werewolf

Packed: La trasformazione; Libro 2

*****

## Grandi Belle Donne

Sottomissione
Schiaffeggiarle le Curve; Libro 2; Libro 3; Libro 4; Libro 5
Lui mi si fa

In Coppia con lo Sceicco; Libro 2
Dominare Le Sue Curve
*****

# **Romanzo Erotico**

La Proposta Indecente del Miliardario
*****

# LA MIA DEBOLEZZA

# Capitolo 1

Kendall

Quante volte vi è capitato di mettere qualcosa dentro la bocca e pensare subito dopo, "Non ha un buon sapore… come faccio a mandarlo giù?" E poi lo fate lo stesso, ed immediatamente ve ne pentite. Ma pochi secondi dopo dimenticate di esservene pentiti, e ne prendete ancora?

Beh, io avevo fatto proprio la stessa cosa la notte prima, e ne stavo pagando le conseguenze quella mattina. Come fa la gente a bere whiskey senza alcun problema? Sa di polvere, e ha la stessa consistenza della lava. Avrei dovuto tenerlo in bocca il tempo necessario per poi sputarlo quando nessuno se ne sarebbe accorto. A nessuno importa davvero se ingoi, no? Importa solo che ci hai provato.

La notte scorsa sarebbe stata l'ultima. Sì, lo so che è un cliché sentire la gente con i postumi da sbronza dire che non berranno mai più, ma io ero assolutamente seria. Non lo avrei fatto mai più; niente più vino, niente più whiskey, diavolo, niente più birra! La mia relazione con l'alcool era giunta al termine. E, già che c'ero, avrei anche dovuto capire qual era il mio problema con i rumori forti e il sole.

«Potresti smetterla, per favore?» dissi alla mia compagna di stanza, Cory, prima di gemere di dolore e girarmi dall'altro lato, ancora sul letto.

«Mi sto... mettendo i pantaloni» rispose Cory, confusa.

«E non puoi farlo in maniera più silenziosa?»

«Quanti modi esistono di infilarsi i pantaloni?»

Mi lamentai un'altra volta. «Non mi sento molto bene.»

«Vuoi che ti porti un bicchiere d'acqua o qualcos'altro? Sto andando a prendere qualcosa da mangiare. Vuoi che ti porti una ciambella?»

La mia mente andò subito a una di quelle ciambelle piene di crema gialla e quasi vomitai sul letto. Cosa stava cercando di fare Cory? Uccidermi, per caso? La stanza del nostro dormitorio non era neanche così tanto grande; voleva forse averla tutta per sé? Gemetti un'altra volta, e poi mi raggomitolai in una palla di dolore.

Cory restò in silenzio per qualche momento prima di sedersi sul bordo del mio letto. Le sue dita strisciarono tra i miei capelli e presero a grattarmi la mia nuca per farmi rilassare. La sensazione era così bella da farmi quasi dimenticare quanto non mi piacessero le ragazze. A essere sincera, non mi piacevano neanche i ragazzi. In generale, la gente era il mio problema.

Tuttavia, la verità era che, se non consideravamo quanto rumorosamente metteva sempre i pantaloni, Cory era una ragazza molto dolce. Era il tipo di persona che mi faceva ritrovare la fiducia nell'umanità. Non completamente, certo, perché… si sa com'è, la gente..

Dopo anni di convivenza insieme a lei, avevo cominciato a pensare che gli esseri umani non sono poi così sgradevoli, o almeno alcuni di loro. Inoltre, starle intorno mi aveva fatto desiderare di intraprendere più interazioni umane. Infatti, l'altra notte avevo persino lasciato la mia stanza per andare alla ricerca di altre persone con cui parlare. Io, Kendall Seers, ero andata a una festa del campus. E non avevo più dubbi: a quanto pareva, Cory aveva un ascendente negativo su di me.

Era un peccato che mi piacessero i ragazzi e molti di questi erano dei grandissimi stronzi. Quelli che non lo erano mi trattavano comunque come la stramba che sono sempre stata. Non mi dispiaceva neanche il fatto che non mi consideravano su un lato sessuale, perché il sentimento era reciproco.

Voglio dire, non avevano nulla che non andava. Ma il pensiero di baciare un ragazzo? Diciamo soltanto che non sarebbe mai accaduto.

«Mi pare di capire che hai passato una bella serata, ieri»

«Veramente neanche me la ricordo, la serata di ieri» ammisi io.

«Hai perso conoscenza?»

«Sì», risposi, nascondendo il viso nel cuscino.

«Wow... brutta storia» disse, grattandomi ancora una volta la nuca.

Quella ragazza aveva mani magiche. Se fossi stata un cane, probabilmente la mia gamba avrebbe già cominciato ad agitarsi freneticamente. Nonostante non mi piacessero le donne, se avesse deciso di infilarsi sotto le coperte per stringermi tra le sue braccia, io non avrei fatto obiezione.

Non l'avrebbe fatto, però. Perché, oltre ad essere etero esattamente come me, era anche una delle ragazze più serie che avessi mai conosciuto. Anche se innocente, sicuramente avrebbe considerato il gesto alla stregua di un tradimento nei confronti del suo ragazzo. Quella ragazza era una bravissima persona. Ed io avrei probabilmente passato il resto della mia vita a cercare un ragazzo gay che fosse perfetto quasi quanto lei.

«Posso chiederti una cosa?» mi chiese Cory, in tono serio.

«Vuoi chiedermi di sposarti? Se prometti di continuare a grattarmi la testa come stai facendo in questo momento, allora la risposta è sì.»

Cory ridacchiò. «Lo terrò a mente. Però non era questa la domanda.»

«Ugh» risposi, delusa.

«Mi chiedevo soltanto perché tu abbia un pezzo di carta attaccato alla maglietta.»

«Cosa?»

Cory spostò le sue dita magiche dai miei capelli e mi tirò via qualcosa dalla maglia. Era la stessa che avevo messo la sera prima, per uscire. E fino a quando non avevo perso conoscenza, dimenticandomi di tutto quello che era successo dopo, quel pezzo di carta non era stato lì. Dovevano averlo messo dopo. Ma chi? E perché?

Mi girai per poterlo guardare, e lo presi tra le dita. Immediatamente, ci vidi delle parole scritte sopra.

«È scritto... sottosopra?» dissi, sentendo i residui del whiskey girovagarmi ancora per il cervello.

Cory ridacchiò un'altra volta. «Lascia che lo legga io.»

Prese il biglietto un'altra volta, e lesse ad alta voce. «Willow Pond, alle due del pomeriggio. Che cosa vorrà dire?»

Che cosa voleva dire? Conoscevo il Willow Pond. Era il mio posto preferito, al campus. Ci andavo sempre quando avevo bisogno di un momento per pensare. Ma cosa dovevo andarci a fare alle due del pomeriggio?

Ero sul punto di girarmi verso Cory per chiederle se per caso non avesse letto male, quando un'immagine mi balenò improvvisamente nella testa. Un ragazzo di stazza incredibile e dal fisico meraviglioso che si sporgeva verso di me.

«Oh mio Dio! Ho baciato un ragazzo!» urlai immediatamente.

Ma fu troppo veloce, troppo improvviso, perché insieme alle parole venne fuori anche tutto quello che avevo consumato la sera prima. Se la nostra stanza non fosse stata così vicina al bagno, probabilmente non ce l'avrei mai fatta in tempo. Ma, quando tornai in camera, mi sentii come una tigre pronta a cacciare. E quella sensazione durò un massimo di trenta secondi, prima che ricordassi che il sole era ancora alto nel cielo ed io lo odiavo ancora con tutte le mie forze. Dovetti tornare sotto le coperte un attimo dopo.

Inutile dire che il ricordo di aver baciato qualcuno per la prima volta in vita mia era un po' uno shock. Non ero mai stata una ragazza popolare.

Quando ero ancora al liceo, avrei potuto dare la colpa al fatto che avevo sempre rifiutato attivamente qualsiasi aspettativa di femminilità che mi veniva imposta crescendo al sud. Ma perché, adesso che ero all'università, non era cambiato niente?

L'università dell'East Tennessee non era come la periferia di Nashville. La smania di conformarsi non era la stessa, lì. Ecco perché non avevo cercato così tanto di adattarmi. In giro per il campus, avevo persino visto qualche ragazzo vestito come me. Eppure, mai una volta mi ero impegnata con uno di loro oppure avevo trovato l'anima gemella una volta smesso di cercarla, come dice sempre la gente.

Non fraintendetemi: aver dato il mio primo bacio non era un problema così grave, né nulla di simile. Mi chiedevo soltanto come mai fosse accaduto soltanto dopo essermi ubriacata di brutto. Sapevo che l'alcool togliesse i freni inibitori, ma questo cosa diceva di me e di ciò che volevo davvero?

«Stai bene?» mi chiese la mia compagna di stanza, preoccupata.

«Penso di aver baciato un ragazzo.»
«Ho sentito, sì. Ma chi?»
«Non lo so.»
«Come fai a non saperlo?»
«Perché, al contrario tuo, molti di noi fanno scelte parecchio discutibili, e si ritrovano a fare cose con completi sconosciuti che non riescono neanche a ricordare, a quanto pare», spiegai.
«Anche io faccio brutte scelte, a volte.»
«Ma certo che sì, Miss sono-praticamente-sposata-da-quando-avevo-diciassette-anni. Probabilmente non hai neanche idea di cosa sia, una brutta scelta.»
«Non sono perfetta.»
«Sì, certo, okay.»
«Ah, lascia perdere. Pensi che il ragazzo che hai baciato sia lo stesso che ti ha lasciato questo biglietto?»
Mi misi a sedere. «Adesso sì.»
«Quindi… questo sarebbe, tipo, un invito?»

«Un invito a vederci nel mio posto preferito alle due del pomeriggio?»

«Sì», disse Cory, con crescente entusiasmo. «Mi sembra molto romantica, come cosa.»

«Romantica?» le chiesi, come se stesse parlando un'altra lingua. «Beh, forse. Sai, se ti piace questo genere di cose…»

«Ti ricordi nulla in particolare del ragazzo?».

Passai in rassegna i miei ricordi. «L'unica cosa che ricordo è lui che si sporge verso di me. Solo questo.»

«Che ne dici dell'angolazione in cui si è sporto? Veniva verso di te lateralmente? Oppure si chinava verso il basso?»

«Si chinava. Ed era enorme. Questo me lo ricordo.»

«Intendi… incredibilmente grande, o semplicemente più grande di te?»

«Penso che lui fosse decisamente grande. Nel senso che ricordo avesse delle grandi mani.»

«Grandi mani…» ripeté Cory, in maniera suggestiva.

«Cosa?» chiesi, arrossendo.

«Così, per dire.»

Cory sorrise.

«Okay, ragazzaccia, stai calmo. Non conosco nulla di questo ragazzo. Per ciò che ne possiamo sapere, potrebbe essere grande perché non era nient'altro che una statua con cui mi sono ritrovata a passare la serata in modi inappropriati nel mio stato alterato.»

«E pensi sia stata quella stessa statua a lasciarti un biglietto con su scritto un posto e un orario?»

Ci pensai un attimo. Beh, certamente Cory aveva ragione. Chiunque avesse lasciato quel bigliettino, doveva essere umano. Il ragazzo che avevo baciato era reale, fatto di carne, di sangue. Significava forse che, la sera prima, avevo incontrato un ragazzo che mi piaceva e che, magari, ricambiava il mio interesse? Non che mi interessasse, ma…

«Kelly ed io andiamo a fare una passeggiata per il bosco, quindi devo andare a prendere la colazione adesso. Ma tu andrai all'appuntamento… vero?»

«Intendi dire se andrò a incontrare lo sconosciuto che avrebbe potuto chiedermi di uscire per uccidermi?»

«No, intendo dire se andrai dal ragazzo che ti ha baciata sotto le stelle, e ti ha lasciato un indizio per vederlo un'altra volta.»

La vidi alzarsi dal letto per afferrare le chiavi e il portafogli.

«Kendall… per quante volte tu mi abbia detto quanto non ti piacciono le persone, non puoi non andarci. Pensaci: hai incontrato qualcuno che ti è piaciuto così tanto da dargli il tuo primo bacio. Indipendentemente da quanto fossi ubriaca, non l'avresti fatto se non lo avessi considerato speciale. Chissà, potrebbe essere il ragazzo con cui passerai il resto della tua vita.»

«Sì, perché mi ucciderà e mi lascerà a marcire dentro lo stagno.»

Cory scoppiò a ridere. «Okay, fai quello che vuoi. Ma se, quando tornerò a casa stasera, scoprirò che non sei andata all'appuntamento, ne resterò veramente molto delusa.»

«Okay, mamma.»

«Bravo bambina» disse Cory, prima di inginocchiarsi di fronte al letto e lasciarmi un bacio tra i capelli.

Dio! Cory ci sapeva davvero fare, con le parole. Ma basta parlare della ragazza che stava andando via per vedere il suo ragazzo.. Era arrivato il momento di pensare a chiunque fosse stata la persona che mi aveva lasciato il bigliettino sulla maglietta, piuttosto. Dovevo ammettere che era stato romantico, come gesto. Si era reso conto, ieri sera, che non ero in me? Che non avrei ricordato nulla della notte precedente? E, forse per questo, aveva deciso di lasciarmi un biglietto per poterci rivedere? Doveva essere questo il motivo. Non che aveva preferito un pezzo di carta perché la polizia sarebbe facilmente risalita al suo numero di telefono, in caso di omicidio? Beh, per ciò che ne sapevo, potevano essere possibili entrambe le ipotesi.

Sentendo le forze tornare piano piano, presi a cercare il telefono dentro le tasche dei miei jeans. Quando non lo trovai, provai sul comodino; non era neanche lì, e nemmeno sul pavimento nei pressi del letto.

Mi ero ubriacata così tanto da perdere addirittura il telefono?

Dio santo! Ottocento dollari di telefono che, tra l'altro, stavo ancora pagando! Non avrei mai più bevuto, era una promessa. Fortuna che, oltre la mia famiglia, l'unica altra persona che conoscevo era la mia compagna di stanza. Almeno non avrei avuto tanta gente a cui dire che avevo perso il telefono: viva l'anonimato.

Sentendo improvvisamente il bisogno di mettere qualcosa sotto i denti, ad un certo punto raccolsi le poche forze che avevo e mi feci strada verso la caffetteria, riempiendo il mio vassoio di cose da mangiare. Non avevo idea di cosa sarei riuscita a sopportare, perciò presi piccole porzioni di tutto. Avevo deciso che avrei sperimentato piano piano. Quando alzai lo sguardo dal mio vassoio, un ragazzo che conoscevo mi vide e mi fece cenno di avvicinarmi; io però gli feci capire che non avrei raggiunto lui e il suo gruppo, perché non sarei stata in grado di sostenere una conversazione, nello stato pietoso in cui versavo.

E poi, volevo passare il tempo che mi restava a cercare di ricordare quanto più possibile di ciò che era successo la sera prima, prima che si facessero le due del pomeriggio. Non avevo la minima idea di che aspetto avesse il ragazzo. Come avrei fatto a capire di avercelo davanti? Come potevo sapere di non avere i suoi occhi addosso in quel preciso momento?

Alzai lo sguardo, scannerizzando la stanza. C'erano tantissime persone. Molti di loro erano impegnati in conversazioni accese, oppure avevano lo sguardo abbassato sul proprio piatto. C'era solo un ragazzo i cui occhi non mi avevano ancora lasciato. Dopo un momento, lo vidi alzarsi dal tavolo e avvicinarsi a me.

«Ehi, Kendall. Hai visto il mio messaggio, riguardo il gruppo di studio? Ti vuoi unire?» mi chiese, un po' in imbarazzo.

Lo conoscevo. Era il ragazzo con cui seguivo psicologia, e che avevo beccato più di una volta a fissarmi. Non ero mai riuscita a capirne il motivo; avevo qualcosa sul viso che lui non riusciva a smettere di guardare? Oppure c'era sempre qualcuno dietro di me, e lui mi guardava per questo?

«Penso di aver perso il telefono» gli dissi, prima di asciugarmi la bocca per riflesso.

«Davvero? Dio, mi dispiace.»

«Non dirlo a me.»

«Hai bisogno di salvare di nuovo il mio numero, allora?»

«Non ho dove salvarlo.»

«Ah, giusto» disse, e dal suo tono mi sembrò deluso. «Comunque sia. Ci incontreremo al Commons, giovedì. Sarebbe fantastico se ti unissi anche tu.»

«Penso di avere già un impegno per giovedì, ma forse. Vedremo» gli dissi, perché non avevo alcuna voglia di andare.

«Oh, d'accordo. Fammi sapere, allora.»

Mi sorrise, poi, e tornò al suo posto con i suoi amici. Non potei fare a meno di trovarlo curioso. Quel ragazzo non faceva altro che chiedermi di unirmi a lui per una cosa o l'altra. Quanti eventi organizzava in una sola settimana?

Quando finii i pancakes, riuscii a sentirmi di nuovo abbastanza in forze da poter tornare nella mia stanza per prepararmi alla giornata. Le domeniche erano sempre particolarmente tranquille, nei dormitori: la maggior parte della gente ne approfittava per riprendersi dal sabato sera.

Sotto la doccia, mi persi ad immaginare chi potesse essere il ragazzo che aveva lasciato quel biglietto attaccato alla mia maglietta. E se Cory avesse avuto ragione, e quello si sarebbe rivelato il ragazzo della mia vita? Le probabilità erano davvero minime, eppure ce n'era sempre almeno una.

Solo il pensiero mi fece venire i brividi. Come sarebbe stato, essere stretta tra le braccia di un ragazzo, dormire con lui? Come sarebbe stato, avere qualcuno con cui andare a letto? Non ne sapevo assolutamente nulla di quella roba.

L'unica cosa che sapevo per certo era che, chiunque sarebbe stato quel ragazzo, forse avrei dovuto fare il possibile per far andare bene le cose. Sì, molte persone erano davvero pessime ma ero stanca di essere sola. Non ero il mostro senza cuore che facevo finta di essere, indipendentemente da quanto ci provassi. Volevo scoprire cosa si provava ad essere innamorati.

Quando l'orario dell'appuntamento si avvicinò, e le farfalle dentro il mio stomaco cominciarono a farsi insopportabili, corsi a scegliere la maglietta migliore che avessi e un paio di jeans neri puliti. Portai sul polso il mio bracciale di pelle, mio inseparabile amico, e mi fermai di fronte allo specchio per osservarmi.

Ero magra, con un accenno di seno, e mi vestivo come un ragazzino goth che non si sforzava di abbinare bene i vestiti. Mi passai le dita tra i capelli ricci, portandoli indietro. Loro fecero un balzo e poi tornarono esattamente al posto di prima. Sì, non avrei potuto fare proprio alcun miracolo; non sarebbe andata meglio di così. Quel ragazzo sarebbe rimasto sicuramente deluso, quando mi avrebbe vista alla luce del sole.

Dopo un breve diverbio interno, mi decisi a lasciare la mia stanza e mi diressi verso il Willow Pond. Ero così nervosa che mi veniva difficile anche respirare. E se non fossi riuscita a riconoscerlo? Se lui mi avesse vista, avesse capito di aver fatto un errore madornale, e mi avesse semplicemente lasciata lì ad aspettare?

Il pensiero quasi non mi fece girare i tacchi e scappare via, ma non lo feci. Continuai a mettere un piede di fronte all'altro, fino a quando non vidi lo stagno.

Il posto era praticamente vuoto. C'era soltanto un ragazzo, in piedi ad attendere di fronte allo specchio d'acqua, gli occhi sulle papere che nuotavano sulla superficie.

Poteva essere lui? No, era impossibile. Riuscivo a vedere nient'altro che la sua schiena, ma anche così riuscivo a capire benissimo che fosse ben oltre la mia portata. Perché quelle che avevo davanti erano spalle così larghe da poter sopportare il peso del mondo, e braccia così muscolose da poterlo spezzare in due.

I suoi capelli dorati sembrarono risplendere sotto la luce del sole. Quella sola vista mi fece perdere il respiro. Quando alla fine si girò e i nostri occhi s'incontrarono, fu proprio quello sguardo che fece scattare la molla. Era lui, il ragazzo della notte prima. Lo avrei riconosciuto ovunque.

Così, d'improvviso, tutti i ricordi vennero a galla. Ubriaca marcio, mi ero avvicinata a lui durante la festa, e gli avevo confessato che lo consideravo il ragazzo più bello che avessi mai visto. Mi aspettavo mi avrebbe detto di andare a quel paese, ma invece lui mi aveva chiesto come mi chiamassi, e avevamo passato il resto della serata a parlare.

Beh, per la maggior parte del tempo, io non avevo fatto altro che ripetergli quanto fosse sexy, e provato a baciarlo mentre lui mi allontanava, arrossendo. Oh, cazzo. Mi ero dimenticata di quella parte. Dio, che figura di merda.

Mi aveva baciata soltanto perché aveva pensato che non lo avrei lasciato in pace, altrimenti. Però poi aveva anche scritto un bigliettino e lo aveva messo sulla mia maglietta, dicendomi che, se fossi stata ancora interessata, allora ci saremmo rivisti l'indomani.

Sono certa che si fosse comportato così soltanto per galanteria. Doveva aver visto quanto ubriaca fossi, e non aveva voluto approfittarsene. Ma come può un ragazzo così bello essere anche così premuroso? C'era decisamente qualcosa che non andava, in lui.

«Kendall! Sei venuta!» disse sorridendo, e nel suo tono ci sentii un accento del Tennessee.

Oh, Dio. Si ricordava il mio nome. E il suo qual era?

«Certo che sì» dissi, fermandomi poco lontano da lui. «Non mi sarei lasciata scappare l'occasione...»

«Non ti ricordi il mio nome, vero?» scherzò lui.

«Certo, è...»

I miei pensieri presero ad attorcigliarsi insieme, confondendomi ancora di più.

«Va tutto bene. Eri parecchio ubriaca, ieri sera. Sono solo contento che tu abbia deciso di venire.»

«Il biglietto che mi hai lasciato ha aiutato molto. Me lo hai attaccato addosso.»

Lui rise. «Sì, beh... non volevo lo perdessi. Come il tuo telefono.»

«Allora ho davvero perso il telefono.»

«Sì. O, almeno, questo è quello che mi hai detto.»

«Ah, diamine. Avevo sperato lo avessi tu.»

«Perché avrei dovuto averlo io?» mi chiese, ancora sorridente.

«Era più che altro una speranza. Quindi... dovrò chiederti come ti chiami?»

«Oh. Avevo dimenticato. Mi chiamo Nero.»

«Kendall.»

«Mi ricordo.»

«Giusto. Devo essere onesta con te... non mi ricordo molto di ieri sera. Le uniche, poche cose che ricordo mi sono tornate in mente proprio un minuto fa. Mi dispiace...»

«Non fa niente. Cosa vorresti sapere di ieri sera? Io ricordo tutto.»

Ci pensai su per un secondo. «Ehm... ci siamo baciati?»

Nero rise. «Sì, ci siamo baciati.»

«Ed è stato... bello?»

«Per me, lo è stato. Molto.»

«Ed io stavo baciando te, quindi dev'essere stato bello anche per me.»

Nero arrossì.

«Cosa potresti avermi detto di te che adesso non ricordo?»

«Non penso di averti detto molto di me, in realtà.»

«Perché no?»

«Perché tu non mi hai chiesto nulla. Ma io ti ho chiesto molte cose su di te. So che vieni da Nashville.»

«Nata e cresciuta lì», confermai.

«So che sei al secondo anno di università.»

«Vero.»

«E so che sei la ragazza più carina che io abbia mai visto. Ma questo non ho avuto bisogno di sentirlo da te.»

Sentii le guance andarmi a fuoco immediatamente alle sue parole. Era una bugia bella e buona, eppure sentirglielo dire mi mandò una scarica elettrica per tutto il corpo, che sembrò depositarsi esattamente in mezzo alle mie gambe, riscaldandomi proprio *lì*.

«Anche tu sei molto bello» gli dissi, conscia di essere rossa come un peperone.

«Grazie!»

«Visto che tu sai così tanto su di me… immagino di dover chiedere anch'io qualcosa su di te.»

«Okay. Spara.»

«Da dove vieni?»

«Da un piccolo paesino a due ore da qui.»

«E a che anno sei?»

«Sono una matricola. Ho preso qualche anno sabbatico dopo il liceo.»

«E cosa stai facendo qui?»

«Beh, in questo momento sono qui per il football» disse, ridendo.

«Football?» ripetei io, ed improvvisamente la bolla di gioia e meraviglia in cui sembravamo essere stati racchiusi prese a sgonfiarsi.

«Sì. Sono qui con una borsa di studio, quindi… in questo momento non faccio altro.»

Restai a fissare Nero sbalordita, la mia mente incapace di registrare altro di ciò che aveva detto dopo la parola "football". Sentii il dolore stringermi il cuore, e fui costretta a fermarlo.

«No! Mi dispiace, no, non posso. Football? Oh, diamine, no!» dissi, facendo un passo indietro con un dito puntato contro di lui. Restai a fissarlo ancora un po', notando i suoi occhi spalancarsi sempre di più dallo shock. Ma perché doveva essere proprio un giocatore di football?

«'Fanculo!» urlai, in preda alla frustrazione, poi mi girai e andai via, senza mai guardarmi indietro.

# Capitolo 2

Nero

Ma cosa diamine era appena successo? Un secondo prima stavo parlando con la ragazza che avevo incontrato la notte prima, e le cose stavano andando per il meglio. Dentro di me, ero quasi certo che potesse essere quella giusta. E poi, di punto in bianco, aveva preso ad urlarmi contro e detto di andare a fanculo?

«Ma cosa diavolo è successo?» urlai a Kendall mentre continuava ad allontanarsi.

Kendall non rispose, né si girò a guardarmi. Una parte di me voleva correrle dietro, costringerla a dirmi cos'era successo, ma non l'avrei fatto. Quella reazione aveva forse a che fare con il football? Ma perché? Come?

Da quando ne avevo memoria, il football era quell'unica cosa che la gente amava di me, per la quale mi lodava. Anche chi mi odiava sembrava non provare tanto astio nei miei confronti quando entravo in campo.

Dio santo, persino mia madre mi amava alla follia quando giocavo.

Per tanti anni mia madre non aveva fatto parte della mia vita. E non perché mi avesse abbandonato come aveva fatto mio padre, ma perché si era rintanata nel suo mondo. E gli unici momenti in cui sembrava riuscire a tornare nel mio, era durante i venerdì sera, quando giocavo.

Il football era ciò che univa me e il fratello che avevo da poco ritrovato, Cage. Il football era ciò che stavo usando per uscire dalla piccola cittadina nella quale ero cresciuto. Era tutto ciò che avevo di buono nella vita.

Eppure, la prima ragazza per cui provavo attrazione, la prima ragazza che mi aveva fatto battere il cuore solo con uno sguardo, sembrava odiarmi per questo? Non c'era modo di avere tregua!

Fermo immobile nel punto in cui Kendall mi aveva lasciato, i miei pensieri cominciarono a vagare incontrollati. Non era solo il fatto che Kendall mi aveva palesemente rifiutato; era anche tutto il resto, la mia vita in generale. Per una persona che aveva passato tutta la sua vita nella piccola cittadina di Snowy Falls, adattarsi alla vita frenetica di una grande città era difficile. Mi ci volevano tutte le forze per riuscire ad entrare in campo, avevo troppa pressione addosso. E alzarsi prima di chiunque altro al mondo e trovare la forza di correre intorno al campo così tante volte da arrivare al punto di vomitare era solo la punta di quell'iceberg.

La sera prima era stata la prima vera volta, da quando ero arrivato, in cui mi ero sentito davvero bene. Incontrare Kendall mi aveva fatto pensare di poter scappare dal mio passato e, forse, di riuscire ad avere un futuro diverso.

Ero stato il più educato e gentile possibile con lei. Avevo davvero provato a non rovinare le cose. Tutto di lei mi diceva che era la mia possibilità di essere felice come chi mi stava intorno. Ma quella possibilità era svanita nel nulla nel momento stesso in cui aveva deciso di puntarmi il dito contro e urlarmi, "Cazzo, no!"

Faceva male. Faceva davvero male. Avevo bisogno di cominciare a camminare, di allontanarmi da lì, altrimenti avevo come l'impressione che la mia testa sarebbe esplosa.

Allontanandomi dallo stagno, mi diressi verso la strada. Avevo preso la scorciatoia verso il campus ma, invece di dirigermi verso il mio dormitorio schifoso, decisi di correre nella direzione opposta. Avevo bisogno di andare via. Avevo bisogno di respirare.

I miei passi veloci si trasformarono presto in una vera e propria corsa. La mia mente prese a vorticare, perdendosi nei pensieri. Da Kendall, questi passarono agli ultimi ventuno anni della mia vita, che avevo passato a lottare per ogni singola cosa che avevo. Nessuno mi aveva mai dato nulla. Neanche mia madre.

Nel suo stato catatonico, io mi ero ritrovato costretto a trovarmi un lavoro. Qualcuno doveva pur assicurarsi che lei continuasse ad avere un posto dove dormire, e del cibo da mettere sotto i denti. Sin da quando avevo quattordici anni, l'unica persona su cui avevo potuto contare era me stesso.

La maggior parte del tempo, indossavo vestiti che erano di una taglia più piccola. Non potevo permettermi nient'altro. E quando i ragazzini, a scuola, avevano cominciato a farlo notare ad alta voce, io avevo preso a prenderli a pugni per farli stare zitti. E nessuno aveva più osato prendersi gioco di me, dopo quella volta.

Ero passato dal fare commissioni che avrebbero potuto uccidermi quando avevo quattordici anni, a scommettere tutto su me stesso e il mio corpo quando ne avevo venti. Avevo sempre fatto tutto ciò che potevo, per sopravvivere.

Se Cage non mi avesse trovato, se non mi avesse detto di essere mio fratello, probabilmente la mia vita sarebbe ancora esattamente quella di prima. Invece mi aveva presentato al suo coach di football dell'università, si era occupato di farmi ottenere una borsa di studio; mi aveva salvato da quel mondo.

Eppure, per quanto lontano io fossi arrivato, per quanta strada io avessi fatto, la prima ragazza per cui avevo cominciato a provare qualcosa, per cui avevo almeno *pensato* di poter provare qualcosa, ancora non mi reputava abbastanza. Forse quello era lo stesso motivo per cui mia madre si era ritrovata a lasciarsi andare dentro il suo stesso mondo invece di occuparsi di me; o il motivo per cui mio padre aveva deciso di abbandonarmi. Forse ero troppo difficile da amare. Forse non valevo nulla, e la cosa non sarebbe mai cambiata.

Quei pensieri presero velocemente a ingrandiarsi a dismisura. La testa cominciò a scoppiarmi, e sentii il cuore stringersi in una morsa. Mi sentivo sul punto di esplodere, avevo bisogno di lasciare andare quel dolore. Così feci l'unica cosa che ero in grado di fare: adocchiai la macchina parcheggiata più vicina a me, e mi lasciai andare.

Presi a calci la portiera dell'auto più forte che potei fino a quando il metallo non si piegò a causa dell'impatto; eppure, neanche quello fu abbastanza. Avevo bisogno di sentire il rumore di qualcosa di rotto. Così strinsi forte il pugno, e presi a colpire il finestrino. Per essere vetro, era certamente molto resistente. Continuò a non rompersi, e così colpii più forte fino a quando il vetro non si frantumò in mille, piccoli pezzi.

Per quanto il rumore fosse forte, ancora non era abbastanza. Tornai a prendere a calci la portiera fino a quando non fu abbastanza distrutta. Ero quasi sul punto di saltare sul tettuccio e romperlo, ma il forte rumore delle sirene sembrò riportarmi alla realtà, svegliandomi completamente. Come fossi stato intrappolato in un brutto sogno, dal quale non sarei riuscito ad uscire altrimenti.

La mia testa si liberò piano piano, e quando la vista sembrò schiarirsi, fissai ciò che avevo fatto. Avevo completamente distrutto una macchina. Mi ero lasciato andare, ed ecco cosa avevo fatto.

«Mettiti a terra!» urlò qualcuno dietro di me. «Ho detto a terra!»

Avevo rovinato tutto. Per questo mio scatto d'ira improvviso avrei perso la mia borsa di studio, l'unica possibilità che avevo per una vita migliore. Se fossi stato più intelligente, probabilmente avrei provato a scappare dall'agente che mi stava urlando di mettermi a terra. Ma non ne avevo neanche la forza.

Era stata colpa mia. Ero stato io a rovinare l'unica cosa buona che avessi mai avuto nella mia vita, io e nessun altro. Non c'era motivo di provare a scappare via dai miei disastri.

Quando non mi gettai a terra abbastanza in fretta, qualcuno mi ci buttò con forza da dietro. Caddi, finendo contro i pezzi di vetro sul terreno. Prima di potermi spostare, però, qualcuno mi afferrò i polsi e li strinse insieme, bloccandoli con delle manette. Erano così strette da tagliarmi la pelle.

«Hai il diritto di rimanere in silenzio» cominciò l'agente.

Non ebbi bisogno di continuare ad ascoltare il resto. Lo conoscevo bene. Sarei finito in prigione. Non potevo permettermi la cauzione, perciò sarei rimasto in stazione per due o tre giorni prima di essere portato di fronte un giudice.

E lì, di fronte a lui, avrei avuto la mia sentenza. L'unica differenza rispetto alle altre volte era che non ero più minorenne: quello che avevo fatto avrebbe sporcato la mia fedina penale, e me lo sarei portato dietro per sempre. Mi ero appena fottuto da solo, eppure una parte di me non era neanche sorpresa; sotto sotto, sapevo che, prima o poi, avrei rovinato tutto.

Seguii le istruzioni del poliziotto senza opporre resistenza. Sul sedile posteriore della macchina, lasciai i miei pensieri vagare indisturbati. Pensai a tutto quello che mi aveva portato lì. Pensai a Kendall. A tutto ciò che rimpiangevo, al fatto che l'avevo fatta arrabbiare così tanto per qualcosa che non comprendevo.

La verità era che la sera prima non era stata la prima volta che avevo visto Kendall: l'avevo già adocchiata durante la cerimonia di laurea di Cage. I nostri sguardi si erano incrociati durante la proclamazione; lei era sotto una quercia a godersi lo spettacolo, e d'un tratto ci eravamo guardati e non avevamo smesso. Ricordo di aver pensato che fosse la ragazza più bella che avessi mai visto.

Era vestita completamente di nero e i suoi riccioli castani scompigliati risaltavano i lineamenti spigolosi. E, per completare il look da non-me-ne-frega-niente, indossava degli occhiali, rotondi e leggermente dorati, che mi avevano dato l'impressione che ci fosse di più, in lei, di ciò che dava a vedere.

Del resto, anche in me c'era più di ciò che io davo a vedere. Ero un ladruncolo che organizzava lotte clandestine per ricavare qualche soldo. Ma non volevo nient'altro che avere qualcuno che potesse stringermi tra le sue braccia mentre mi diceva che tutto sarebbe andato per il meglio.

Quando avevo visto Kendall lì, per un attimo il mio cuore mi aveva implorato di essere esattamente quella persona, ma per lei. Forse nessuno lo avrebbe mai fatto per me, ma io avrei potuto salvarla. Avrei potuto proteggerla. Avrei potuto dare a Kendall tutto l'amore che io non avevo mai avuto. E nel momento stesso in cui avevo avuto la possibilità di farlo, avevo rovinato tutto semplicemente essendo me stesso.

Una volta in stazione, risposi a tutte le loro domande prima di essere scortato nella mia cella. C'erano altre due persone all'interno. Una sembrava completamente sbronza, e l'altra… beh, l'altra sembrava molto simile a me. Un ladruncolo che aveva finito il suo tempo libero.

Non ero dell'umore adatto per conversare, e, considerato che nessuno dei due provò a far conversazione, non dovevano esserlo neanche loro. Quella non era la mia prima volta in prigione, così, sapendo bene che ci sarebbe voluto del tempo, provai a mettermi comodo. Quindi potete immaginare la mia sorpresa quando, di punto in bianco, e troppo in fretta per non poter essere un errore, un altro agente si avvicinò alle sbarre e chiamò il mio nome.

«Nero Roman?»

«Sono io.»

«È stata pagata la tua cauzione. Andiamo.»

Mi alzai, certo che avesse fatto un errore. Ma se mi avessero dimesso a causa di un errore, io di certo non mi sarei lamentato. Facendo la stessa strada che avevo percorso poco prima, scannerizzai la stanza fino a quando i miei occhi non si posarono sull'ultima persona che mi sarei aspettato di vedere. Di fronte alle porte della stazione c'era Quin, la ragazza di mio fratello. E i suoi occhi erano così tanto spalancati che quasi temetti di vederli uscire fuori dalle orbite.

Considerato quanto benestanti fossero i suoi genitori, e considerato il fatto che aveva passato la maggior parte della sua infanzia andando in vacanza alle Bahamas, non era strano che trovarsi dentro una stazione di polizia gli stesse facendo perdere la testa. Ma non riuscivo a capire cosa ci facesse lì, di tutto principio. Non avevo usato l'unica chiamata che avevo a disposizione. Non riuscivo a pensare a nessuno che potesse aiutarmi.

Quando arrivai abbastanza vicino a lei, Quin mi strinse in un abbraccio genuino e forte.

«Dio, Nero, che cosa è successo? Che ci fai qua dentro? E perché non mi hai chiamato, soprattutto?»

Stavo per rispondere, quando qualcun altro che conoscevo varcò le porte della stazione. Titus era il mio compagno di stanza, e l'unico amico che avessi mai avuto nella mia cittadina. Anche lui, come me, si era fatto trasportare dall'idea di andare in quell'Università dalle uniche due persone che conoscevamo che ci erano state: Quin e Cage. Si avvicinò a me, ora, e come Quin mi abbracciò forte.

«Che diavolo è successo, amico? E perché abbiamo dovuto scoprire dove fossi da una guardia del campus?»

«Non è successo niente» dissi loro. «Ho solo fatto qualche piccolo danno ad una macchina.»

«Piccolo danno?» chiese Quin, allontanandosi di un pelo. «Hanno detto che hai completamente rotto un vetro e le portiere.»

«Come ho detto… qualche piccolo danno» dissi, l'ombra di un sorriso sulle labbra.

«Perché?» mi chiese Quin disperata, e vidi il suo viso carino contorcersi dalla preoccupazione.

Pensai a Kendall, e al modo in cui mi aveva detto di andare all'inferno.

«Non voglio parlarne. Avete un modo per portarmi via da qui?»

«Sì, ho la macchina» disse Titus, portandosi le dita tra i capelli color caffè. «Ho parcheggiato qui di fronte. Andiamo.»

Insieme, tutti e tre andammo verso la macchina di Titus, e tornammo al campus in silenzio.

«Dove vado?» chiese Titus, svoltando verso la strada del campus. «Lascio tutti ai propri dormitori oppure andiamo da Quin per la nostra solita cena della domenica?»

Stavo per chiedergli di portarmi al nostro dormitorio quando Quin mi batté sul tempo.

«Andiamo da me. Cage sta per tornare, e sono certa che vorrà sentire di questa storia. Sarà meglio parlarne a tavola.»

«Non l'hai detto a Cage, vero?» chiesi a Quin, sentendo il mio cuore stringersi dolorosamente.

«È stata la prima persona che ho chiamato dopo averlo saputo da Titus.»

Scoccai un'occhiataccia al mio compagno di stanza.

«Senti, amico, non c'era nient'altro che avessi potuto fare. Uno della sicurezza mi ha detto che avevi distrutto una delle loro macchine e che eri stato portato dentro. Chi altri avrei dovuto chiamare? Quin è l'unica persona qui che avrebbe potuto trovarti un buon avvocato.»

«Hai chiamato un avvocato?» chiesi a Quin.

«Non ce n'è stato bisogno. Cage è riuscito a contattare l'università e a sistemare un po' le cose. Ha ancora un po' di influenza qui dentro, con tutti i trofei che ha fatto vincere alla squadra. L'unica cosa che ho dovuto fare è stato pagare la cauzione per farti uscire.»

«Quindi non perderò la mia borsa di studio?»

«Non è quello che ho detto. Sono certa che Cage ti spiegherà tutto quello che devi sapere quando tornerà a casa. Sul serio, Nero... a che diavolo stavi pensando?»

Io non risposi.

«Quindi andiamo da Quin?»

Guardai fuori dal finestrino, sentendomi completamente sconfitto. «Sì.»

«Ottimo. Lou mi ha detto di non aver trovato nessuno con cui uscire stasera; quindi, sicuramente verrà anche lei» disse Titus, sorridendo.

Alle sue parole, sia io che Quin ci girammo a guardarlo.

«Che c'è? Siamo amici. So che voi due non avete molta esperienza nell'avere amici, però vi assicuro che uscire e fare amicizia è una cosa che la maggior parte della gente fa, nella propria vita.»

Mi girai a guardare Quin. Pensammo entrambi la stessa cosa. Titus non aveva mai detto nulla ma, da quando ci eravamo ritrovati a condividere una stanza, mi ero ritrovato a scoprire di avere molto in comune con il mio coinquilino, sebbene nessuno dei due sembrasse ancora pronto ad ammetterlo.

Titus e la compagna di stanza di Quin, Lou, erano molto uniti. Sapevo bene che essere amici con una ragazza non significava nulla, e in ogni caso Titus era un ragazzo molto amichevole. Ma non riuscii a fare a meno di pensare a quanto carini sarebbero stati, insieme.

Non l'avrei mai detto a Titus, però, perché non era una cosa da dire a un amico. Inoltre, cosa ne sapevo io, di relazioni? Inoltre, dopo quello che era successo con Kendall, mi ero ritrovato a dover riconoscere di sapere anche meno di ciò che avevo pensato.

Una volta di fronte all'enorme palazzo che rappresentava il dormitorio di Quin, Titus parcheggiò l'auto e insieme ci dirigemmo verso la sua stanza, venendo accolti alla porta da Lou.

«Ah, avete portato il criminale!» disse, fissandomi. «Cos'hai fatto, quindi? Rapina a mano armata? Furto con scasso?»

«Come fai a sapere cosa sono queste cose?» chiese Titus.

«Guardo Law & Order, mi sembra ovvio. Conosco i termini.»

Quin si mise in mezzo. «Non credo che Nero abbia voglia di parlarne, quindi...»

«Ah, ho capito. Hai fatto irruzione e preso qualcosa, semplicemente. Senti, non pensare che quest'alone da cattivo ragazzo che emani mi farà innamorare di te. A me piacciono quelli bravi.»

Aprii la bocca per parlare, ma non me ne diede il tempo.

«Okay, va bene. Possiamo uscire. Ma se mi ingravidi dopo una notte di passione sfrenata, sappi che terrò il bambino, e non ho alcuna intenzione di crescerlo da sola.»

Guardai Lou, e scoppiai a ridere. Quin e Titus mi seguirono a ruota.

«Sono seria, signorino! Non ho intenzione di crescere Nero Junior da sola.»

«Okay, promesso» dissi, sentendomi improvvisamente meglio.

Titus prese la parola. «Adesso che questa parte è stata chiarita, che ne dite di giocare a Wavelength?»

Wavelength era il gioco che facevamo ogni singola domenica sera, di solito quando non tirava un'aria così tesa e brutta.

Dividendoci a coppie, Titus afferrò Lou ed io mi ritrovai con Quin. Giocammo per qualche giro, e ritornai a respirare. Almeno fino a quando non arrivò Cage.

«Perché cazzo hai distrutto una delle macchine della sicurezza?»

«Era la loro macchina?» chiesi.

«Non lo sapevi?»

«Non è che stavo puntando a qualcuno in particolare. Ero solo incazzato.»

«Per che cosa?»

«Niente» dissi, perché davvero non avevo alcuna voglia di parlarne.

«Non lo vuoi dire, eh? Beh, sappi che dovrai parlarne. La scuola ha intenzione di fartela pagare in un altro modo, invece di farti andare in galera.»

«Non ho soldi.»

«Non ho parlato di soldi. Sei stato tu a distruggerla, e sarai tu a riparare il danno.»

«Potrei prestarti io i soldi» si offrì Quin.

«Non ho bisogno dei tuoi soldi!» scattai io.

«Attento, Nero, non farmi incazzare. Quin sta solo cercando di aiutare.»

«Non ho bisogno del suo aiuto! Non ho bisogno dell'aiuto di nessuno!»

«Considerato il fatto che saresti ancora dietro le sbarre se non fosse stato per Quin che ha pagato la tua cauzione, mi sembrano giganti stronzate quelle che hai appena detto. A te no?»

Chiusi immediatamente la bocca, perché sapevo che Cage aveva ragione. E nel momento stesso in cui non risposi, anche Cage restò in silenzio. I suoi occhi si riempirono di compassione e comprensione, e quando si avvicinò a me fu con tutta l'intenzione di starmi accanto. Mi gettò un braccio sulle spalle.

«Nero... hai un brutto carattere, e devi imparare a controllarlo.»

«Ci sto provando...»

«Eppure la mia ragazza ha dovuto pagarti la cauzione per farti uscire fuori di prigione, oggi.»

«Non so cosa dire», ammisi allora.

Cage restò a guardarmi. Doveva essere a corto di parole anche lui.

«M'inventerò qualcosa. Parlerò di nuovo con la scuola, con il rettore. Vedrò come poter sistemare la situazione. Non preoccuparti, ne verremo a capo. Sono qui per te sempre, Nero. Non vado da nessuna parte.»

«Nessuno di noi ha intenzione di andare da nessuna parte», aggiunse Titus.

«Già, proprio nessuno» si unì Quin.

Mi guardai intorno, incrociando lo sguardo dei ragazzi che avevo intorno a me ed asciugandomi una lacrima silenziosa che si era fatta strada sulla mia guancia. Forse, un giorno, tutto sarebbe riuscito ad aggiustarsi. Forse non ero solo come avevo sempre pensato. Non più.

# Capitolo 3

Kendall

«Aaaah!» urlai, svegliandomi di soprassalto.

Mi guardai intorno. Ero nella mia stanza, ed era mattina. Cory era seduta, dritta e nervosa, sul suo letto, i suoi occhi incollati su di me. Sembrava spaventata.

«Era solo un brutto sogno» dissi, più a me stessa che a lei. «Solo un brutto sogno.»

«Evan Carter?» mi chiese Cory, rilassandosi un po'.

«Evan Carter», confermai io.

«Fottuto Evan Carter» disse Cory, facendomi sentire immediatamente meglio.

Mi lasciai andare nuovamente sul letto, cercando in tutti i modi di calmarmi. Non riuscivo a capire se gli incubi stessero peggiorando, ma di certo non stavano migliorando, e questo era chiaro.

Evan Carter era il giocatore di football che si era assicurato di rendere i miei anni di scuola superiore un inferno, sin dal primissimo anno. C'era qualcosa, di me, che proprio non riusciva a sopportare. Avevo sempre pensato fosse perché era uno stronzo col cazzetto piccolo che prendeva di mira chiunque non sapesse amalgamarsi.. Ma, a essere sincera, io non avevo mai neanche provato a far parte dell'ambiente scolastico in nessun modo.

Ogni singolo anno sperimentavo con qualcosa di nuovo: un colore diverso di capelli, del trucco stravagante sul viso, e un vestiario sempre diverso. Forse vestirsi come un ragazzo per un mese era stato troppo, per lui. Non stavo esattamente cercando di affossare il patriarcato, o qualcosa del genere. Semplicemente, sperimentare mi divertiva. E, allo stesso tempo, mi dava la possibilità di capire cosa mi piacesse oppure no, e chi fossi davvero.

Giusto per capirci, comunque, non sono una ragazza che si veste con abiti maschili o che sfoggia trucchi troppo vistosi. E non perché Evan Carter abbia passato tutti i suoi giorni a rendere la mia vita un inferno, finendo con il farmela odiare; semplicemente, non sono il mio stile.

Ma arrivò un momento in cui gli imbecilli della squadra di football non riuscirono più a sopportare le mie scelte stilistiche. Mi dissero che, se avessi voluto comportarmi come un ragazzo, mi avrebbero trattata come tale.

Da quel momento in poi, avevano cominciato a spingermi contro il muro ogni singola volta che si trovavano nelle mie vicinanze in corridoio. Non importava che rimanessi in silenzio in classe oppure che fossi a mangiare da sola in mensa, ad un certo punto avrei sentito la mia testa venire spinta da dietro per farla sbattere contro il tavolo. E, a cadenza regolare, mi lanciavano nello spogliatoio maschile mentre i ragazzi si stavano cambiando al suo interno.

    Coglievano ogni occasione per umiliarmi davanti a quante più persone possibile. La cosa peggiore era che non riuscivo mai ad accorgermi in tempo dei loro attacchi. La cosa si fece così brutta che, ad un certo punto, avevo cominciato a passare le giornate a controllare di non averli nelle immediate vicinanze. Quando ne vedevo uno, mi assicuravo di rendermi il più invisibile possibile. Ma non importava mai; se quel giorno decidevano che doveva essere una giornata infernale, allora avrebbero fatto in modo di raggiungere il loro obiettivo.

    E se non si trattava soltanto della violenza fisica, ma anche delle costanti prese in giro sulla mia mancanza di seno. So che ogni corpo è bello a modo suo, ma nessuno vuole che gli sia ricordata una cosa simile, soprattutto se gli viene ripetuta ogni giorno.

    E poi, se avessi sentito un'altra volta, una sola, la parola 'lesbica' sarei crollata. Se mi fossero piaciute davvero le donne sarebbe stato lecito, ma non era così. Mi vestivo soltanto in quel modo… che non giovava a nulla, perché le ragazze si avvicinavano pensando fossi lesbica. Anche loro.

Arrivata all'ultimo anno, piangevo mentre mi vestivo al mattino, sapendo che, qualsiasi cosa avessi indossato, avrebbe scatenato l'ira di Evan. Giunsi al punto di non voler indossare più nulla. Ma lo facevo comunque perché… beh, chi lo sapeva più? Mi rifiutavo di soccombere, tutto qua.

Forse continuavo a vestirmi in quel modo per provare a me stessa che non mi sarei mai piegata alla cattiveria. Forse non volevo dargli la soddisfazione di vedermi cambiare. Forse mi piaceva semplicemente essere punita.

Qualsiasi fosse la ragione, avevo continuato a farlo a tal punto da ritrovarmi, a fine liceo, con pochissima voglia di vivere. Per tantissimi anni non avevo fatto altro che sognare il momento in cui sarei finalmente arrivata all'università per gettarmi tutto alle spalle. Avrei potuto vestirmi come volevo, avrei potuto essere chi ero. E all'inizio pensavo che tutto stesse andando per il meglio… prima che cominciassero gli incubi.

Ovviamente gli incubi c'erano sempre stati, anche prima. Ma, ora che mi ritrovavo lontano da loro, gli incubi sembravano essersi focalizzati principalmente su una persona: Evan Carter. Il leader del gruppo di bulli. Credo ancora che, se non fosse stato per lui, il resto della ciurma mi avrebbe lasciata in pace.

Penso che non lo saprò mai con certezza ma, l'unica cosa di cui sono sicura è che, al liceo, avevo perso non solo tutte le battaglie... ma anche la guerra intera. Non solo ero stata io, in fin dei conti, ad aver vissuto quotidianamente quell'inferno, ma ormai, anche anni dopo, Evan Carter era radicato nella mia mente. Che merda...

La cosa più brutta, davvero, era che ero convinta che gli incubi stessero cominciando ad affievolirsi. Una volta li avevo almeno una volta a settimana; Cory ne sapeva qualcosa. Con tutte le volte in cui mi ero ritrovata a svegliarla di soprassalto per colpa delle mie urla, era un miracolo che fosse ancora la mia compagna di stanza.

Erano passate due settimane, però, dall'ultima volta in cui mi ero svegliata, urlante, nel bel mezzo della notte, prima di quel momento. E non avevo dubbi di quale fosse stata la causa scatenante, quella volta. Avevo baciato un giocatore di football. Il solo pensiero mi faceva quasi venire voglia di vomitare. Certo, Nero non era neanche lontanamente simile ad Evan Carter e i suoi amici stronzi... ma il problema era sempre lo stesso.

I giocatori di football avevano reso la mia vita un inferno di dimensioni epiche da quando avevo quattordici anni. Mi avevano tolto persino la voglia di vivere. Ad oggi, ancora non riuscivo a superare il trauma che mi avevano causato, e i miei incubi ne erano la prova. Non avevo intenzione di avvicinarmi a uno di loro, né ora, né mai.

«Non vai a lezione?» mi chiese Cory, ancora ferma sul suo letto.

«Oh, cazzo!» esclamai, ricordando la mia lezione fin troppo mattiniera del lunedì.

Il mio professore doveva essere un sadico. Chi mai troverebbe intelligente l'idea di tenere una lezione alle otto in punto del mattino? Ridicolo. Ma se volevo riuscire a diventare una psicologa, allora avevo bisogno di una laurea in psicologia. E ciò significava che non potevo perdermi le sue lezioni.

Scattai fuori dal letto, vestendomi velocemente. Una volta pronta, gettai tutti i miei averi dentro lo zaino e mi affrettai ad uscire. Arrivai in classe in ritardo, ma per essere le otto del mattino di un lunedì mattina, non mi sarei lamentata.

«Oggi compilerete il QET, ovvero il Questionario di Empatia di Toronto. Questo questionario non solo ci aiuterà a fare da introduzione per la discussione che avremmo aperto a breve riguardo l'empatia, ma darà a voi futuri psicologi la possibilità di capire se siete adatti o meno a questo tipo di lavoro» disse il professore una volta cominciata la lezione, catturando subito la mia attenzione.

Se c'era una cosa di cui ero assolutamente certa, era il fatto che volevo a tutti costi diventare una psicologa. Era il mio sogno da quando avevo appena dodici anni. La prima volta che avevo letto un libro approfondito sulla Psicologia avevo soltanto quindici anni. Avevo bisogno di superare quel test.

Quando il professore lasciò il foglio sul mio banco, notai quanto corto fosse il test. Persino le domande erano parecchio generali, niente di complicato. Scrissi velocemente il mio nome, e poi cominciai.

*'Quando qualcuno è eccitato per qualcosa, io tendo ad essere eccitato per loro: Mai, A Volte, Sempre?'*

Quella era semplice. Potevo anche nasconderlo bene, ma lo ero sempre.

*'Le sfortune degli altri non mi creano particolare disturbo: Mai, A Volte, Sempre?'*

Ancora una volta era semplice. Mai... la maggior parte delle volte.

Voglio dire, parliamo di persone normali? Anche sconosciuti, come probabilmente intendeva la domanda? In quel caso, non sarei mai riuscita a fregarmene delle sventure altrui. Ma se si fosse trattato di qualcuno come, giusto per dire, Evan Carter? Se Evan Carter venisse, per esempio, preso di petto da un autobus? Non necessariamente un colpo talmente forte da risultare nella sua morte... intendo un colpo abbastanza forte da fargli provare anche solo un minimo del dolore che lui, per tutti gli anni del liceo, aveva provocato a me.

Ma quella domanda certamente non poteva riferirsi a quel tipo di persona. Giusto? Oppure sì? Il questionario stava forse cercando di scoprire i miei segreti più oscuri? La mia mancanza di empatia nei confronti di uno psicopatico sarebbe stato il motivo per cui non sarei mai diventata una brava psicologa?

Restai a fissare la domanda per un tempo indefinito, come paralizzata. Non riuscivo ad andare avanti. Non riuscivo a credere che dopo tutto quello che Evan Carter mi aveva fatto passare, sarebbe stato proprio lui a rovinare tutti i piani che avevo per il futuro. Non riuscivo a credere che, oltre tutto quello che mi aveva già tolto in passato, sarebbe riuscito a strappare via dalle mie mani anche l'unico sogno che avessi mai avuto.

«Consegnate i vostri fogli, per favore» disse all'improvviso il professore, tirandomi fuori dalla mia trance.

«No, aspetta, non ho ancora finito il mio!» dissi alla ragazza che mi aveva appena strappato il foglio dalle mani. Lei si limitò a scrollare le spalle, come consapevole dei miei problemi, ma incapace di poter dire che gliene fregasse qualcosa. Non avevo dubbi che la Regina di Ghiaccio che mi aveva appena superato non sarebbe mai diventata un'ottima psicologa... ma io? Che ne sarebbe stato di me?

Non dovetti aspettare molto, per scoprire la risposta. Due giorni dopo, il mio professore mi chiese di fermarmi un attimo, alla fine della lezione.

«All'inizio del semestre, ho chiesto a te e ai tuoi colleghi quali fossero i vostri obiettivi per la fine di questo percorso», cominciò il professor Nandan.

«Sì. Ed io ho risposto che voglio diventare una psicologa, perché è così.»

Lui mi guardò confuso. «Giusto… il che mi porta a chiedermi, allora, perché ti saresti ritrovata a fare questo nel questionario che vi ho dato per scoprire il vostro livello di empatia» disse, prima di poggiare il foglio sul banco tra di noi.

«So di non averlo finito.»

«Non l'hai fatto, è vero. Ma non è di questo, che sto parlando» disse, poggiando il dito su uno scarabocchio fatto all'angolo del foglio.

Abbassai gli occhi su di esso per guardarlo, realizzando però che fosse più un effettivo, piccolo disegno piuttosto che uno dei miei soliti scarabocchi. I miei colleghi di corso mi conoscevano come quella che lasciava scarabocchi un po' ovunque; era il modo in cui passavo il tempo quando ero annoiata, e non sempre ciò che disegnavo poteva considerarsi bello e felice. Quel piccolo disegno, lì all'angolo di quel foglio così importante, era decisamente uno di quelli infelici, e il messaggio che mandava era difficile da non cogliere.

«Hai disegnato un giocatore di football con al collo un cappio… su un questionario che aveva il compito di testare il vostro livello di empatia? C'è qualcosa di cui vorrebbe parlare, signorina Seers?»

Sentii la mia bocca aprirsi e chiudersi, i miei occhi alzarsi sul viso tondo dell'uomo di fronte a me.

Nessuna di quelle domande avrebbe potuto giustificare quel disegno. Fottuto Evan Carter.

«Okay... posso spiegare» dissi, pur sapendo bene, dentro di me, di non avere la più pallida idea di come uscire da quella situazione.

«Prego» disse lui con urgenza eppure, in qualche modo, estremamente paziente.

Avrei dovuto mentire? Avrei dovuto dire la verità? Comunque fosse, nella mia testa sembrava non esserci una via d'uscita.

«Potrei avere qualche... problema, con i giocatori di football.»

«Ma non mi dica» rispose lui, sarcastico.

«E... ecco, il giorno del test potrei essermi svegliata male a causa di un incubo riguardo uno di loro, poco prima di venire in classe.»

«Vorrebbe parlarmi di questo sogno?»

«Non se posso evitarlo, no. È stato un incubo parecchio normale, niente di tremendamente strano. Tante corse, tanti inseguimenti... capisce, no? Il solito.»

«E quindi poi è entrata in classe e ha disegnato questo... sopra un test sull'empatia?»

«Sembrerebbe di sì» dissi, sorridendo a disagio.

Il professor Nandan si poggiò contro lo schienale della sua sedia, restando a fissarmi per un po' senza dire una parola. Non riuscivo a capire cosa stesse pensando, ma non potevo dire di sentirmi sicura che fosse qualcosa di buono.

«Il modo in cui sopravviviamo ai traumi infantili è molto personale, diverso per ognuno di noi» cominciò. «Alcuni imparano ad evitare di pensarci del tutto. Ma il modo migliore per riuscire ad andare avanti in maniera serena e, per la maggiore, felice, è occuparsi del problema prendendolo di petto.»

«Pensa sia il caso che io vada da uno psicologo, per occuparmene?»

«Non le farebbe male, certo. Ma, in base ad alcuni studi, è stato scoperto che il modo migliore per imparare a provare empatia nei confronti di un determinato gruppo di persone è umanizzarle.»

«Io non penso che i giocatori di football non siano esseri umani. Penso solo che siano gli esseri umani peggiori che esistano.»

Il mio professore mi guardò in maniera strana.

«Giusto… ma riesce quantomeno a rendersi conto che non tutte le persone condividono le stesse caratteristiche? Non tutti i giocatori di football sono uguali. Come non tutti gli studenti che si vestono di nero e sono pieni di braccialetti sono uguali. Siamo tutti diversi a modo nostro.»

«Cosa sta suggerendo, quindi, esattamente?» chiesi, sentendo un peso sul petto.

«Le sto suggerendo di imparare a conoscere un giocatore di football. Io sono convinto che, se riuscisse a conoscerli in maniera individuale, questo potrebbe aiutarla a scacciare via qualsiasi sentimento negativo abbia nei confronti del gruppo nella sua totalità. Potrebbe anche aiutarla con quegli incubi di cui soffre.»

«E… come pensa che dovrei conoscere un giocatore di football?»

«Per sua grandissima fortuna, c'è un corso che è da un po' di tempo che provo a mettere in piedi. Una sorta di tutorato, in cui studenti di livello più alto vengono messi in coppia con nuove matricole che si ritrovano in difficoltà ad accettare questa loro nuova condizione, e che potrebbero aver bisogno di qualcuno a cui aggrapparsi. Considerato che il suo obiettivo è quello di diventare una psicologa, questa potrebbe essere una buona prova.»

«La cosa sembra fantastica. Però immagino che, quello che lei sta omettendo è che dovrei far da mentore ad un giocatore di football.»

«Esattamente. Ne abbiamo uno proprio adesso che sta riscontrando qualche problema a causa del suo temperamento. Invece di revocare la sua borsa di studio ed espellerlo, però, la scuola ha deciso di dargli questa possibilità: di aiutarlo, in qualche modo.»

Restai a guardare il mio professore, sbigottita. Era l'idea peggiore che io avessi mai sentito! Non quella di fare da mentore a qualcuno; al contrario, quella era fantastica. Ero d'accordo con lui quando diceva che mi avrebbe sicuramente aiutato nella mia carriera, in futuro. No, la brutta idea era quella di lasciarmi da sola, chiusa in una stanza, con uno di quegli psicopatici che passano il tempo a passarsi una palla e terrorizzare la gente.

Voleva farmi morire? Nel momento stesso in cui quella porta sarebbe stata chiusa ed io mi sarei ritrovata da sola con un giocatore di football, quello mi avrebbe uccisa. Avrebbe aperto le sue fauci e mi avrebbe ingoiato così, senza neanche masticare. Dopo avermi divorata ed essersi trasformato in questa creatura mostruosa e gigantesca, si sarebbe fatto strada verso Washington e avrebbe poi divorato anche il Presidente degli Stati Uniti, prendendone il posto e istituendo un regime dittatoriale... oppure stavo un po' esagerando?

«Sì», risposi, parlando prima ancora di capire cosa stessi dicendo. «Lo farò.»

«Davvero?»

«A quanto pare.»

«Ne è sicura?»

«No. Però sì. Ascolti, voglio essere una brava psicologa, un giorno. No, non è vero. Non voglio semplicemente essere brava: voglio essere una dei migliori nel campo. Voglio essere in grado di aiutare le persone. Voglio aiutare i bambini a superare ciò che io ho dovuto sopportare, crescendo. E se questo significa dover imparare ad affrontare i miei demoni personali che hanno l'aspetto di giocatori di football, allora la risposta è sì.»

Il professore mi guardò in maniera strana, ed io provai a sorridere.

«Scherzo… diciamo. No, davvero, scherzo. Posso farcela. E ha ragione. Affrontare i problemi di petto è la cosa migliore da fare.»

«Allora preparerò tutto quanto. Grazie di aver dato la sua disponibilità! Se le cose riescono a funzionare tra lei e questo ragazzo, la cosa potrebbe aprire le porte anche ad altra gente, in futuro» mi disse lui, sorridendo.

«Quindi… niente pressioni, eh?»

Lui rise. «No, certo che no. Sia semplicemente sé stessa. Non deve riuscire a dare a questo ragazzo alcuna risposta. Deve solo essere presente per lui, dargli una spalla qualora ne avesse bisogno. Intesi?»

Io annuii. «Posso farlo.»

«Andrà alla grande, vedrà» mi disse, prima di promettermi di mandarmi tutti i dettagli via e-mail il prima possibile.

La cosa positiva era che gli esseri umani non avevano davvero bisogno di dormire per mantenere la loro sanità mentale. Perché, se fosse stato il contrario, allora io sarei stata fottuta: coricata sul mio letto, immersa nell'oscurità, non riuscivo a fare altro che pensare a Evan Carter e ciò che lui e i suoi compagni di squadra mi avevano fatto passare.

Non avevo la minima idea del perché avessi accettato. Fare da mentore ad un giocatore di football era stata una pessima idea. La cosa sarebbe finita male, ed io non avevo dubbi a riguardo.

La consapevolezza, però, non avrebbe fatto nulla per fermarmi dall'andare avanti con quel progetto. Chi ero io per dire di no ad una pessima idea?

Diretta verso il punto d'incontro stabilito, sentivo il sudore incollarmi i vestiti addosso. Ero nel bel mezzo di un attacco di panico, perché mentire? Ci saremmo incontrati nell'ufficio del coach della squadra. Praticamente, stavo andando dritta dentro la tana del lupo. Quantomeno, il mio professore sarebbe stato con me. Almeno all'inizio.

«Pronta a questa nuova avventura?» mi chiese lui, eccitato quasi quanto io, invece, ero terrorizzata.

«No, ma sono qui. Tanto vale andare.»

Il professor Nandan portò un braccio intorno alle mie spalle, e mi scortò dentro la stanza. La bestia sedeva, dandoci le spalle, su una delle sedie di fronte alla scrivania del coach.

La cosa divertente fu che non ebbi neanche bisogno di guardarlo in faccia, per riconoscerlo. Anche di schiena era impossibile non capire chi fosse. E quando si girò, e mi ritrovai faccia a faccia con quel viso da far perdere il respiro, non potei fare a meno di pensare che la mia vita fosse davvero un grande, incredibile scherzo.

«Tu?» chiesi, sorpresa.

«Vi conoscete?» chiese il mio professore.

Restammo a guardarci per un po'. Io non avevo la minima idea di cosa rispondere.

«Ci siamo già incontrati» rispose semplicemente Nero.

«Voglio sperare che siate in buoni rapporti» disse ancora Nandan.

Nero mi guardò di nuovo. «Sì», rispose dopo un po', facendo rilassare il mio professore.

«Allora forse le presentazioni non sono necessarie. Però lo faremo lo stesso. Nero Roman, questa è Kendall Seers. Kendall, Nero è uno degli astri nascenti di quest'anno.»

«Ah… non sono certo di essere così bravo» disse Nero, velocemente.

«Ti ho visto giocare, figliolo. Sei molto bravo» disse l'uomo.

«Grazie» rispose Nero, distogliendo lo sguardo a disagio.

«E Kendall, qui, è una dei miei studenti più promettenti.»

«Lo sono» confermai. «La migliore, probabilmente.»

Non avevo la più pallida idea del perché avessi detto quello che avevo appena detto, ma riuscì a spezzare la tensione che si era creata nella stanza. Almeno per quei due. Non fece assolutamente nulla per me.

«Non sono certo che sia propriamente vero» scherzò il mio professore. «Però Kendall è davvero brava. Dovresti ritrovarti in buone mani, con lei. Vi lascio, così potete conoscervi meglio.»

«Non vedo perché no» rispose Nero, guardandomi come se, l'ultima volta che ci eravamo visti, gli avessi praticamente sputato in faccia, correndo via e lasciandolo a mangiare la polvere che avevo sollevato con i miei piedi.

«Molto bene, allora. Vado via» disse l'uomo estremamente contento prima di lasciarci soli, chiudendosi la porta alle spalle.

Io e Nero restammo semplicemente a guardarci. Sarebbe stata la cosa più brutta del mondo, se solo lui non fosse stato così bello. Davvero, come poteva essere legale, tanta bellezza? Non potei fare a meno di chiedermi che aspetto avesse senza tutti quei vestiti addosso.

«Quindi... di cosa vorresti parlare?» mi chiese, sorridendo. Diamine, che sorriso meraviglioso.

Forse all'inizio stavo davvero sudando, ma in quel momento mi ero completamente trasformata in una pozzanghera.

«Non fai caldo, qui dentro?» chiesi. «Volevo dire—*fa!* Fa caldo, qui dentro? Ti va di andare da un'altra parte? Andiamo da un'altra parte. Ho bisogno di un po' d'aria. Non riesco a respirare, qui dentro.»

«Stai bene?» mi chiese, preoccupato.

«Ho solo bisogno di camminare un po'. Possiamo camminare un po'?»

«Possiamo fare quello che vuoi» rispose, liberando, in quella voce leggermente profonda, un po' di quel suo accento e di quel suo charm da ragazzo del sud.

Lasciammo l'edificio dove i giocatori si allenavano, dirigendoci verso il campo in silenzio. A metà strada, però, mi resi conto che non avrei avuto modo di scappare via dalla situazione; così, semplicemente, trovai una panchina e mi ci sedetti. Nero si accomodò accanto a me. Riuscivo a sentire il suo profumo. Profumava di pelle e muschio. Anche solo il suo odore mi fece sentire un brivido tra le gambe. Dio santo, ma che problemi avevo? Eccitarmi per un giocatore di football?! Dovevo aver perso la testa.

«Come hai fatto ad indovinare?»

«Come ho fatto a indovinare cosa?» chiesi, ancora incapace di guardarlo.

«Che questo è il mio posto preferito. Non mi ricordo di avertelo detto, la notte in cui ci siamo conosciuti.»

«Questo è il tuo posto preferito?» chiesi, girandomi finalmente verso di lui.

«Sì. Mi fermo qui ogni singolo giorno, dopo gli allenamenti. Sono sempre pesanti, sai? Tutto può essere pesante, almeno per me. Quindi ogni giorno mi siedo qui, e provo a mettere ordine nei miei pensieri.»

Mi guardai intorno. Non mi capitava spesso di passare il tempo da questo lato del campus. Ma il posto era davvero bello, tranquillo, pacifico. C'erano più alberi rispetto al resto del campus, e con le foglie colorate dell'autunno sparse per tutto il campo, aveva quella bellezza tipica da copertina.

«Cos'è che diventa troppo pesante?» chiesi, sentendomi improvvisamente più calma.

Il sorriso che Nero aveva indossato fino a quel momento sparì di colpo. «Ogni singola cosa. Gli allenamenti, le lezioni. Il mio ritrovarmi a provare sentimenti che non dovrei provare.»

Restai a fissarlo per un po', chiedendomi di che sentimenti stesse parlando. «Posso farti una domanda?»

«Spara.»

«Questo fascino del sud che sfoggi è solo una farsa?»

Lo vidi muoversi a disagio sulla panchina, come l'avessi colto di sorpresa; come fosse impreparato a rispondere a quella domanda.

«Non devi dirmelo se non te la senti.»

«Non è che non voglio dirtelo.» Nero fece una pausa e guardò il cielo mentre prendeva un respiro profondo. «Rigiriamo la domanda: questo atteggiamento da non-mi-piace-nessuno che hai è una forsa? Perché quando abbiamo parlato, alla festa, mi sei sembrata l'esatto contrario.»

Lo fissai come un cerbiatto davanti ai fari di un'automobile che sta per investirlo.

«Ero davvero ubriaca, quella sera.»

«E non significa che ti sei comportata come la vera te?»

Continuai a fissarlo senza parole. Stava insinuando avessi paura di mostrarmi per quella che ero. E la cosa peggiore era che ancora non ricordavo tutto ciò che avevo fatto quella notte. Era possibile che fosse a conoscenza di cose che mi riguardavano e che neanch'io sapevo.

«Non siamo qui per parlare di me.»

«Lo so. Stavo solo cercando di mostrarti che non avevo intenzione di eludere la tua domanda.»

«È che non conosci la risposta. Non sai se il tuo fascino è una facciata?» gli suggerii.

«È una brutta cosa?»

Nero mi guardò con gli occhi pieni di dolore. Sembrava un ragazzo che lottava costantemente con se stesso per scoprire chi fosse. Mi si strinse il cuore.

«Definisci 'bello' e 'brutto'» gli chiesi con empatia.

«Beh... quando una cosa è buona, allora è bella. Quando una cosa non è buona, allora è brutta» disse, come se fosse imbarazzato dal fatto che non sapessi la differenza.

Lo fissai, non sapendo se fosse serio finché non scoppiò a ridere. Risi anch'io.«Wow, ottima spiegazione. Non l'avevo mai vista in questo modo» gli dissi, scherzando.

«Prego, prego» disse, continuando a scherzare.

Che fosse una farsa o meno, il suo fascino aveva funzionato, almeno con me. Non sapevo come, ma c'era riuscito. Improvvisamente, mi sentii più tranquilla e rilassata.

«Comunque, Ora che mi hai infuso un po' della tua saggezza, forse puoi spiegarmi cosa ti ha portato qui.»

«Qui?»

«Sì, sai. Qui, a passare del tempo con me.»

«Fortuna?»

Io risi. «Sono seria.»

«Anche io» disse, il tono basso e seducente, con un accetto molto marcato.

«No, davvero. Il mio compito dovrebbe essere quello di aiutarti. Il mio professore mi ha detto che hai avuto un incidente?»

Nero abbassò lo sguardo, lasciando andare quella sua aura affascinante.

«Sì, ho avuto un incontro ravvicinato con una macchina.»

«Cosa intendi?»

Nero non rispose subito. Passò un po' prima di rivedere i suoi occhi dritti nei miei.

«A volte perdo il controllo delle cose. E quando succede, non sempre prendo le decisioni migliori.»

«Quindi, quando hai detto di aver avuto un incontro ravvicinato con una macchina…»

«Intendevo che potrei aver scaricato un po' della mia tensione su quella macchina.»

«Oh!»

«Ho rovinato qualche sportello, rotto un vetro...»

«Perché?»

Nero restò a guardarmi per un attimo prima di distogliere lo sguardo.

«Non lo so. A volte le cose mi sfuggono di mano.»

«Sei sempre stato così?»

«Probabilmente, sì.»

Poteva essere bravo a farsi affascinante, ma nonostante tutto, non c'era modo di nascondere a me stessa ciò che stavo vedendo: Nero non era un mostro. Era un ragazzo pieno di dolore. Sentii il cuore rompersi all'idea.

«A volte, anche a me le cose sfuggono di mano.»

«Sì?» disse lui, riportando i suoi occhi su di me.

«Sì. Come quando ti ho urlato contro e ho detto quello che ho detto.»

«Oh...» I suoi occhi tornarono per terra. Gli avevo fatto male; riuscivo a vederlo in quella sua postura curva. Gli avevo fatto male, quel giorno, e quel dolore era ancora lì.

«So che forse non riusciresti mai a crederci, ma non vado molto d'accordo con i giocatori di football.»

Nero rise. «Potrei averlo capito. Perché?»

Per quanto stessi cominciando a sentirmi a mio agio con lui, non ero ancora pronta a parlare del mio passato.

«Che ne dici se non parliamo di me?»

«Allora di cosa dovremmo parlare?»

«Cosa c'è di buono nella tua vita, in questo momento?»

«Questa giornata, in questo momento, è ciò che sta andando molto bene» rispose lui, ritrovando tutto il suo charm.

«Andiamo!»

«No, davvero. E il football, immagino. Anche quello sta andando bene.»

«Cosa vuol dire, esattamente? Che hai preso parecchie palle, o qualcosa del genere?»

«Beh, sì, in realtà. Il mio ruolo nella squadra è quello da corridore, perciò è mio compito prendere le palle e correre lungo il campo. Lo faccio tutto il tempo.»

«Mh... interessante» dissi, provando con tutte le mie forze a fingermi entusiasta della cosa.

«Non hai la più pallida idea di cosa significhi quello che ho detto, vero?»

«No, certo che ho capito. Correre, passare... Il campo è quella cosa verde e gigante con le strisce bianche disegnate sopra, vero?»

Nero rise. Aveva una risata davvero bellissima.

«Sì, quella cosa verde è il campo. Aspetta, mi è venuta un'idea. Il compito è quello di conoscermi meglio, sì?»

«Per scopi professionali, sì» chiarii subito. I suoi occhi si oscurarono immediatamente; non c'era modo di nascondere la delusione che vi lessi dentro. Il fatto che potesse sentirsi deluso dal mio rifiuto mandò una scarica d'adrenalina lungo il mio corpo.

«Giusto, scopi professionali. Allora dovresti davvero venire a guardare una partita.»

Ogni singola paura nei confronti dei giocatori di football tornò a colpirmi in pieno.

«Ehm... non lo so.»

«Davvero, dovresti. Posso procurarti io i biglietti. E potresti portare qualcuno. Magari il tuo ragazzo?» chiese Nero, esitando su quell'ultima parola.

«Il mio alter-ego estremamente ubriaco non ha provato a baciarti solo qualche sera fa?»

«Mi ricordo qualcosa del genere, sì» disse lui, sicuro di sé per qualche motivo.

«Allora cosa ti fa pensare che io possa avere un ragazzo?»

«Non lo so. Magari sei in una relazione aperta, o qualcosa del genere. A volte la gente lo fa, non è così?»

«Ah, no!» dissi io con fermezza.

«Bene! Allora verrai? Potrei conservarti un posto accanto a mio fratello e la sua ragazza. Sono entrambi molto simpatici. E mio fratello era un giocatore di football in questa squadra, l'anno scorso; quindi, stare accanto a lui potrebbe essere vantaggioso, per te. Potrebbe aiutarti a capire cosa sta succedendo in campo, se dovessi averne bisogno.»

«Tuo fratello è... un ex giocatore di football del college?»

«Uno dei migliori della storia dell'East Tennessee», disse Nero, sorridendo.

«Quindi... verrai?»

Ci pensai per un secondo. Prima ancora di poter scegliere cosa fare, però, sentii me stessa dire, «Sì!»

A quanto pareva, la mia bocca aveva vita propria, ultimamente.

«Fantastico!» disse lui, contento.

Quel suo entusiasmo era genuino. Mi ritrovai estremamente soddisfatta quando realizzai di essere stata io a farlo contento. Mi fece sentire bene. Così, per quanto non fossi davvero così tanto certa di aver preso la decisione giusta, sarei andata a vedere una sua partita.

Ma in cosa mi stavo trasformando? In cosa mi avrebbe trasformato il tempo che avrei passato in compagnia di Nero?

# Capitolo 4

Nero

Se avessi saputo che rompere una macchina mi avrebbe portato a passare il mio tempo con una ragazza come Kendall, allora l'avrei fatto molto prima. Guardare quella ragazza negli occhi mi faceva provare tantissime cose. L'unica cosa alla quale riuscivo a pensare era a quanto volessi baciarla. Volevo far scivolare le mie dita tra i suoi capelli e spingere il suo viso contro il mio, premere le mie labbra sulle sue.

«Ehi, sei più riuscita a trovare il telefono?»

«No. Ho dovuto prenderne uno nuovo.»

«Ah, che sfortuna.»

«Sì.»

«Dovrò darti il mio numero, così almeno potrai usarlo per qualcosa.»

Kendall mi guardò con un sorriso sospettoso.

«Potrò scriverti i dettagli sulla partita.»

Lei restò a guardarmi in maniera adorabile per un po' prima di accettare.

«Certo.»

In piedi di fronte a lei per scambiarci i numeri, pensai a tutte le cose che avrei voluto farle in quel momento, piuttosto che salutarla. Non ne feci neanche una. Mi limitai a restare lì a guardarla, con il cuore che mi scoppiava dentro il petto. Mi sentivo vivo quando ero con lei. Come se il peso del mio passato riuscisse a dissolversi.

Proprio quando il mio cervello si decise ad abbracciarla, lei allungò un braccio verso di me per potermi stringere la mano.

«È stato bello incontrarti… di nuovo» disse, con professionalità.

«Oh. Sì, è stato bello anche per me» gli dissi io prima di prendere la sua mano e stringerla. Quando mi allontanai da lei, le mie dita ancora tremavano per il breve contatto.

Feci solo qualche passo prima di guardare oltre le mie spalle. Quando lo feci, la trovai a fare lo stesso. Anche lei mi stava guardando. Sentii il calore farsi spazio dentro di me. Quando si girò, lo feci anch'io.

Beh, era chiaro che volesse mantenere un rapporto professionale, con me. Sarei riuscito a rispettarlo, ma io di certo non potevo dire lo stesso. Volevo farle cose che non avevo mai neanche sognato di fare, ad altre.

Prima di vedere Kendall alla laurea di Cage, tutto quello che mi capitava di pensare riguardo alle ragazze era diverso: mi immaginavo a passare del tempo con loro e magari a mangiare qualcosa insieme. Non pensavo mai a qualcosa di serio.

Ma Kendall volevo conoscerla sul serio. Volevo parlarle e scoprire chi era davvero. Volevo baciarla. Volevo stare sotto le coperte con lei nuda tra le braccia..

Solo il pensiero mi fece venire immediatamente un'erezione. Succedeva spesso, quando pensavo a Kendall. Non avevo la minima idea di come sarei riuscito a mantenere la concentrazione sulla partita, sabato, sapendo che lei sarebbe stato lì.

L'unica cosa che sapevo per certo, però, era che avrei dovuto giocare come se da quella partita ne sarebbe dipesa la mia vita. Avevo bisogno che Kendall mi vedesse in campo, e capisse che non c'era alcun bisogno di mantenere un rapporto professionale. Avevo bisogno che lo facesse, perché così avrei finalmente potuto stringerla tra le mie braccia e sentirmi meglio.

Diretto verso il mio dormitorio per poter rilasciare tutta la tensione che mi si era aggrappata addosso in quelle ore passate con Kendall, entrai dentro la stanza e fui sorpreso di trovarci dentro gente.

«Cage, Quin! Che ci fate qui?»

I due si girarono a guardare Titus.

«Vi lascio soli» disse quest'ultimo, uscendo subito dopo dalla porta.

Ancora teso a causa di Kendall, dovetti trovare in fretta un modo per nascondere il rigonfiamento che avevo in mezzo alle gambe.

«Ehi, fratello. Hai un po' di tempo per parlare?»

«Sì», accettai subito, guardandoli nervoso. «Che succede? Non vorrete dirmi che state per lasciarvi, vero?»

Entrambi mi guardarono con la bocca spalancata.

«Dio, no, di che parli? Le cose non sono mai andate meglio di così. Perché hai detto una cosa del genere?»

«Non lo so… le cose stanno andando bene, quindi ho pensato che fosse troppo bello per essere vero.»

«Le cose stanno andando bene? Non hai rotto la macchina di uno della sicurezza solo una settimana fa?»

«Sì, però… le cose adesso vanno meglio.»

«Ah, mi fa piacere sentirlo» disse Cage, prima di portare gli occhi sulla sua ragazza, silenziosa come sempre.

«Dunque… come dicevo, le cose tra di noi non sono mai andate meglio. Così tanto, in effetti, che io e Quin stavamo pensando di cambiare un po' le cose, e… ci piacerebbe andare a convivere.»

Pensai un attimo a ciò che aveva appena detto. L'unico motivo per cui avevo avuto la possibilità di andare all'università era che, dopo la sua laurea, Cage aveva deciso di trasferirsi a Snowy Falls per prendersi cura di nostra madre. Quello era stato il mio lavoro a tempo pieno per gli ultimi otto anni della mia vita. Ma Cage aveva trovato lavoro come coach di football nel liceo della mia piccola cittadina, e aveva deciso di spostarsi dentro la roulotte dove mamma ed io avevamo vissuto per tutti quegli anni. Quello era stato l'unico modo per potermi creare una vita diversa.

Guardai Quin. «Vuoi trasferirti nella roulotte?»

«Non esattamente» disse lei, guardando Cage come per lasciare a lui le spiegazioni.

«Quin stava pensando di comprare una casa a Snowy Falls. In questo modo, non avrebbe più bisogno di restare da Sonya nel suo B&B quando viene a trovarmi nei fine settimana.»

«Quindi vuoi andare via dalla roulotte? E chi si prenderà cura di mamma? Vuoi che torni io a casa per farlo?» chiesi, sentendo il cuore stringermisi dentro il petto.

«No! Non è questo, che stiamo cercando di dirti» disse subito Cage. «Quello che stiamo cercando di dirti è che Quin stava pensando di comprare una casa grande abbastanza da poter starci tutti. Mamma avrebbe una sua stanza. L'avresti anche tu.»

«Idealmente, sarebbe perfetto se riuscissi a trovare qualcosa con quattro stanze, così da poter avere più di una camera degli ospiti. Sono certo che i miei genitori vorrebbero venire a trovarci, ad un certo punto, e avremmo bisogno di spazio sufficiente anche per loro.»

«Quindi quello che state dicendo è che vorresti comprare una casa grande abbastanza così che voi abbiate il vostro spazio per poter scopare. Bello, deve essere bello.»

Non è che mi piacesse essere così orgoglioso quando si trattava di soldi. Soprattutto se pensavo a quanti ne avesse Quin. Il fatto è che ero pur sempre un ragazzo che, per andare avanti nella vita, aveva dovuto sgobbare tanto sin da piccolo. Era una pillola difficile da digerire.

«Non fare lo stronzo, Nero. Quin ci sta letteralmente offrendo la possibilità di avere un posto dove vivere senza dover pagare un affitto. Non sei stanco di vivere in un posto dove non c'è alcuna privacy? Voglio dire, come hai fatto a portare delle ragazze a casa? Le pareti sono veramente fin troppo sottili.»

«Non ho mai portato una ragazza a casa. Semplice» risposi io, senza però specificare il motivo per il quale non l'avessi mai fatto.

Con le condizioni in cui riversava mamma e tutto ciò che stavo attraversando all'epoca, la mia vita era abbastanza da sopportare. Avrei voluto provare qualcosa di così speciale per qualcuna da poterla rendere partecipe ma, visto che non era mai successo, nessuna aveva mai ricevuto quell'invito tanto atteso.

«Beh, magari, se avessi una stanza tutta tua con una porta, finalmente potresti.»

Guardai prima l'uno, poi l'altra.

«Avete intenzione di venire alla mia partita di sabato?»

Cage sussultò visibilmente a quel brusco cambio d'argomento.

«Certo.»

«La persona a cui mi hanno affidato quelli del programma di gestione della rabbia ha detto che verrà. Solo che non ne sa molto, di football. Pensate di poter stare con lei e, non so, spiegarle un po' di cose nel caso in cui ne abbia bisogno? Non voglio che si annoi. Vorrei che passasse una bella serata.»

«Nessun problema, ci pensiamo noi. Come sta andando il programma, a proposito?»

«All'inizio ero un po' nervoso, ma... magari mi aiuterà» dissi, pensando subito a Kendall.

«Sembri più felice, in effetti» mi fece notare Cage, ed immediatamente mi resi conto di star sorridendo.

«Forse.»

«Ci assicureremo che si diverta» mi assicurò Cage. «Come si chiama?»

«Kendall.»

Nel momento stesso in cui dissi il suo nome, sentii le mie guance riscaldarsi. Cage e Quin mi fissarono come se ciò che provavo per quella ragazza fosse scritto a caratteri cubitali sul mio viso.

«Okay, certo. Ci pensiamo noi» ripeté Cage, sorridendo.

«Non preoccupartene neanche» disse poi Quin, assicurandomi che Kendall sarebbe stata in buone mani.

Quando mandai un messaggio a Kendall riguardo il suo biglietto, lei rispose con un semplice 'Grazie'. Avevo sperato in qualcosa di più. Se ancora le piacevo, perché non aveva potuto almeno augurarmi buona fortuna per la partita?

Ricordavo ancora quello che mi aveva detto la sera della festa. La sua versione ubriaca aveva fatto capire chiaramente quanto mi volesse. Ed era stato vero anche quella domenica, quando ci eravamo incontrati. Almeno fino a quando non aveva scoperto che giocassi a football.

Forse però era quello il punto: non mi voleva più. In qualche modo, il pensiero non mi diede altro che una motivazione in più per giocare al meglio che potessi. Dovevo vincere il suo interesse, in qualche modo, e l'unica cosa che alla gente sembrava piacere di me era quanto bravo fossi su un campo. Sarei riuscito a vincere anche lei.

Quando arrivò il giorno della partita, entrai in campo temendo di non riuscire a concentrarmi; non avrei potuto sbagliarmi di più. Non ero mai stato così concentrato in tutta la mia vita. Titus, che era rimasto in panchina per quella partita, aveva provato a parlarmi. Quando io non avevo risposto, lui aveva afferrato il concetto e mi aveva lasciato il tempo di stare da solo con me stesso.

Con gli occhi fissi sulla nostra linea difensiva, il gioco ebbe inizio, e il tempo sembrò rallentare. Riuscivo a vedere esattamente dove tutti sarebbero andati prima ancora che ci fossero arrivati. Così, quando presi campo con l'offensiva, i miei occhi si piantarono dritti dentro quelli del quarterback. Un solo sguardo, e lui capì immediatamente.

# Capitolo 5

Kendall

Mettere piede dentro lo stadio fu una vera e propria esperienza extra-corporea, per me. Stavo volontariamente entrando all'interno della tana del lupo, e non riuscivo a capire se davvero lo stessi facendo per scopi professionali, oppure se fosse solo un modo per approfittare del fatto che avrei visto di nuovo il ragazzo per cui avevo preso una grandissima cotta.

Ma capirne il motivo non avrebbe fatto nulla per il modo in cui mi tremavano le gambe mentre attraversavo gli spalti, alla ricerca del mio posto. Tutto, di quel luogo, mi faceva stare male. Non volevo restare. Avrei dovuto girare i tacchi e andare via, e l'avrei fatto, se non fosse stato per il bellissimo ragazzo che ero venuto a vedere.

Ho detto "bellissimo"? Volevo dire problematico. Per il ragazzo problematico che aveva bisogno del mio aiuto. Avrei dovuto ricordarmi qual era il mio posto nella sua vita. Forse non ero la sua vera psicologa, ma aveva bisogno di sapere che su di me poteva contare. Non volevo oltrepassare quel limite.

Con quel pensiero in testa, allontanai ogni esitazione e cercai di riprendermi. Trovando la mia sezione, finalmente, presi a camminare alla ricerca del mio posto. Quello stadio non aveva niente a che vedere con quello del mio liceo: questo era enorme. Dovevano poterci entrare almeno ventimila persone! Un po' il pensiero mi sopraffaceva. Tutto ciò che volevo fare era trovare il mio posto e poi dissociarmi, fingere di trovarmi da tutt'altra parte.

«Sei Kendall?» Una ragazza sconosciuta ma dall'aspetto amichevole, con un accento dell'East Coast, si rivolse a me non appena mi misi a sedere.

Mi girai a guardarla, e accanto a lei notai l'enorme ragazzo seduto lì. Doveva essere il fratello di Nero: non si assomigliavano tanto, ma entrambi erano incredibilmente attraenti.

La ragazza che mi aveva chiamata poteva essere descritta come molto carina. Era alta quasi quanto me, con la stessa corporatura Non l'avrei descritta esattamente come una nerd, ma non riuscivo a vedercela, a una partita di football.

«Sono io. E tu sei...» puntai il dito verso di lei, dimenticandomi completamente i loro nomi.

«Io sono Quin. E questo è il mio ragazzo, Cage.»

«Il fratello di Nero?»

«Sì, sono io» disse Cage, sorridendomi. Forse quei sorrisi da spezzare il fiato erano una questione di famiglia; non avrei potuto spiegarmelo altrimenti.

«Nero ci ha detto di assicurarci che tu ti diverta» mi disse Quin, facendomi sentire la benvenuta.

«Davvero?»

«Certo che sì. Quindi… hai mai assistito a una partita dell'East Tennessee, prima di questo momento?»

«Non ho mai assistito ad alcuna partita in tutta la mia vita, né qui né altrove.»

«Oh! Nemmeno io l'avevo fatto prima di conoscere Cage. Sono parecchio divertenti. Devi solo entrare nello spirito della partita.»

«Non sono molto brava in queste cose» ammisi.

«Avere qualcuno per cui tifare aiuta molto» mi disse, girandosi a guardare il campo. «Okay, dunque. Noi siamo l'East Tennessee, quindi siamo quelli blu. Siamo lì. E Nero è…» Quin prese a guardare il campo alla ricerca di Nero, e quando la sentii pronunciare il suo nome, mi sentii mancare il fiato. Deglutii con forza. «Eccolo lì» disse, sorridendo.

Mi girai, e lo trovai subito. Era uno dei ragazzi intenti a correre al centro del campo.

«Sai un po' come funziona?»

«Non so assolutamente nulla» le dissi.

«Okay. Per farla semplice, adesso cercheranno in tutti modi di portare la palla verso la fine del campo, ovvero oltre quella linea lì. È piuttosto semplice, perché il gioco consiste principalmente in questo. Adesso stanno escogitando un piano d'attacco, e...»

Quin smise di parlare quando qualcuno passò la palla a Nero. Immediatamente, un ragazzo della squadra avversaria prese a correre contro di lui. Nero si girò, spostandolo dall'altra parte, e poi prese a correre verso la linea di fine campo.

Tutto il resto della squadra avversaria prese a rincorrerlo. Ogni singola volta, Nero faceva un giro su se stesso e li schivava, uno ad uno. La folla si alzò di colpo nel momento in cui Nero si fece particolarmente vicino alla linea, ed io mi alzai con loro. Poi Nero scattò in aria, come se stesse spiccando il volo, scansando l'ultima persona che si frapponeva tra lui e la linea, oltrepassandola. La folla esplose in un urlo assordante. Non me ne fregava assolutamente nulla di quello sport, eppure persino io mi sentii toccare dall'ululato del pubblico.

«Succede sempre questa cosa?» chiesi a Quin, sporgendomi verso di lei per assicurarmi che mi sentisse.

«No, non succede mai. Ha corso per ottanta metri e ha appena segnato un punto a pochi minuti dall'inizio.»

«Vuol dire che ha la testa concentrata sul gioco» disse il fratello di Nero. «Mi chiedo cosa sia stato ad aiutarlo» disse, girandosi a guardare Quin. Poi, entrambi si voltarono a guardare me. Sapevo bene cosa stessero cercando di dire, ma non diedi loro cenno di aver capito.

Dentro di me, però, dovetti ammettere di sentirmi estremamente soddisfatta al pensiero di aver avuto a che fare con ciò che Nero aveva appena fatto. Il mio corpo venne invaso dai brividi.

«Al campus, tutti dicono che Nero è davvero bravo» dissi, continuando la conversazione.

Il fratello di Nero si girò a guardarmi con un'espressione particolarmente orgogliosa. «È ancora presto, perché la stagione è appena cominciata. Ma lui è già in testa alla divisione che si occupa dell'attacco.»

«E… questa è una cosa buona?» chiesi, sperando che almeno Quin mi desse delucidazioni.

«Ricopre quella posizione da matricola, il che significa che, andando avanti, avrà grandi possibilità di entrare in una squadra professionale.»

«Se riesce a mantenere la testa sul gioco», aggiunse Cage. «Tu che gli sei stata assegnata a per aiutarlo a stare bene, non è vero? Come sta andando?»

Entrambi si girarono a guardarmi.

«Ha appena corso per ottanta metri, segnando un punto a partita appena iniziata. Dimmi tu» risposi io, chiedendomi immediatamente se a loro sarebbe piaciuta l'idea di vedere me e Nero insieme.

Cage rise. «Sì, mi sa che gli farai bene. A Nero farebbe comodo, avere qualcosa di bello nella sua vita.»

Non avevo idea di ciò che volesse dire, ma mi appuntai mentalmente di scoprirlo.

Dovetti ammettere, almeno a me stessa, che guardare la partita non fu brutto come avevo preventivato. Per ciò che avevo capito durante il gioco, Nero era riuscito a segnare altri tre touchdown, il che doveva essere particolarmente buono. E Quin si rivelò essere una persona con cui potevo trovarmi bene. Avevo trovato un'ottima compagnia: in realtà, entrambi lo erano.

Mi veniva ancora difficile aprirmi al cento per cento con un ragazzo che una volta era stato un giocatore di football. Però, la consapevolezza che avesse una relazione con una ragazza come Quin, che doveva aver passato una situazione molto simile alla mia, mi rendeva più semplice quantomeno parlargli. Forse, non tutti i giocatori di football erano degli stronzi.

«Appena Nero sarà uscito dagli spogliatoi, andremo a mangiare qualcosa. Ti va di unirti a noi?» chiese Quin.

Esitai. Ovviamente volevo vedere Nero; non potevo negarlo. Se non altro, quantomeno per congratularmi con lui per l'esito della partita. Ma forse non sarebbe stato molto professionale, da parte mia, andare con loro? Non volevo dare a Nero l'impressione che sarebbe potuto accadere qualcosa tra di noi. Perché, per quanto bella la prospettiva suonasse, nella mia testa comunque non sarebbe stato possibile.

«Unisciti a noi» ripeté Quin, ma stavolta non fu una domanda. «Sono certa che a Nero farebbe tantissimo piacere vederti.»

«Okay» dissi, senza neanche pensarci.

«Fantastico!» disse Quin, sorridendo. «Quindi sei del Tennessee?» mi chiese poi durante il nostro tragitto fuori dallo stadio.

«Nashville. E tu? »

«New York.»

«Oh, wow! Com'è stato crescere lì?»

Quin si girò a guardare Cage, e i due si scambiarono uno sguardo che la diceva lunga. «Unico.»

«In che senso?»

A quel punto, Quin prese a spiegarmi la sua infanzia complicata. Entrambi i suoi genitori erano famosi per aver cambiato il mondo: suo padre era il proprietario di un'azienda che produceva auto elettriche e sonde spaziali che li aveva resi ricchi sfondati. Sua madre, invece, era l'attivista più conosciuta del mondo.

Non appena mi disse di aver frequentato una piccola scuola per bambini prodigio, mi ritrovai a essere completamente rapita da lei. Volevo rimanesse nella mia vita.

La nostra conversazione si interruppe solo quando Nero uscì fuori da uno dei corridoi dell'edificio e si unì a noi. Un altro ragazzo lo seguì a ruota. Nel momento stesso in cui Nero mi vide, i nostri occhi restarono incollati gli uni agli altri. Mi sentii andare a fuoco sotto il suo sguardo. Ogni parte di me, della mia testa, del mio cuore, del mio corpo, voleva baciarlo di nuovo.

«Sei venuta.»

«Certo che sì.»

«Sono contento di vederti qui. Spero che questi due non ti abbiano annoiato troppo» disse Nero, facendo cenno verso Quin e suo fratello.

«Per niente. Non avrei capito un tubo di quello che ho visto, se non fosse stato per loro.»

«Ehi! Io sono Titus» disse il ragazzo amichevole dietro Nero, offrendomi la sua mano.

Io la presi subito. «Kendall!»

«Come conosci la nostra star, qui?»

«Io, ehm…» cominciai, non sapendo bene cosa dire, guardando Nero.

«È un'amica» rispose allora lui per me, gli occhi fissi nei miei.

La combriccola restò in silenzio.

«O-okay…» disse Titus, vincendosi l'attenzione di tutti. «Qualcun altro ha tremendamente fame? Stare in panchina fa crescere l'appetito.»

«Stare in panchina?»

«È così che si dice quando sei in una squadra ma non scendi in campo a giocare.»

«Oh.»

«Sì! Non tutti hanno la fortuna di giocare al loro primo anno, come il nostro Nero, qui. Del resto, volendo, non tutti sanno giocare come lui» disse Titus, afferrando la spalla di Nero e stringendola.

Nero abbassò la testa e arrossì. Se non l'avessi visto con i miei stessi occhi più di una volta, non sarei mai riuscita a credere che un ragazzo come lui potesse essere umile e timido.

«Lou si unisce a noi?» chiese Titus al gruppo.

Fu Quin a rispondere. «No, è a un appuntamento.»

«Ah», rispose Titus, e mi sembrò di vederlo un po' deluso.

Mi girai a guardare Quin.

«Lou è la mia compagna di stanza.»

Qualcosa mi diceva che c'era più di quello, in quella storia, ma di certo non avrei chiesto delucidazioni.

Quando il gruppo cominciò a camminare verso la pizzeria vicina, Nero rallentò il passo per camminare al mio fianco.

«Che te n'è parso della partita?» mi chiese, sorridendo orgoglioso.

«Sei stato grandioso. Adesso capisco perché tutti dicono che sei bravo.»

«Questa dev'essere stata la partita migliore della stagione. Finalmente ho sentito di avere qualcosa per cui giocare.»

«Sì, Quin mi ha detto che potresti avere la possibilità di entrare in una squadra professionale.»

Nero scoppiò a ridere, confondendomi. «Sì, è proprio di questo che parlavo.»

Ma il suo tono di voce mi fece capire che no, non era di quello, che parlava. Capendo a cosa si riferisse, mi sentii pervasa da uno strano calore.

«Cage e Quin ti hanno fatto sentire a tuo agio?»

«Tantissimo. Quin è incredibile. È, tipo… una ragazza normale.»

«Se dopo averla conosciuta pensi che sia una ragazza normale, allora non le hai parlato abbastanza» disse lui, ridendo.

«No, giusto. È la cosa più lontana che possa esistere da una ragazza "normale", però intendevo che sembra genuina.»

«Genuina?»

«Sì. Sai, alcune ragazze sembrano essere un po'… troppo.»

«Oh, tipo Lou?» scherzò Nero.

«Davvero?»

«Sì, quella ragazza è seriamente uno show. Questa cosa non ti piace?»

«Non saprei dirti. Forse non è tanto che non mi piace, ma che—almeno personalmente—sono andata oltre quella fase. Una volta anch'io ero un po' uno show, credo.»

«Tu?»

«Sì. Non avevo ancora ben capito chi fossi.»

«Davvero?»

«Già. E diciamo anche che non tutti hanno apprezzato particolarmente il mio viaggio verso questa scoperta.»

«Questo ha qualcosa a che fare con il modo in cui ti senti nei confronti dei giocatori di football?»

Mi girai a guardare Nero immediatamente, ricordandomi solo in quel momento, solo dopo aver parlato, che fino ad allora avevo tenuto segreto il motivo per cui mi sentissi in quel modo nei loro confronti.

«Sì, ha qualcosa a che fare con loro.»

«Beh, spero che stasera ti abbia aiutato a capire che non siamo tutti così.»

«Sì, sto cominciando a notarlo» gli dissi, sorridendo.

«Quindi ciò che stai cercando di dire è: 'Grazie, Nero, per avermi aperto gli occhi. Prima erano chiusi, e adesso la mia vita è cambiata per sempre'.»

Io risi. «Eh, non così tanto.»

«Va tutto bene, puoi dirlo. Non c'è motivo di sentirsi in imbarazzo. Sei in mezzo a gente amica.»

Gli scoccai un'occhiataccia scherzosa, e poi lo lasciai per andare a parlare con Quin. Mi piaceva davvero, Quin, e lei sembrava apprezzare me. Per quanto fossi già al mio terzo anno di università, la cosa più vicina ad un amico stretto che avessi mai avuto era Cory, la mia compagna di stanza.

Cory era dolcissima, ma soddisfaceva così bene le aspettative della società che la sua vita era stata abbastanza facile. Per questo motivo, mi era difficile capirla ed entrarci in sintonia.. Quin, invece, non lo era. E quello faceva tutta la differenza.

In pizzeria, io mi sedetti accanto a Quin e continuai a parlare con lei. Ogni tanto alzavo lo sguardo verso Nero, trovando sempre i suoi occhi già su di me. Ogni singola volta, sentivo brividi coprirmi tutto il corpo. Era davvero fantastico, e stavo cominciando a capirlo. Ma quella realizzazione non cambiava il fatto che il mio compito era quello di aiutarlo, non di andarci a letto

Anche se, diretti verso la pizzeria, mi era capitato di abbassare lo sguardo verso quel punto sotto la cintura dei suoi pantaloni, e non avevo potuto fare a meno di notare quanto fosse grosso quel rigonfiamento. Era parecchio impressionante. Quasi abbastanza da farmi dimenticare di tutto, giusto il tempo di spogliarlo completamente e scoparlo come se non ci fosse un domani. Quasi.

Quando arrivò il conto, Quin l'afferrò prima di tutti e poi fece intendere che ci avrebbe pensato lei. Io presi il mio portafoglio per aiutare, ma mi fece un cenno per fermarmi.

«Puoi pensare al prossimo, che ne dici?» mi disse. «Così usciamo un'altra volta.»

«Decisamente sì.»

Non sapevo esattamente se intendesse solo noi due, oppure con il resto del gruppo, ma poco importava.

A me andava bene. Non l'avrei mai pensato, ma conoscere gli amici di Nero aveva portato a farmelo piacere ancora di più. Stava diventando sempre più difficile notare la linea che mi manteneva nella sfera professionale della nostra relazione. Quando lui si offrì di accompagnarmi al dormitorio e salutò tutti gli altri, mi ci volle tutta la forza che avevo in corpo per ricordarmi che non eravamo stati ad un appuntamento.

«Ti sei divertita, oggi?» mi chiese, scoccandomi il sorrisetto più sexy del mondo.

«Tanto. I tuoi amici sono fantastici.»

«A loro sei piaciuta molto. E penso che tu abbia stretto una connessione davvero profonda, con Quin.»

Io risi. «Sì! Peccato che sia già impegnata.»

Nero sorrise. «Mi sa che dovrai accontentarti di ciò che è rimasto.»

«Peccato» dissi io, scherzando.

«Peccato.»

Con gli occhi fissi nei suoi, capii immediatamente in che tipo di situazione ci eravamo cacciati. Forse non avevo tantissima esperienza con i ragazzi, o con le relazioni in generale, però sapevo per certo che, se quello fosse stato un appuntamento, allora questo sarebbe stato il momento in cui Nero si sarebbe sporto verso di me e mi avrebbe baciata. Ed io volevo con tutto il mio cuore.

Eppure, quando lo vidi abbassarsi per fare esattamente questo, io feci un passo indietro e, invece, gli offrì la mano.

«Grazie per avermi dato un assaggio del tuo mondo. È stato…»

«Sensazionale?» chiese Nero, scacciando via la delusione che lessi nei suoi occhi al mio allontanamento.

«Sensazionale» gli concessi, perché avevo appena rifiutato un bacio, e il minimo che potessi fare era farlo sentire di nuovo bene, sicuro di sé.

«Non avevo dubbi» disse lui, fedele a se stesso. Poi allungò le sue braccia. «Abbraccio?»

Io esitai, ma solo per un istante. Incrociando le braccia intorno al suo corpo, lo strinsi con forza. Quando lui fece lo stesso, io quasi sperai che non mi lasciasse mai andare. Anche quando sentii la sua presa venire meno, mi ritrovai ad avere qualche difficoltà nel fare lo stesso.

Mi stavo innamorando di Nero, e tanto. L'unica cosa che mi restava da capire era che cosa avevo intenzione di fare, a riguardo.

# Capitolo 6

Nero

Nel momento stesso in cui avevo lasciato Kendall, non avevo fatto altro che pensare a lei. La sera della partita avevo giocato con tutte le mie forze sapendo che era tra gli spalti a guardarmi, e quella stessa adrenalina mi aveva seguito fino agli allenamenti della volta dopo.

«Continua a lavorare così, Roman!» mi disse il coach mentre vomitavo l'anima dentro uno dei secchi, dopo gli sprint.

«Grazie, coach.»

Sapere che il coach era contento del mio lavoro era bello, ma non bello quanto ricevere un messaggio da Kendall. Stavo cercando con tutto me stesso di non scriverle troppo. Non ero molto bravo in quelle cose, e di certo non avevo tanta esperienza, ma qualcosa mi diceva che avrei dovuto andarci piano. Quello che sapevo per certo era che sarebbe stata una pazzia non farmi aiutare da nessuno in quella situazione, e viverla completamente da solo.

Sapevo per certo che, un anno fa, mio fratello aveva provato esattamente le stesse cose quando aveva conosciuto Quin. Non avevo la minima idea del perché ancora non gli avessi detto come mi sentivo nei riguardi di Kendall. Non è che avessi paura che lui mi giudicasse, perché sapevo che non l'avrebbe mai fatto. Tuttavia, dopo il modo in cui ci eravamo guardati durante la cena, in pizzeria, non c'era modo che i miei amici e mio fratello non sapessero quanto perso io fossi per Kendall.

*Potresti andare con Quin a Snowy Falls questo fine settimana? C'è una casa che abbiamo trovato che vorremmo tu vedessi, prima di prendere qualsiasi decisione,* mi scrisse Cage quel pomeriggio.

Io restai a guardare quel messaggio senza sapere bene come avrei dovuto rispondere. Sarei stato più che felice di accompagnare Quin, e la cosa mi avrebbe dato modo anche di andare a trovare la mamma. Quello non era un problema; il problema era che il motivo era andare a vedere una casa.

Il loro piano aveva completamente senso. Non c'era motivo, per Quin, di continuare a restare da Sonya nel suo B&B quando avrebbe potuto comprare una casa senza problemi. E Dio solo sa quanto sarebbe stato bello, per me, avere un po' di privacy ogni qualvolta avessi avuto la possibilità di andare a trovarli. Non potevi neanche andare in bagno, in quella vecchia roulotte, senza che la gente lo sapesse.

Ma per quanto vecchio e privo di privacy, que posto era casa. Era mio. Beh, no, non lo era. Avevamo pagato veramente troppo per avere quel posto. Ma—non avrei saputo spiegarlo... era casa, in ogni caso. Era qualcosa che nessuno avrebbe potuto portarmi via— tranne, forse, il padrone che aveva minacciato di buttarci fuori di lì troppe volte, durante tutti quegli anni.

Non avevo la più pallida idea del perché m'interessasse così tanto di quella merda, eppure era così. E il pensiero di perdere quel posto mi faceva stare male.

Non che non mi fidassi dell'ospitalità e della gentilezza di Quin. Diamine, a quel punto Quin era tanto la mia famiglia quanto lo era Cage. Quanto lo era mamma. Non avevo dubbi che quei due si sarebbero sposati, ad un certo punto. Lo sapevano tutti.

La verità, però, era che non ero certo che sarei riuscito a sopportare l'idea di dipendere da qualcuno. Mi ero dovuto prendere cura di me stesso e di mia mamma per tutta la vita. Quando hai sempre e soltanto avuto te stesso su cui poter contare, sai che non c'è nessuno che può deluderti.

Seduto sul letto nella mia stanza, uscii fuori dalla mia trance solo quando sentii la porta d'ingresso aprirsi.

«Ehi, Cage ti ha scritto, vero?» mi chiese Titus prima ancora di salutarmi, gettando lo zaino sul suo letto.

«Sì, l'ho letto. Solo che sono stato troppo impegnato per rispondere.»

Riuscivo a sentire Titus fissarmi anche se i miei occhi erano ancora incollati sul soffitto.

«Riesco a vederlo, sì. Genio a lavoro» mi prese in giro lui. «Hai sentito che Sonya sta organizzando una festa?»

«Una festa?»

«Sì, una sorta di giornata fuori. L'ha chiamata Moonshine Festival, e Cage la sta aiutando. Sonya pensa che potrebbe aiutare a portare dentro la cittadina un po' di turisti. Considerato il passato con i liquori che ha Snowy Falls, penso che sia una buona idea. E se c'è una cosa per cui la gente si mette in macchina e viaggia, quello è l'alcol. Dico bene?»

«Forse.»

«Non so, io credo che potrebbe funzionare.»

Guardai Titus afferrare una porzione di noodles e riscaldarla dentro il microonde. «Dunque… hai intenzione di dirmi cosa sta succedendo tra te e Lou?»

«In che senso?» mi chiese lui, con nonchalance.

«Nel senso, ti piace, o…»

«Certo che mi piace. Siamo amici.»

«Non è questo che intendo. Intendo che passate tantissimo tempo, insieme. C'è un motivo per cui passate tutto questo tempo insieme?»

Titus si girò a guardarmi come l'avessi colto sul fatto.

«Che altra ragione ti serve se non quella che siamo amici? È divertente come persona. Non ho bisogno di dirtelo io.»

«No, certo che no.»

«Quindi... che succede tra te e Kendall?»

Mi si spalancarono gli occhi, perché di certo non avevo preventivato l'arrivo di quella domanda. Era chiaro il motivo per cui l'avesse chiesta, però. Titus era con noi, domenica. Non si poteva certo dire che avessi fatto alcunché per nascondere cosa provassi per Kendall.

«Siamo amici e lei è una ragazza simpatica. L'hai conosciuta. Non ho certo bisogno di dirtelo io.»

Titus mi guardò per un po', poi scoppiò a ridere. Sapeva benissimo cosa stessi cercando di dire. Se non aveva intenzione di dirmi la verità riguardo i suoi sentimenti per Lou, allora non l'avrei fatto neanche io riguardo i miei per Kendall.

«Giusto» disse Titus, lasciando cadere la questione. «Non ti dimenticare di rispondere a tuo fratello» mi ricordò, poi afferrò il suo pranzo e lasciò la stanza.

Io afferrai il telefono e scrissi, *Certo.*

*Fantastico. Ci vediamo nel weekend, allora,* rispose lui immediatamente.

Non mi sentivo ancora particolarmente entusiasta all'idea che stessero cercando di comprare una casa, ma in quel momento realizzai che c'erano cose più importanti di cui volevo parlare con lui. Una conversazione che avevo evitato di fare per troppo tempo.

Mettendoci finalmente in viaggio alla fine della mia partita in trasferta, Quin ed io arrivammo a Snowy Falls ben oltre le otto di sera.

«Vieni con me a casa nostra, oppure ti lascio direttamente da Sonya?»

«Cage mi ha detto di incontrarci da voi, ed io vorrei anche salutare tua madre. Possiamo andare da Sonya dopo.»

Annuii, poi ricordai una cosa. «Quin… hai fatto qualche progresso riguardo quella cosa che stavi cercando?»

«E per 'cosa' intendi chi sia vostro padre?»

«Sì.»

Cage era stato rapito dall'ospedale quando era appena nato, e aveva passato tutta la sua vita fino ad un anno prima con l'uomo che l'aveva rapito, convinto che sua madre fosse morta dandolo alla luce. Ma poi Cage aveva conosciuto Quin. E, in poche settimane, Quin era riuscita a capire che l'uomo che aveva cresciuto mio fratello non fosse il suo vero padre, e poi aveva trovato l'ospedale di nascita di Cage, che li aveva portati qui, da noi.

Era riuscita a scoprire che fossimo imparentati sulla base del nulla. Quella ragazza era incredibilmente intelligente, e visto che mia madre non mi aveva mai detto chi fosse mio padre—e, quindi, anche il padre di Cage—, non mi era rimasta altra scelta che chiedere alla persona più intelligente che conoscessi di provare a trovarlo. E sapevo che ci stava lavorando, ma non mi aveva dato più alcuna notizia.

«L'unica cosa che ho scoperto è che sicuramente non è nessuno che vive qui.»

«Sul serio?»

«Sì. Perché? Avevi il sospetto che potesse essere qualcuno in particolare?»

«In realtà sì. Beh, non qualcuno in particolare, però... ero convinto che fosse qui.»

«Potrei anche sbagliarmi, ovviamente... però ne ho parlato un po' con tua madre. Sta molto meglio, ultimamente. E, certo, non ho bisogno di dirti che non è stata molto incline a dire chissà cosa, ma... mi ha dato l'impressione di essersi trasferita in paese dopo averti dato alla luce. Se fosse stato con qualcuno che proveniva da qui, allora sarebbe già stata qui prima che tu nascessi, e quindi anche prima che nascesse Cage.»

«Quindi non hai esattamente qualcosa di scientifico su cui basare questa tua supposizione?»

«Non posso esattamente andare in giro per il paese a chiedere ad ogni singolo uomo di sottoporsi un test di paternità.»

«Non ogni singolo uomo... e poi, non hai neanche avuto bisogno di un test, per capire che io e Cage eravamo fratelli.»

«Quella è stata una cosa diversa. Voi due avete delle caratteristiche rare che fanno parte del vostro DNA, è stato più semplice. E poi, ho tenuto gli occhi aperti, nel caso in cui avessi trovato qualcuno con quelle stesse caratteristiche. Ma, fino ad ora, vostra madre è l'unica su cui le ho viste.»

«Quindi, in pratica la nostra possibilità migliore sarebbe quella di scoprire la verità direttamente dalle labbra di mia madre, e lei non ha intenzione di raccontarci i suoi segreti.»

«No, temo di no. E… magari non è esattamente una brutta cosa, Nero.»

«Come può non essere brutto, crescere senza sapere chi è mio padre? Almeno Cage ha avuto quell'uomo. Non è stato un grand'uomo, si sarà comportato di merda, ma almeno aveva qualcuno. Mia mamma era tutto ciò che avessi, e quando ha perso la testa, io sono rimasto da solo. Come può essere una buona cosa?»

Quin restò in silenzio per un bel po', prima di rispondere.

«Nero… io ho questa sensazione… come se, qualsiasi cosa sia successa, non sia esattamente ciò che vorresti sentire. Dopo aver parlato con tua mamma, anche se poco e un po' alla volta, ho cominciato a pensare che, forse, qualsiasi cosa sia successa nel passato sia il caso di lasciarla proprio lì. Nel passato.»

«Che cosa vuoi dire? Cosa non mi stai dicendo, Quin?»

«Niente, te lo assicuro. Ti ho detto tutto ciò che so. Ma ti sei mai chiesto cosa sia stato, esattamente, a far perdere la ragione a tua madre?»

«Certo che sì. È stato quando Cage è stato rapito, e l'ospedale ha deciso di mentirle dicendole che era morto piuttosto che dire la verità, cioè che lo avevano perso. Perché lei sapeva che non era vero.»

«È quello che dice lei, Nero, e potrebbe essere una possibilità. Però pensaci un attimo… non hai forse detto tu stesso che non ha perso la testa fino a dopo, quando tu eri già più grande? Come ha fatto a mantenere la sanità mentale per tutto quel tempo? Cos'è stato a farla sprofondare giù di punto in bianco?»

«Non è stato di punto in bianco, è stato graduale. L'ho visto con i miei occhi.»

«Sì, ma forse non stavi guardando dalla parte giusta. Forse c'era qualcos'altro che stava succedendo, di cui tu non eri al corrente.»

«Quindi mi stai dicendo che forse è stato altro a farle perdere la testa?»

«È ciò che penso, sì. E un'altra cosa che temo è che, qualsiasi cosa sia, tu potresti non volerla sapere.»

Ci pensai su un attimo, restando in silenzio.

«Hai detto a Cage tutte queste cose?»

«Cage non mi ha fatto domande al riguardo.»

«Quindi porterai a galla l'argomento solo nel caso in cui lui ti faccia domande?»

«Probabilmente, sì.»

«Il che è il motivo per cui anche io ho dovuto chiedere?»

«Sì», rispose ancora Quin, completamente seria.

«Non pensi che anche Cage vorrebbe sapere queste cose?»

«Forse. Ma forse no. L'unica cosa che Cage ha voluto per tantissimo tempo era una madre. Quando ha scoperto di non averla persa dopo la sua nascita, l'unica altra cosa che ha voluto è stata averla accanto, stare con lei. Adesso ce l'ha. Sua mamma, una vera famiglia. Ha trovato il suo posto. Per lui questo è abbastanza. Quantomeno per adesso.»

«Stai forse dicendo che dovrebbe essere abbastanza anche per me? Avere una famiglia, aver trovato mio fratello?»

«Non sto dicendo proprio nulla. Non posso dirti cosa fare e cosa provare. Però voglio chiederti... la tua vita, in questo momento, non sta andando bene?»

«Non sta andando male», ammisi.

«E allora perché vorresti potenzialmente rovinare le cose?»

Mi girai a guardarla, e non riuscii a trovare una risposta. Quella ragazza era intelligente, e non potevo dire che il suo discorso non avesse un senso. Ma essendo cresciuta come aveva fatto, con un padre che l'aveva resa il centro del suo mondo padri, non avrebbe mai potuto capire cosa significasse crescere senza.

Sapevo che avesse buone intenzioni, con quel suo consiglio. Ma se avessi dovuto rispondere alla sua domanda, allora le avrei detto che, a volte, insistere per conoscere le risposte era l'unico modo per andare avanti nella vita.

Era chiaro che Quin non stesse scoprendo molto con quella sua investigazione, e ciò significava che io non avrei fatto assolutamente alcun passo avanti rispetto a quando avevo cominciato. Mia madre era ancora l'unica persona che conoscessi ad avere le risposte, e non me ne avrebbe data alcuna. Ma cosa stava nascondendo? Poteva davvero essere qualcosa che, forse, io avrei fatto meglio a non sapere?

Continuai a ripetermi quella stessa domanda per tutto il tempo, fino a quando non arrivammo dentro il parcheggio dei camper. Più ci avvicinavamo, più i miei pensieri passavano dal mio passato al mio presente, a tutte le cose che avrei dovuto dire loro. Sentii la mia mascella tendersi al solo pensiero. Non avevo la minima idea di come iniziare il discorso, ma era così chiaro che la vita di Cage e Quin stesse andando avanti… era arrivato il momento di fare lo stesso.

Fermandomi di fronte casa, vidi la macchina di Cage posteggiata proprio accanto alla mia. Una volta dentro, lo trovammo insieme a mia mamma seduti sul divano, di fronte alla televisione. Quando non la vidi girarsi a guardarci, io mantenni gli occhi su di lei.

Cosa mi stava tenendo nascosto? Cosa poteva esserci di così brutto riguardo alla mia nascita? E dopo una vita passata a chiederglielo, adesso come potevo portarla a dirmelo?

«La cena è pronta, se avete fame» disse Cage, girandosi per lasciare un bacio sulle labbra della sua ragazza.

Seduto al tavolo della cucina, per la prima volta in tutta la mia vita mi ritrovai a rendermi conto di quanto piccolo e angusto fosse davvero quello spazio. In quattro, a malapena i piatti riuscivano ad entrare tutti sul tavolo; l'unico motivo per cui ci riuscivamo era perché la persona più piccola—in questo caso Quin—era praticamente rintanata in un angolino. Non c'erano dubbi sul perché volesse comprare una casa. Accettare queste condizioni doveva essere impossibile, per lei.

«Quando volete mostrarmi il posto?» chiesi a Cage.

Mio fratello guardò Quin, e poi guardò mamma. Fu in quel momento che realizzai che, forse, lei ancora non ne sapeva nulla di quel loro piano.

«È una bella casa» mi sorprese però proprio lei.

«Oh! Quindi sono l'unico che ancora non l'ha vista.»

«Non sei stato qui, ultimamente» mi spiegò Cage.

«Ovvio che no, perché ho partite ogni singolo sabato, e sono pieno di lezioni durante la settimana.»

«Non era un'accusa, lo sappiamo. È solo che questo è il motivo per cui ancora non l'hai vista; tutto qui.»

Guardai tutt'e tre le persone che mi ritrovavo di fronte. La vita di ognuno di loro stava andando avanti… e lo stava facendo senza di me.

«Quindi… quando la vedrò?»

«Domani mattina. La signora Roberts ha detto che potrà aprircela per le nove.»

«Perché così presto? È domenica. La gente non dorme più in questo posto?»

«Ha detto che deve essere dal parrucchiere per le dieci in punto.»

«Le persone vanno ancora dal parrucchiere di domenica?» chiesi, perché pur avendo passato tutta la mia vita in quel posto, non me ne ero mai accorto.

«E in chiesa, e al Bingo. Oppure si incontrano e basta. Ha senso» disse Cage, scrollando le spalle.

«Immagino di sì.»

Li guardai tutti e tre un'altra volta, chiedendomi se, per caso, non fosse arrivato il momento di parlare loro di ciò di cui dovevo parlare. La risposta era no. Avrei dato a Cage e Quin la possibilità di farmi vedere la loro nuova, possibile casa, prima. Era un piano migliore.

Dopo aver aiutato Cage e Quin ad occuparsi dei piatti, i due piccioncini andarono via insieme per lasciare

Quin da Sonya. Io mi sedetti sul divano accanto a mamma. Il suo stato mentale era andato migliorando sempre più da quando Cage era entrato nelle nostre vite. La cosa mi aveva portato a chiedermi più di una volta se, per caso, la sua vita non sarebbe stata di gran lunga meglio se, invece di Cage, fossi stato io quello ad essere rapito dentro una culla d'ospedale.

«Va tutto bene, ma'?» le chiesi, poggiando le mie mani sulle sue.

«Mi sento molto meglio adesso, tesoro. Così tanto, a proposito, che stavo pensando di rimettermi nel mondo del lavoro, ricominciare a cercare.»

Le sue parole mi lasciarono sorpreso. Sette anni fa, era stata la sua incapacità a mantenere un lavoro che aveva portato me a trovare un modo per tenere a galla entrambi. Ero solo un bambino, e mi ero ritrovato a fare cose che nessun bambino avrebbe mai dovuto fare.

E adesso mi diceva che avrebbe voluto tornare al lavoro? Cosa diavolo stava succedendo?

«Cosa ti ha portata a prendere questa decisione, ma'?»

«È che mi sento molto meglio, adesso. Avere Cage ha fatto tutta la differenza del mondo. Non sei contento di riavere tuo fratello?»

«Tanto, mamma. Ti fa bene averlo accanto.»

«Fa bene a tutti quanti.»

«Sì, è vero» dissi, chiedendomi se quel suo sentirsi meglio avesse qualcosa a che fare con il suo segreto.

Una cosa, però, si fece via via sempre più chiara quella notte, mentre restavo sveglio coricato sul letto, gli occhi incollati al soffitto: qualsiasi cosa fosse stata, a farle perdere la testa sette anni fa, e qualsiasi cosa fosse stata a farla ritornare a galla adesso, a mia mamma io non servivo più. Non servivo più a nessuno. Avrei potuto andare via l'indomani mattina e nessuno si sarebbe reso conto che ero sparito. Era una pillola amara da ingerire, eppure non era altro che la verità.

Per quanto il mio corpo fosse estremamente stanco a causa di tutti i colpi che avevo preso durante la partita di sabato, non riuscii a prendere sonno che dopo le quattro del mattino. Ciò significava che non riuscii per niente ad alzarmi in tempo per andare a vedere la nuova casa. Fu la chiamata di Cage che ricevetti un quarto d'ora dopo l'orario che avevamo concordato che mi svegliò. Non dovetti chiedere perché mi stava chiamando. Mi limitai a rispondere, e chiesi, «Sto andando via adesso. Dove devo andare?»

«Ti ho mandato l'indirizzo per messaggio.»

Guardai lo schermo. «Okay, ce l'ho. A dopo.»

Lo riconoscevo, quell'indirizzo. Essendo una piccola cittadina, non c'erano molte strade da tenere a mente. Non c'erano neanche tanti bei quartieri. Ovviamente, la casa verso la quale ero diretto era situata proprio in uno di quei pochi quartieri. Quella più vicina apparteneva a Glenn, che aveva il negozio del paese, e a suo marito, il dottor Tom, che era l'unico dottore che Snowy Falls avesse. Non avevo dubbi, quindi, che quella casa sarebbe stata particolarmente bella.

Parcheggiando di fronte a essa, scoprii di non avere torto. La casa era a due piani, con un'enorme veranda e un enorme giardino. Il tetto della casa era di un color legno cedro particolarmente bello, che richiamava il motivo dei pavimenti della cucina e del salotto.

Inoltre, c'erano marmo e candelabri di vetro dovunque. Il bagno attaccato alla stanza da letto più grande aveva un'enorme vasca da bagno, e dove non erano visibili pavimenti in legno era solo perché quegli ultimi erano stati nascosti da tappeti importanti.

Quella doveva essere la casa più bella che io avessi mai visto. La prima volta, avevo pensato che la casa del dottor Tom fosse bellissima, ma… era impossibile anche solo fare il paragone, con quella. La casa doveva costar almeno un milione di dollari. L'affitto del nostro camper era di trecento dollari al mese, e non era neanche un bel posto.

«E tu puoi… semplicemente comprare questo posto?» chiesi a Quin.

«Beh, i miei genitori mi aiuteranno a lasciare la prima caparra. Ma è da un po' che lavoro con mio padre, dall'inizio di questo semestre.»

«Mentre ci sono le lezioni?»

«Sì. E gli investimenti che ho aiutato a fare hanno fruttato bene. Sono stata fortunata.»

«Dev'essere bello» dissi, ancora incredulo a tutto ciò che avevo di fronte agli occhi.

«Sì, Nero, è molto bello per noi poter avere una casa come questa in cui vivere» disse Cage, scoccandomi uno sguardo di ghiaccio prima di prendere le mani della sua ragazza e lasciarle un bacio sulla fronte.

«Sì», dissi, anche se non particolarmente convinto. «Ascoltate, io... devo parlarvi di alcune cose.»

Cage lasciò andare la sua ragazza, ed entrambi vennero a posizionarsi di fronte a me.

«Che succede?» mi chiese.

«Beh... sapete che ultimamente sto giocando bene.»

«Eccome. La partita della settimana scorsa è stata grandiosa.»

«Sì. Quest'ultima non è andata altrettanto bene, ma siamo comunque andati avanti», feci sapere loro.

«Ottimo. Sono molto orgoglioso di te, fratello.»

«Sì, anche io!» disse Quin con entusiasmo.

«Grazie. Ma... beh, sapete come, dopo alcune buone partite, le persone cominciano a parlare di quante possibilità protesti avere di giocare a livello professionale?»

Cage ridacchiò. «Ne so qualcosa, sì.»

«Beh... hanno cominciato a farlo con me.»

«Sì?»

«Sì. E sto considerando di farlo.»

«Intendi quest'anno?» mi chiese Cage, sorpreso.

«Perché no? Avrò ventuno anni per quando arriverà il momento di entrare. È la stessa età in cui entra la maggior parte della gente.»

Cage mi guardò preoccupato.

«Lo sai che quello che fai in questo momento non è ciò che vuole qualcuno nella NFL, vero? Se ti facessi male, sarebbe la fine.»

«Sì, lo capisco. Ma è meglio battere il ferro quando è caldo.»

«È vero, sì» concesse lui, entusiasta neanche la metà di ciò che avevo sperato.

«E lo capisco, che tu hai avuto la possibilità di andare ma hai scelto noi, invece...»

«Ehi, io non sono andato perché ero rimasto ferito.»

«Non prendermi per il culo, okay? Stavi già meglio, avresti potuto farlo. E anche se non avessi scelto di tornare l'anno scorso, avresti comunque potuto farlo quest'anno.»

«Ma non volevo, non è mai stato il mio sogno.»

«Infatti. Volevi stare con noi.»

«È vero.»

«E adesso io, invece, sto scegliendo questa strada invece di fare ciò che hai fatto tu» dissi, abbassando il capo.

Cage poggiò una mano sulla mia spalla, e strinse forte.

«Nero... io ho preso la decisione migliore *per me*. Perché era ciò di cui avevo bisogno. Anzi, era ciò che volevo. Ma il fatto che io abbia scelto questa strada per me stesso non vuol dire che debba farlo anche tu. Il mondo è grande, enorme. Dovresti avere la possibilità di esplorarlo. Io sarò sempre qui per proteggere la nostra casa. Sono qui per questo, dico bene? Anche per darti la possibilità di avere un futuro migliore» disse, sorridendo. «Capito?»

Sentii una lacrima rigarmi una guancia, e immediatamente la scacciai via.

«Capito.»

«Bene.»

Cage mi lasciò andare, tornando accanto a Quin. Li guardai mettersi comodi l'uno tra le braccia dell'altra.

«C'è qualcos'altro che dovrei dirvi, probabilmente... visto che stiamo parlando.»

«Cosa?» mi chiese mio fratello.

«Io, ehm... penso di volere ciò che hai tu?»

Cage inclinò la testa, confuso. «Ciò che ho io?»

«Lo sai, Quin» dissi, vulnerabile.

«Amico... Quin è impegnata» disse lui, sorridendo.

«Lo sai cosa intendo.»

«No, veramente no.»

«Ah, andiamo!» dissi, non volendo spiegarmi.

«Avrò bisogno che tu dica le parole ad alta voce» mi disse ancora Cage, sorridendo. Sapevo bene che, invece, aveva capito eccome. Voleva soltanto sentirmelo dire.

Sentii il cuore stringermisi dentro il petto mentre guardavo le persone più vicine che avessi. Prendendo un respiro profondo, raccolsi il coraggio. Era arrivato il momento. L'avrei detto ad alta voce.

«Penso di aver trovato qualcuno che mi piace davvero tanto. È presto, ma penso che potrebbe essere quella giusta.»

«Kendall?» offrì Cage.

«Sì… era così ovvio?»

«Voglio dire, non direi ovvio—»

«Oh, andiamo» lo interruppe Quin. «Era assolutamente ovvio, potevamo vederlo tutti. A me lei piace. Penso che potrebbe farti stare bene.»

«Dici?» chiesi, sentendo il bisogno di avere dell'incoraggiamento a riguardo.

«Sì. Ha quest'aura attorno a sé… non so, è molto empatica.»

«Non è stata molto empatica quando ha scoperto che faccio parte della squadra di football.»

«Perché, che cosa è successo?» mi chiese Quin, allontanandosi dall'abbraccio di Cage.

«Mi ha praticamente detto di andare a farmi fottere. Voglio dire, non l'ha esattamente detto così, okay, ma il senso era quello.»

«Strano. Ti ha detto perché?»

«Gliel'ho chiesto, ma lei non ha voluto parlarne.»

«Magari dovresti continuare a chiederglielo», mi suggerì Cage.

«Alcune persone hanno bisogno di un po' d'incoraggiamento, prima di aprirsi» aggiunse Quin.

Cage guardò la sua ragazza. «Dice la ragazza che non ha un peli sulla lingua.»

«Sì, ma… ci sono cose che neanche io ti avrei mai detto, di me, se non fosse stato per l'aiuto di Lou.»

«Quindi devo la mia felicità alla tua compagna di stanza?»

«Beh, allora… mi piacerebbe prendere un po' di merito per quello, no?» disse Quin, sorridendo.

«Se vuoi meriti, piccola, te ne do quanti ne vuoi. Hai reso la mia vita esattamente quello che ho sempre sognato. Non sarei l'uomo che sono se non ti avessi incontrata.»

«Ah!» disse Quin, come incredula che Cage potesse essere così romantico, e si allungò a dargli un bacio. «Prendiamo questa casa, ti prego. Voglio vivere qui con te, Cage Rucker.»

Cage si girò a guardarmi. «Che ne dici, Nero? Prendiamo questa casa?»

Io guardai la coppia che avevo di fronte, che aveva esattamente ciò che un giorno speravo di poter avere anch'io. «Dovreste prenderla, sì» dissi, con il cuore pesante.

Sapevo che fosse sbagliato, da parte mia, pensarla così, ma in qualche modo mi sembrava che fosse arrivata la fine di tutto ciò che fino a quel momento avessi mai conosciuto e amato. Le cose stavano cambiando, e nel loro cambiamento, mi stavano buttando fuori. Avrei dovuto trovare un modo per far sì che le cose tra me e Kendall funzionassero; se non l'avessi fatto, sarei rimasto completamente solo, e a mani vuote.

La signora Roberts, l'agente immobiliare, era entusiasta tanto quanto lo erano Cage e Quin di prendere quella casa. Promise ai ragazzi di occuparsi di tutte le scartoffie nel più breve tempo possibile, per permetterci di trasferirci entro una settimana. Quin si era ritrovata a dire che fosse un tempo estremamente breve, per quel tipo di cose. Io non ne avevo la più pallida idea, in ogni caso, così ci credetti e basta.

Decisi di passare il resto della giornata con loro, accompagnandoli al Bed & Breakfast della dottoressa Sonya. Ci ero stato soltanto una volta in tutta la mia vita, e quell'unica volta ero rimasto fuori. Una volta dentro, mi resi conto di quanto bello fosse l'interno, e non potei fare a meno di considerare quanto tutti quanti sembrassero possedere più di ciò che avessi mai avuto io. Non era neanche la prima volta che mi capitava di fare pensieri del genere; ma in quel momento, con la possibilità di vedere come l'altra gente riusciva a vivere, quei pensieri non potevano fare a meno di tornare a galla.

«Oh, grandioso! Hai portato i rinforzi» disse Sonya a Quin, con la sua solita energia. «Avevo bisogno di qualche aiuto in più, e come per magia, adesso eccovi qui!» disse, stringendo il mio braccio con felicità.

Sonya ci mise immediatamente tutti al lavoro. Suo figlio spuntò poco dopo che Sonya si allontanò dalla stanza, e lo guardai scendere dalle scale e, una volta accortosi di noi, dirigersi velocemente verso la porta.

«Com'è che tu non stai facendo nulla?» gli chiesi, riconoscendolo immediatamente come uno dei ragazzini a scuola.

Cali era stato al suo primo anno quando io ero stato all'ultimo. Era anche stato nella squadra. Me lo ricordavo principalmente perché, rispetto a tutti gli altri ragazzi in squadra, lui era quello che parlava di meno. E, guardandolo in quel momento, la situazione non mi sembrò per niente diversa.

Senza neanche considerare la mia domanda, chiese invece, «Hai appena cominciato a studiare all'East Tennessee, vero?»

«Sì. Stai pensando di andarci anche tu?»

Lo vidi girarsi a guardare Quin.

«La sto prendendo in considerazione, sì.»

«Adesso sei all'ultimo anno, vero?»

«Sì.»

«Sei ancora in squadra?»

«Ha fatto un goal da una distanza di sessanta yard durante la scorsa partita, dimmi un po' te» mi rispose Cage, con voce orgogliosa.

«Diamine! Ma è fantastico! Potresti cominciare a giocare anche tu dal primo anno, con la tua bravura.»

«Non solo questo, ma anche una grandissima borsa di studio, questo è certo» aggiunse Cage. «L'East Tennessee sarebbe estremamente fortunata ad averlo in squadra.»

Cali si fece sempre più rosso in viso ad ogni nuova parola che usciva dalle nostre bocche.

«Beh, se mai avrai bisogno di qualcuno che metta una buona parola con il coach, fammelo sapere» gli dissi.

«Il signor Rucker ha detto che ci avrebbe pensato lui, a tutto quanto.»

«Il signor… Rucker?» chiesi io, confuso.

«Sono io, deficiente» disse Cage, seccato.

Io scoppiai a ridere. «Ah, giusto! Il signor Rucker. Beh, allora sono certo che tu sia in buone mani. Del resto, è stato lui a farmi avere la borsa di studio.»

«E adesso sono fortunati ad averti. Non rovinare le cose, eh! Ho bisogno che la mia credibilità sia intatta, per aiutare lui» scherzò Cage.

«Oh, cazzo… allora sei fottuto, amico» dissi a Cali.

Cali si girò a guardare Cage, preoccupato.

«Scherza! Nero, digli che scherzi.»

«Sto scherzando… diciamo.»

Cali continuò a guardare ad intermittenza tra me e Cage, come insicuro.

«Cali, sei lì dentro?» chiese Sonya.

La testa del ragazzo scattò verso la cucina, in direzione della voce, e poi lo vidi precipitarsi fuori dalla porta, un secondo prima che Sonya entrasse nella stanza, guardandosi intorno.

«Lo hai perso per un soffio» le dissi. «Ha detto qualcosa riguardo al football, credo» le riferii, il che, comunque, non era una bugia.

La dottoressa Sonya si girò a guardare Cage, che per tutta risposta scrollò le spalle.

«Beh, vorrà dire che ci lascerà tutto il divertimento.»

Per la maggior parte del tempo, Sonya si limitò a farci creare diversi cartelli. Erano enormi pezzi di legno che avevano bisogno di essere colorati come base, poi decorati prima di scriverci sopra ciò che avrebbero dovuto segnalare. Quando tutti e quattro cominciammo ad avere i sensi completamente inebriati dalla puzza del colore, Sonya ci rilasciò finalmente dalle sue grinfie, preparandoci qualcosa da mangiare prima di permetterci di scappare via dai preparativi per il festival.

Una volta liberi, io, Quin e Cage andammo a camminare. Non c'era molto da fare, a Snowy Falls, ma i sentieri erano davvero da mozzare il fiato. La cittadina prendeva il suo nome dal modo in cui le sue cascate si trasformavano durante l'inverno; tutto il resto dell'anno, invece, i sentieri erano come coperti da un tetto di rami pieni di foglie. Valeva davvero la pena di andarci.

Mentre Cage e Quin, davanti a me, chiacchieravano, io mi persi nei miei pensieri, tutti riguardanti Kendall e ciò che stava succedendo tra di noi. Avrei voluto con tutto il cuore invitarla qui, mostrarle tutte quelle belle cose. A guardarla, Kendall sembrava il tipo di ragazza che preferiva più la città che i paesini, ma anche Quin era stata in quel modo prima di scoprire quel posto. Adesso, quei sentieri li conosceva meglio delle sue stesse tasche, come fosse stata lei a crescere lì.

Nel momento stesso in cui feci questa considerazione, il piede di Quin s'impigliò nella radice scoperta di uno dei grandi alberi, facendole perdere l'equilibrio. La vidi, come a rallentatore, cadere di faccia sul terriccio fangoso.

«Tutto bene?» le chiesi, sapendo già che non s'era fatta nulla.

«Sì, sto bene. Non mi sono accorta della radice.»

«Perché eri troppo impegnata a parlare» le dissi, prendendola in giro. «È una passeggiata, non una maratona di chiacchiere.»

«Stai zitto, Nero» disse Cage, prendendo immediatamente le difese della sua donna.

Rispettavo quella cosa. Quindi, e solo per quel motivo, lasciai perdere il tono un po' troppo impertinente che Cage aveva utilizzato. Ma notai che entrambi parlarono molto meno, per il resto del sentiero.

Non mi dava per niente fastidio sentirli parlare, comunque. L'unica cosa che mi faceva sentire un po' triste era il fatto che non avessi Kendall con me, per poter fare lo stesso. Con i pensieri ancora una volta rivolti a lei, tirai fuori il telefono dalla tasca e controllai i messaggi, sperando di trovarne uno da parte sua.

«Controlli che Kendall ti abbia scritto?» mi prese in giro Cage.

«Stai zitto, Cage» risposi io.

Una volta scoperto di non avere alcun messaggio, portai nuovamente il telefono dentro la tasca. Dopo un momento di assoluto silenzio, Cage parlò di nuovo; quella volta, però, lo fece senza scherzare.

«Ti scriverà. Ho visto il modo in cui ti guardava, l'altra sera, dopo la partita. Anche tu le piaci.»

«Ho detto stai zitto, Cage!»

Ma nonostante quella mia reazione, in realtà apprezzavo molto le parole di Cage. Ogni singola volta in cui vedevo Kendall non rispondermi per ore, mi chiedevo se per caso non volesse più neanche vedermi. Mi aveva già mandato a quel paese una volta. Avrei dovuto aspettarmi che lo facesse una seconda?

Avrei dovuto scoprire, in un modo o nell'altro, quale fosse il suo problema con i giocatori di football. Del resto, lei mi stava aiutando con i miei problemi. Forse, nella posizione in cui ero, c'era qualcosa che avrei potuto fare anch'io, per lei.

Una volta finito il sentiero, tutti e tre decidemmo di non tornare da Sonya. Lasciai i due piccioncini da soli, e aspettai a casa Cage e Quin così che potessimo tornare al campus insieme. Una volta in macchina, Quin ed io parlammo di Kendall. E lei mi suggerì di invitarla alla nostra prossima serata domenicale. Non era una brutta idea, e l'avrei sicuramente presa in considerazione. Però, prima di tutto, avevo bisogno di passare un po' di tempo da solo con lei.

*Quando sarà il nostro prossimo incontro?,* le scrissi per messaggio quando mi resi conto che non avrebbe risposto a quella battuta che le avevo mandato e che avevo trovato particolarmente divertente.

*Se vuoi, possiamo parlare domani a pranzo.*

*Che ne dici, invece, di farlo a cena da Commons?,* le chiesi, riferendomi al piccolo ristorante collegato all'enorme area di studio del campus. Sarebbe stato più intimo, come posto.

Dopo quel piccolissimo scambio veloce di battute, Kendall non si fece sentire più per un'altra ora. Quando rispose, scrisse soltanto, *Okay. A che ora?*

Non avrei potuto esserne più felice. Il pensiero di rivederla presto fu l'unica cosa che mi fece andare avanti per il resto della giornata, l'unica cosa che riuscì a farmi addormentare quella notte.

Il giorno dopo, agli allenamenti, mi ritrovai a fare qualsiasi cosa pur di bruciare tutta l'energia estatica che avevo in eccesso. Così tanto che, per quando l'ora di cena finalmente arrivò, mi sentivo così stanco che a malapena riuscivo ad alzare le braccia.

«Che hai, oggi?» mi chiese Kendall, dopo avermi guardato dall'alto in basso.

«Allenamento, molto pesante e intenso.»

«Oh. Allora, che hai fatto nel weekend?»

Per un attimo, considerai l'idea di risponderle che lo avrebbe già saputo, se si fosse degnata di rispondere ai miei messaggi. Ma decisi di non farlo.

«Ho accompagnato Quin a casa, sabato. Lei e Cage dovevano mostrarmi la casa che vogliono prendere insieme.»

«Stanno comprando una casa? E com'è?»

«È la casa più bella che io abbia mai visto.»

«Davvero? Wow!»

«Potrei fartela vedere, ad un certo punto. L'agente immobiliare che gliel'ha venduta ci ha promesso di farcela trovare pronta tra una settimana.»

«Oh... okay» rispose, senza alcun entusiasmo.

Ecco fatto. Ero arrivato al limite. Non ce l'avrei più fatta.

Sospirai. «Okay, Kendall, sono stanco. Ho bisogno di saperlo. Che cos'hai contro i giocatori di football?»

«Non ho nulla contro di loro!»

«Che motivo c'è di mentirmi, Kendall? Andava tutto benissimo prima che ti dicessi che sono uno di loro, momento dopo il quale mi hai detto di andare a fare in culo e morire.»

«Non ti ho detto nessuna di queste cose!»

«È stato come se lo avessi fatto. Riusciva a vedere quello che stavi pensando.»

Kendall non rispose.

«Non so se davvero non te ne freghi nulla, ma se vuoi che qualsiasi cosa ci sia tra di noi funzioni, io ho bisogno di sapere qual è il tuo problema con questa categoria. Ho bisogno che tu mi lasci entrare. Non posso essere l'unico ad aprirsi completamente.»

«La reciprocità non fa parte della terapia.»

«Beh, Kendall, devo darti una brutta notizia: questa non è una seduta di psicologia. Tu non sei ancora una psicologa, e se qualcuno mi avesse detto che avrei dovuto cominciare a vederne uno, io non avrei accettato» dissi, ed ero serio.

Guardandola negli occhi, capii che anche lei doveva averlo capito. Fu lenta, nel trovare una risposta da darmi.

«Okay, immagino tu abbia ragione. Immagino sia vero che io abbia qualche piccolo risentimento nei confronti dei giocatori di football.»

«Piccolo, eh?»

«Okay, grande. Gigante. Enorme, a dire il vero. Sei contento?»

«No, veramente no. Perché? Qual è il tuo problema nei loro confronti?» chiesi, sentendo il mio cuore spezzarsi dentro il petto.

«Il mio problema è che mi hanno reso la vita un inferno per tutta la durata del liceo. Ancora oggi mi sveglio sudata a causa di un incubo causato da ciò che loro mi hanno fatto, da ciò che mi è successo.»

«Che cosa ti è successo?»

«Una serie di tante, piccole cose. Al liceo, potevo essere lì, intenta a camminare tranquilla per i corridoi, e di punto in bianco mi sarei ritrovata con i libri scaraventati per terra ed io scaraventata contro il muro. Mi davano nomignoli imbarazzanti, mettevano in giro pettegolezzi, dicendo che ero andata a letto con qualcuno e che avevo delle malattie sessualmente trasmissibili. Oppure, mi infilavano la testa nella tazza del gabinetto»

«Aspetta… Ti mettevano la testa nel gabinetto?»

«Sì. Tutto il tempo, a dire il vero. E i gabinetti non erano sempre puliti o vuoti»

Guardai Kendall stupito. Riuscivo a malapena a formulare un pensiero di senso compiuto.

«Perché?»

«Perché portavo i capelli corti e indossavo una cravatta, per andare a scuola. Pensavano fosse divertente trattarmi come un ragazzo, visto che mi vestivo come uno di loro. I giocatori di football riuscivano a rendere un inferno ogni mio singolo giorno. Ho ancora degli incubi al riguardo.»

Mentre ascoltavo Kendall raccontarmi ciò che aveva dovuto passare al liceo, sentii il mio viso farsi via via sempre più rosso, sempre più caldo. Stavo tremando di rabbia, così tanto che la sentii bollire dentro le mie vene. Eppure, da fuori dovetti sembrare estremamente calmo, perché Kendall mi chiese addirittura se l'avessi sentita.

«Certo che ti ho sentita. Le vuoi delle scuse?»

«Non devi scusarti…» disse Kendall, abbassando lo sguardo.

«Certo che io non devo, non ho fatto niente. Non parlavo di me. Parlavo di loro.»

«Di loro? Non mi chiederanno mai scusa per quello che hanno fatto.»

«Non ti ho chiesto se ne avresti mai ricevuta una. Ti ho chiesto se le vuoi» dissi, sentendo i brividi rizzarmi i peli delle braccia.

«Beh… sì, immagino.»

«Allora andiamo a prendercele.»

«Cosa?»

«Sai dove vivono? Almeno uno solo di loro?»

«So dove vivono tutti quanti. Non riuscirei neanche a chiudere occhio la notte, se non lo sapessi.»

Chiusi gli occhi un attimo, sentendo il bisogno di assorbire le sue parole, provare a lasciarle andare. Non sarebbe riuscita a dormire la notte, senza sapere dove fossero. Era da pazzi. Non avrei potuto andare avanti nella vita se non avessi fatto qualcosa per ciò che loro avevano fatto. Non c'era modo.

«Allora andiamo» dissi, alzandomi con quanta più compostezza riuscissi ad avere.

Kendall non si mosse, ed io mi girai a guardarla.

«Non riesco a capire se dici sul serio. Voglio dire, sembri serio. Pericolosamente serio. Ma...» mi guardò negli occhi un'altra volta. «Lo sai che ci vogliono tre ore per arrivare a Nashville, vero?»

«Due ore e quarantacinque minuti, sì. Lo so» gli dissi.

«Aspetta—e tu come fai a saperlo?»

«Kendall, hai intenzione di venire con me oppure no? Perché io andrò a prendere quelle scuse che tu venga o meno, altrimenti non riuscirò a dormire io, questa notte. Ma preferirei che tu fossi con me per sentirle con le tue stesse orecchie.»

«Non lo so...»

«Bene, allora prenderò io la decisione per te, perché non te lo sto chiedendo: te lo sto solo comunicando. Andiamo.»

Nel momento stesso in cui lo dissi, vidi le sue labbra schiudersi in un sorriso, e il suo capo fare un piccolo cenno d'assenso. «D'accordo» disse, e senza un'altra parola mi seguì verso la mia macchina e poi dentro l'abitacolo.

A tutta birra lungo l'autostrada, nessuno dei due disse una parola. Io ancora fumavo di rabbia, e non mi fidavo abbastanza di me da poter dire qualcosa senza lasciarlo vedere del tutto. La sensazione che mi scorreva nelle vene era la stessa che avevo provato un sacco di volte prima di dirigermi verso il ring del mio fight club. Ogni singola volta, lasciavo che tutto ciò che mi faceva incazzare salisse in superficie, così che potessi espellerlo su qualcuno. Per quando finalmente arrivammo a Nashville, ero così pieno che avrei potuto staccare la testa a qualcuno.

«Dove andiamo?» chiesi a Kendall quando vidi due strade da poter prendere.

«Resta sulla 40» rispose lei, lasciandomi continuare sulla stessa strada fino a quando non arrivammo al limite della città. «Gira di qui» disse poi, indicando la 155 e direzionandomi verso un quartiere chiamato Porter Heights.

Vidi gli occhi di Kendall saltare da una casa all'altra. Era uno di quei quartieri importanti, molto belli. C'erano tantissime case a due piani, grandi proprietà. Si era fatto buio ormai da un bel po', quindi non c'era molto che riuscissi a scorgere del posto, ma non m'importava neanche: ero pronto a qualsiasi cosa sarebbe successa dopo.

«Come si chiama?» chiesi a Kendall, sentendo l'aria carica di aspettativa.

«Evan Carter» disse lei, gli occhi ancora fissi sulle case mentre io cominciavo a rallentare. «Lì! Fermati lì.»

Mi fermai di fronte ad una delle poche case, nel quartiere, con soltanto un piano. Kendall restò a guardarla per un po', con gli occhi spalancati.

«Vive qui con suo padre, e anche suo padre è un pezzo di merda. Ma la sua macchina non c'è, quindi non dovrebbe essere in casa. Significa che Evan è da solo.»

Mi girai a guardare la casa a malapena illuminata. C'era una piccola luce accesa in quello che doveva essere il salotto, e un'altra luce accesa in una delle stanze. Immediatamente, nella mia testa si materializzò un piano d'azione. Non avrei mai pensato che la mia infanzia da incubo avrebbe potuto tornarmi utile, eppure eccoci qui.

«Seguimi. Comportati in maniera naturale» dissi a Kendall, prima di uscire dall'abitacolo e dirigermi verso la casa.

Non potei fare a meno di notare quanto facile fosse stato farmi seguire da Kendall. Io ero completamente calmo, ma per me era facile: avevo fatto cose del genere così tante volte, che ormai non mi faceva più paura. Non sapevo, però, cosa fosse a spingere Kendall. Forse la sete di vendetta. Avrei certamente potuto capirlo.

«Hai intenzione di gettare a terra la porta?» mi sussurrò Kendall mentre ci avvicinavamo.

«No, c'è sempre un modo migliore.»

Camminando lungo il marciapiede, illuminato soltanto dalle poche case vicine, mi guardai intorno per assicurarmi che non ci fosse nessuno prima di scivolare lungo il giardino di Evan e fare il giro della casa. Non c'erano molti alberi, perciò se qualcuno si fosse girato a guardare, sicuramente ci avrebbe visti. Ma la cosa non avrebbe costituito alcun problema, fintanto che fossimo stati veloci.

«Non toccare nulla. Assolutamente niente» sussurrai a Kendall.

Mi girai a guardarla soltanto per avere la conferma che avesse capito. Uno sguardo, e riuscii a notare quanto sembrasse sul punto di vomitare. Non avevo la minima idea di cosa le frullasse per la testa in quel momento. Per un attimo, avevo quasi temuto di sentirla implorarmi di fermare tutto. Ma non lo fece, né in macchina, né in quel momento. Doveva volerlo tanto quanto io volevo fare questa cosa per lei. Una volta di fronte la porta sul retro, presi ad esaminarla. Poi guardai Kendall per l'ultima volta.

«Sei assolutamente sicura che questa sia la casa giusta, vero?»

«Al cento per cento» rispose lei, tremante.

Tirai fuori dalla tasca i guanti che tenevo sempre a portata di mano in macchina, e che avevo preso prima di scendere, insieme ad un piccolo piede di porco. Aveva l'aria di essere una di quelle cose che potresti usare per appianare il colore, o magari per grattare via il ghiaccio dalla macchina. Ma io sapevo bene quanto utile fosse quando bisognava forzare la serratura di una porta chiusa.

«Cani?» chiesi, sentendo la serratura scattare.

«Non penso. Non ne ha mai avuto uno.»

Quando la maniglia si abbassò, e l'unica cosa rimasta da fare era quella di immergersi nell'oscurità, io mi girai a guardare Kendall un'ultima volta.

«Pronta?»

La vidi trattenere il respiro per un attimo. Poi lo lasciò andare, tremante come il suo corpo, e annuì.

Il momento era arrivato. Aprii la porta, e sentii la stessa sensazione che mi assaliva ogni singola volta che entravo dentro una casa a me sconosciuta riempirmi da capo a piedi. Ogni singolo senso era in allerta. I battiti del mio cuore echeggiavano dentro le mie orecchie.

Il posto era bagnato principalmente dalla penombra, e sembrava pieno di roba. Kendall aveva ragione, dentro casa non ci viveva alcuna donna. E, seguendo l'odore di cibo, attraversai, con Kendall dietro di me, la cucina e il salotto, avviandomi verso la porta dietro la quale doveva esserci la camera da letto illuminata che avevo visto da fuori.

Facendo cenno a Kendall di restare indietro, fissai la porta chiusa per un po', poggiandoci sopra l'orecchio. Non riuscivo a sentire nulla. Che cosa stava facendo, lì dentro? Non che m'importasse, comunque; o che facesse la minima differenza. Ci aveva sentiti entrare? Aveva gli occhi fissi sulla porta, in attesa che entrassimo con una pistola? C'era solo un modo per scoprirlo.

Non c'era niente di meglio dell'effetto sorpresa. Così, in silenzio, afferrai la maniglia della porta, preparandomi all'azione. Poi la abbassai e aprii di colpo la porta, entrando dentro all'improvviso, paralizzandomi subito quando mi resi conto di cosa stava succedendo.

Per un attimo avevo pensato che lo avrei trovato intento a fumarsi uno spinello mentre giocava ai videogiochi, ma no, quello che trovai fu anche meglio.

Evan Carter era coricato sul suo letto, gli auricolari nelle orecchie, il telefono di fronte al viso, e il cazzo duro in mano. Si stava masturbando su un porno. Non avrei potuto trovarlo in un momento migliore, per ciò che stavo per fargli.

Quando notò il movimento con la coda dell'occhio, Carter si girò e mi trovò lì. Sorpreso, fermò immediatamente il movimento della sua mano.

«Cosa cazzo stai—» fu l'unica cosa che riuscì a dire prima che io mi gettassi verso di lui, afferrandolo per la maglietta e scuotendolo come un cane rabbioso.

All'inizio, non riuscì a capire cosa stesse succedendo. Lasciando andare il suo cazzo, la prima cosa che provò a fare fu rialzarsi i pantaloni. Lo trovai estremamente divertente. Come pegno per la sua stupidità, abbassai la mano e presi a schiaffeggiargli il cazzo con forza, sentendolo mugolare di dolore. Dovevo avergli fatto male, perché lo avevo colpito parecchio forte. Ma mai forte quanto loro avevano colpito Kendall negli anni.

«Ma che cazzo? Che cazzo fai, amico?» biascicò, sul punto di cagarsi addosso.

Quando capii che era abbastanza impaurito, mi fermai e lo spinsi fino a quando non fu a pochissimi centimetri da me.

«Io e te non siamo amici. E tu pagherai per quello che hai fatto» ringhiai contro la sua faccia, sentendo il bisogno viscerale di spappolargli il cranio come fosse un'anguria.

«Ma chi sei? Io non ti conosco! Hai preso la persona sbagliata!»

Eccolo, il momento. Avevo la sua totale attenzione. Era arrivato il momento.

«Entra» dissi, forte abbastanza da farmi sentire da Kendall.

Dovevo dargliene atto: quando entrò nella stanza, l'impressione che chiunque avrebbe avuto di lei poteva essere qualunque, tranne di una persona che aveva paura—perché doveva averne, dentro, ne ero certo. Ma quando entrò, Kendall sembrava una furia, calma ma fredda, feroce. Tutto di lei, fino a quel momento, mi aveva detto che non sarebbe mai riuscita ad andare avanti, a portare a termine quella cosa. E invece mi ero sbagliato.

«Kendall? Che cosa ci fai qui?» chiese lui, confuso.

«Non parlarmi come fossimo amici, pezzo di merda!» urlò Kendall.

Ero così orgoglioso di lei.

«Ma di che parli? Noi siamo amici. Digli che mi conosci. Digli che siamo amici!» insistette Evan.

«Amici? Pensi che siamo amici? Mi hai reso la vita un inferno per anni. Per anni! Tu e i tuoi amichetti di merda mi avete fatta sentire uno schifo ogni singolo giorno della mia vita. Le cose che mi hai fatto…»

Vidi negli occhi del ragazzo farsi sempre più fievole la speranza che tutto sarebbe andato per il meglio. Le cose stavano cominciando finalmente a farsi più chiare, dentro la sua testa. Ne ero contento, perché ciò significava che quello che avrei fatto dopo sarebbe stato ancora più semplice.

«Che cosa ti ho fatto? Erano solo scherzi! Ci stavamo soltanto divertendo un po', lo giuro!» disse, facendo saltare lo sguardo prima su di me e poi su Kendall.

«Mi prendevate costantemente a schiaffi sulla testa quando passavo accanto a voi. Mi spingevate contro gli armadietti. Mi spingevate la testa dentro il gabinetto!» disse Kendall, e sentii la sua rabbia farsi sempre più forte.

«Venivi a scuola vestita come un ragazzo, Kendall! Che cosa ti aspettavi che facessimo?»

«Mi vestivo come un ragazzo perché mi avevi detto che avresti fatto smettere i tuoi amichetti solo se ti avessi inviato delle foto intime. Poi, quando io stupidamente l'ho fatto, le hai mostrate a chiunque e mi hai presa in giro dicendomi che non avevo tette per due anni interi. Mi hai umiliata, Evan! Mi hai fatto perdere la voglia di vivere!»

«Era uno scherzo!»

Già fuori di me, non riuscii più a sentirlo parlare. Persi completamente la testa. Girandolo verso di me, mi assicurai di avere i suoi occhi puntati nei miei prima di tirargli un pugno dritto in faccia. Dovevo dargliene atto: non provò neanche a fermarmi. Forse sapeva che non ce ne sarebbe stato motivo, o forse non ci pensò neanche. E sentendo la rabbia venire già meno con il primo pugno, continuai a colpirlo fino a quando non sentii le mie nocche bruciare.

Per quando mi fermai, ero senza fiato. Lui cadde sul letto, completamente senza forze. Lo avevo ridotto uno schifo, ma non era niente dal quale non si sarebbe ripreso. Sapevo quanto oltre potevo spingermi. Avevo fatto di peggio sul ring, e ogni singola persona che avevo colpito lì era ancora viva e in ottima salute.

«Ora,» dissi, fermandomi per prendere fiato, «le chiederai scusa.»

«Scusa» disse subito lui, guardandomi negli occhi con un'espressione che mi disse che era molto vicino al piangere.

«Non a me, testa di cazzo! A lei.»

Era così spaventato che non riuscì a togliermi gli occhi di dosso per un po', ma alla fine si girò a guardare Kendall negli occhi.

«Scusa» mormorò piano.

«Non ti ho sentito» ringhiai io, avvicinandomi di nuovo.

«Mi dispiace! Scusami, Kendall!»

«Per cosa?» chiesi.

«Per aver reso la tua vita un inferno! Per essere stato uno stronzo con te, per tutto. Mi dispiace per tutto. Mi dispiace, amica. Mi dispiace…» disse, poi scoppiò a piangere.

A quel punto feci un passo indietro, capendo di aver raggiunto il mio obiettivo. Mi girai a guardare Kendall, e fui sorpreso di notare che neanche il modo in cui lo avevo preso a pugni l'aveva scalfita. Aveva un'espressione di ghiaccio.

«Che ne dici? Dici che è serio? O dici che è il caso di prenderlo a pugni ancora un po'?»

«No, dicevo sul serio! Mi dispiace, dico sul serio!»

«Va bene così» disse Kendall, voce calma.

«Sei sicura? Perché a me non dispiace.»

«No, ti prego. Ti prego, no» mi pregò Evan.

«No, credo di stare bene, adesso.»

«Beh, se dovessi cambiare idea, fammelo sapere. Possiamo sempre tornare indietro e prenderlo a pugni un'altra volta.» Mi girai a guardare il ragazzo sul letto, a quel punto. «Hai capito? Potrei tornare qui in qualsiasi momento, per qualsiasi motivo, e tu non saresti mai in grado di vedermi arrivare. La prossima volta potrei aspettare che ti addormenti. Magari prenderti di sorpresa quando vai ad incontrare il tuo spacciatore. O magari potrei mandare qualcun altro. Potrebbe essere chiunque, intorno a te. Potrebbe essere in qualsiasi momento.

«E se dici a qualcuno ciò che è successo, o perché... diamine!» dissi, scoppiando a ridere. «Sarà il nostro segreto, questo. Mi hai capito, faccia di cazzo?»

«Ho capito! Il nostro piccolo segreto.»

«Bravo bambino» dissi, dandogli una pacca sulla guancia. Quando lo vidi sussultare al mio tocco, capii di aver fatto un buon lavoro.

«Dopo di te» dissi a Kendall, facendo cenno verso la porta. Feci un altro passo indietro, poi mi girai a guardare il ragazzo un'ultima volta. «E rimettiti i pantaloni, che hai il cazzo di fuori. Ed è una vista imbarazzante» dissi, ridacchiando, uscendo finalmente dalla stanza e richiudendomi la porta alle spalle. Poi presi a correre lungo il salotto e fuori casa, afferrando la mano di Kendall per tirarmela dietro prima di dire, «Andiamo!»

Quando Kendall sentì l'urgenza nella mia voce, prese a correre insieme a me. Ce ne andammo dalla porta principale, correndo verso la macchina e andandocene subito via.

Nessuno dei due disse una sola parola per miglia. Per quanto fosse stata grande Kendall, sapevo che era solo una facciata. Non era quel tipo di persona. Probabilmente non aveva mai visto così tanta violenza in vita sua, prima di quel momento.

Sapevo che ciò che avevo fatto era sbagliato. Non perché avessi preso a pugni quel pezzo di merda, perché lui se lo meritava, ma per ciò che avevo fatto a Kendall. Non sarebbe mai stata in grado di cancellare ciò che mi aveva visto fare, e allo stesso tempo non sarebbe più stata in grado di guardarmi negli occhi.

«Mi dispiace.»

Nel momento stesso in cui lo dissi, Kendall scoppiò a piangere. Vidi le sue mani nasconderle il viso, e si lasciò andare ai singhiozzi. Avevo rovinato tutto quanto. Come ogni singola volta nella mia vita, avevo esagerato. Avevo perso il controllo, e avevo peggiorato le cose.

«Ascolta, Kendall… non avresti dovuto vedere quello che ho fatto. Ho perso il controllo. È solo che quando mi hai detto cosa ti avevano fatto, io… io ho perso la testa, non ci ho visto più dalla rabbia, e…»

Fu quello il momento in cui Kendall si mise dritta, poi scattò su di me, e prese a baciarmi. Le guance, il mento, le mie labbra.

Stavo ancora guidando.

«Aspetta, mi fermo.»

Neanche le mie parole riuscirono a fermarla. Proprio mentre giravo per posteggiare, lei mise una mano sulla mia guancia per voltarmi verso di sé. A malapena riuscii a vedere la strada prima di fermarmi. Una volta accostato, però, tolsi la cintura e feci ciò che avevo sognato di fare dal primo momento in cui avevo incontrato quella ragazza.

Le afferrai la nuca, tirandola su di me, e premetti le mie labbra contro le sue. La mia lingua le bagnò immediatamente, schiudendole per poter entrare. Quando la sentii toccare la sua, persi la testa. Presero a danzare insieme, e il cuore mi scoppiò nel mio petto. Venni preso da una sensazione a me sconosciuta, che mi fece salire in paradiso.

Feci scivolare le dita tra i suoi capelli, sentendo il bisogno di sentirla più vicino, di fondermi con lei. Volevo sentire la sua pelle sulle mie dita. Così, con la mano libera, feci scivolare le dita sotto la sua maglietta, e tracciai le linee della sua schiena. Non indossava un reggiseno. Con quella consapevolezza, mi ritrovai immediatamente duro: una reazione che non mancò di riconoscere, essendo seduta sopra di me

Kendall prese a muovere i fianchi contro di me, rendendomi chiaro cosa volesse. Sentii le mie unghie graffiarle la pelle quando me ne resi conto. La volevo. Ero pronto a prenderla. E quando lei si sporse oltre me per abbassare il mio sedile, sapevo che stavo per averla.

Spostandosi dalle mie labbra, Kendall prese a baciarmi il mento, poi il collo, ed io inclinai la testa indietro per lasciarle campo libero. Prese a mordermi dolcemente la pelle, il pomo d'Adamo, mentre la sua mano mi alzava la maglietta. Una volta alzata, immediatamente trasferì le sue labbra sul mio petto nudo.

Si fece lentamente strada verso il basso, e quando fu sul mio stomaco e la sua mano strinse il mio uccello, io portai la mia tra i suoi capelli per farle capire che lo volevo, se lei lo voleva. Continuò a baciare e succhiare la mia pelle, senza arrestare la sua discesa, e mi sbottonò i pantaloni. Era arrivato il momento.

Le sue labbra erano sul mio ventre, le sue mani quasi dentro le mie mutande, pronte ad afferrare il mio cazzo duro e liberarlo, quando si fermò di colpo.

«Cosa c'è che non va?» le chiesi, la mente in subbuglio, pregandola silenziosamente di continuare.

Lei restò in silenzio.

«Kendall, cosa c'è?» insistetti allora.

«Forse non dovrei» disse, senza aggiungere altro.

Così sarebbe finito tutto. Quello sarebbe stato tutto ciò che io e Kendall avremmo mai fatto, eppure io non potevo accettarlo. Così afferrai la sua testa, portandole le labbra di nuovo sulle mie, e poi sussurrai su di esse, «Allora forse dovrei io.»

Circondandola con le braccia, la girai come fosse una palla da football ed io fossi intento a correre nel campo. Muovendomi in quello spazio ristretto, la posizionai su di me, sul sedile.

Poi le alzai la maglietta, e mi misi subito al lavoro. Il suo seno era meraviglioso, proprio come lo avevo immaginato. Aveva i capezzoli turgidi e le areole erano piccole e rosee. Mi piaceva tutto di lei.

Baciando il suo corpo, afferrai un capezzolo con i denti, e presi a mordere. Lei gemette, ed io le strinsi forte i fianchi snelli. Poi la spinsi ancora più in alto, perché l'abitacolo era piccolo ed io ero un omone. E, allo stesso tempo, avevo voglia di avere altro, dentro la mia bocca. E quando il mio mento toccò l'orlo dei suoi pantaloni, feci scivolare una mano sulla sua intimità ancora coperta per mettermi al lavoro.

Le sbottonai i pantaloni, abbassai la cerniera, poi feci scivolare le guance tra le sue cosce. Era a Kendall, che stavo facendo tutte quelle cose. Non potevo crederci. Doveva essere la ragazza più sexy che io avessi mai visto, ed era tutta mia in quel momento.

Prendendo un profondo respiro, inalai il suo profumo. Odorava di muschio; mi fece perdere la testa. Incapace di resistere un altro, singolo minuto, le abbassai i pantaloni, esponendo le mutandine. Riuscii a vedere il suo monte di Venere chiaramente.

Svelato il mio premio, tracciai le sue pieghe turgide con la punta del naso, fino a quando non le sfiorai il clitoride con la lingua. Il contatto la fece sussultare, e quel suono, quel movimento del suo corpo, quel respiro spezzato mi piacquero così tanto che lo feci ancora, e ancora, e ancora.

Afferrandole le cosce, le divaricai le gambe per avere accesso completo alla sua apertura. Strofinai il naso contro la sua pelle baciandone ogni centimetro. Il suo corpo prese a danzare sotto il mio tocco, finché non spinsi la lingua per trovare il suo clitoride . La lasciai scivolare su e giù, e lei perse il respiro. Così, quando la spinsi più forte all'interno, ingoiandone gli umori, l'unica cosa che riuscì a fare fu stringere forte i miei capelli e lasciarsi andare al piacere.

Premendo il pollice sulla sua fessura, feci ciò che avevo sognato di fare per molto tempo e lo spinsi dentro di lei. Era stretta. Gemeva mentre la sua carne resisteva all'intruso.

Fu in quel momento che premetti un po' di più la lingua sul suo clitoride. Le piaceva da morire, esattamente quanto piaceva a me. Non si trattava solo del fatto che stavo facendo quelle cose con una ragazza: le stavo facendo con Kendall. Avrei potuto restare lì anche tutta la notte se, dopo qualche momento, il corpo di Kendall non si fosse irrigidito per esplodere di piacere.

Continuai a darle piacere finché non allungò la mano per afferrarmi i capelli. Mi ci volle tutta la forza che avevo per allontanarmi, ma alla fine lo feci.

Tuttavia, non avevo ancora voglia di lasciarla andare. Così tornai su, e afferrai il suo corpo, stringendolo contro il mio, con forza. Non avrei mai pensato che dare piacere a qualcuno potesse essere così bello, potesse essere così… giusto. Con Kendall tra le mie braccia, mi sentii a casa. Non avrei voluto essere da nessun'altra parte se non lì. Sarei rimasto lì per sempre, in quel modo, se non mi avesse poi sussurrato all'orecchio.

# Capitolo 7

Kendall

«Grazie» sussurrai, non sapendo bene per cosa fossi grata.

Forse per ciò che aveva fatto ad Evan? Forse per avermi dato la prima, e la più bella esperienza sessuale che avessi mai ricevuto? Al momento non ne ero certa, e non m'importava. M'importava soltanto della sensazione che sentivo, come essere avvolta da caldo caramello; la sensazione più bella che avessi mai provato.

Ma anche se non avessi idea del perché lo avessi ringraziato, Nero sembrò aver capito.

«Sono contento che ti sia piaciuto» disse, sorridendo.

Non avevo intenzione di dare un colpo al suo ego, così lasciai che pensasse parlassi di quello. Del resto, aveva fatto un gran bel lavoro con quella lingua. Non sapevo se fosse il caso di chiedergliene un altro round. Non in quel momento, ovviamente. In quel momento, il mio cervello era completamente andato, e non riuscivo a pensare. Sentivo i pensieri volare confusi dentro la testa, troppo veloci per poterli comprendere.

Sarei rimasta tra le braccia di Nero per molto più tempo, se non fosse stato per luci blu e rosse che all'improvviso presero a lampeggiare dietro di noi.

«Cazzo, è la polizia. Torna al tuo posto, Kendall. È meglio se evitiamo di spiegare a quelli lì che cosa stavamo facendo.»

Sapendo che aveva ragione, mi districai dalle sue braccia e tornai al mio posto. Lui tornò dritto sul suo, e sistemò il sedile.

«Rimettiti i pantaloni» mi ricordò Nero, e solo in quel momento realizzai di doverli ancora rialzare. Come dicevo, i miei pensieri erano particolarmente confusi e annebbiati, in quel momento.

Affibbiai i pantaloni e mi sistemai giusto in tempo, perché un secondo dopo, la luce di una torcia illuminò l'abitacolo. Subito dopo, qualcuno bussò al finestrino, e Nero lo abbassò.

«Che fate voi due, fermi qui?» chiese il poliziotto da dietro quella sua torcia.

Fu Nero a rispondere.

«Non possiamo fermarci, qui? Mi dispiace, agente. Ero un po' stanco, e ho pensato che sarebbe stato meglio fermarmi un attimo piuttosto che rischiare.»

Il poliziotto fece saltare la luce da me a Nero e viceversa, poi dietro, verso i sedili posteriori. Quando non trovò niente, la luce tornò su Nero.

«Non è che per caso state fumando qualcosa? Lo sapete no, quella cosa che è illegale, qui in Tennessee.»

«Non ci penseremmo neanche, signore.»

«Allora perché la tua macchina puzza di erba?»

«Davvero?» Nero si girò a guardarmi. «Forse sono i nostri vestiti. Siamo appena stati da un amico. Non vogliamo metterlo nei guai, agente, ma siamo stati nella sua camera solo per un po' ed eccoci qua.»

Non riuscivo a capire se l'agente stesse credendo a Nero oppure no. La cosa positiva era che Nero stava tecnicamente dicendo la verità. E la cosa doveva essere passata, perché dopo qualche altra brutta occhiata, l'agente sembrò convincersi.

«C'è un posto dove potete fermarvi qualche metro più avanti. Se hai bisogno di riposare, ti consiglio di farlo lì. È pericoloso fermare la macchina in questo punto della strada. E, fermo come sei, potresti causare un incidente.»

«Mi dispiace, signore. Non me ne sono reso conto. Andremo avanti da qui in poi. Avevo solo bisogno di un minuto per svegliarmi, adesso sto meglio. Posso continuare a guidare.»

Ancora dubbioso riguardo alla nostra versione, l'agente si limitò ad annuire. «Usa i punti di stop se hai ancora bisogno di riposare. Se no, vi auguro un buon proseguimento di serata.»

«Anche a lei, signore. Grazie» disse Nero, come fosse la persona più educata del mondo.

«Grazie!» dissi allora anch'io, mentre l'agente cominciava ad allontanarsi.

Quando fu abbastanza lontano da non riuscire più neanche a vederlo, io e Nero scoppiamo a ridere. Era stata davvero una serata pazzesca, e pensai di poter parlare per entrambi quando dissi, tra me e me, che era meglio tornarsene a casa prima che succedesse qualcos'altro.

Così come durante l'andata, il viaggio di ritorno verso il campus fu silenzioso. Probabilmente per ragioni diverse, quella volta. Nel viaggio d'andata, avevo passato tutto il tempo a chiedermi se Nero dicesse sul serio, se avesse davvero intenzione di farla pagare ad Evan; come sarebbe stato, vederlo finalmente ricevere ciò che si meritava. Nel viaggio di ritorno, invece, non riuscivo a smettere di pensare a ciò che avevo provato con le labbra di Nero sulle mie, e ciò che quello che avevamo fatto significasse per noi, per ciò che eravamo.

«Ti lascio al tuo dormitorio?» mi chiese Nero, quando ci ritrovammo vicini al campus.

«Si è fatto molto tardi.»

«Sì, ho notato.»

«Magari potremmo parlare di tutto quanto domani.»

«Sì, potremmo.»

«Magari potremmo andare di nuovo a cena fuori. Sai… senza l'improvviso viaggio di sei ore, e tutto il resto.»

«Proprio senza *tutto* il resto? Perché alcune delle altre cose sono state parecchio divertenti» disse Nero, arrossendo.

Non potevo certamente dargli torto.

«Dovremmo parlarne domani» ripetei semplicemente, lasciando le cose in quel modo.

«Okay. Solo, fammi sapere se posso fare qualcosa per te. Sono più che contento di darti una mano.»

«O qualche altra parte del tuo corpo?» chiesi, arrossendo di rimando.

«Qualsiasi cosa di cui tu abbia bisogno» disse, fermandosi di fronte il mio edificio.

«Domani?» chiesi, non volendo andare già via.

«Domani.»

Lo fissai, perdendomi dentro i suoi occhi. Forse avrei dovuto semplicemente aprire lo sportello e andare via; invece, mi sporsi oltre il mio sedile e gli lasciai un bacio sulle labbra, scappando via dall'abitacolo subito dopo.

Non mi guardai indietro. Era stato duro abbastanza andarmene via.

Sfortunatamente, però, quell'incantesimo che sembrava avermi gettato addosso durò soltanto fino a quando non mi lasciai cadere sul letto. Erano le due di notte passate, e Cory era già a letto, immersa in un sonno profondo. E nella stanza c'era troppo buio, troppo silenzio perché la mia mente non tornasse a ciò che avevamo fatto quella notte.

Non riuscivo a credere di essere rimasta a guardare mentre Evan le prendeva di santa ragione da Nero. Persa nei ricordi di quel momento, mi sentii invadere dai brividi. E nel momento stesso in cui li sentii arrivare, scoppiai a piangere.

Fu piangendo che mi addormentai, e quando aprii gli occhi riuscii a contenere le lacrime soltanto per due minuti, prima che queste tornassero di nuovo.

«Va tutto bene?» mi chiese Cory, risvegliata dai miei singhiozzi.

«Sto... bene... sì...» singhiozzai io.

Per quanto sapessi di non essere mai stata una passeggiata, come coinquilina, non mi ero mai sentita così dispiaciuta dal fatto che Cory si fosse ritrovata ad avere me come tale, come in quel momento. Almeno, prima di allora avrei potuto spiegarle senza problemi il perché mi fossi svegliata piangendo, o urlando. Ma quel giorno non avrei potuto farlo. Avrei dovuto solo limitarmi a piangere, e basta.

Andando avanti con la giornata, e notando che quei momenti di pianto improvviso continuavano ad arrivare, ovviamente capii il perché stesse succedendo. Non erano lacrime di rabbia, o di frustrazione; erano lacrime di sollievo, lacrime di gioia. La mia anima era finalmente stata liberata da quel peso enorme che portavo addosso da anni, e quelle erano tutte le lacrime che avevo tenuto imbottigliate dentro di me quando ero più piccola.

Per così tanto tempo avevo semplicemente creduto che Evan Carter non avrebbe mai pagato per tutto quello che mi aveva fatto. E sì, sapevo che occhio per occhio lasciava la gente senza vista, ma perché dovevo essere io a portarmi addosso il peso di ciò che avevo subito, mentre lui andava avanti con la sua vita senza pagarne le conseguenze?

Prima di quella notte, non avevo mai creduto che esistesse giustizia. E perché non ci credevo, non credevo neanche che potesse esistere un Dio, o che nella vita ci si potesse fidare di qualcuno. Tutti quei pensieri non erano altro che fili sottili di nulla, che aleggiavano nel grande vuoto che è la vita. Ma qualcosa, ora, era cambiato.

Per quanto brutale fosse stato il modo, Nero mi aveva ridato la speranza che le cose potessero andare meglio. Aiutare gli altri ad avere una vita migliore adesso sembrava avere un senso. Ciò che metti al mondo ti ritorna indietro. Non avevo davvero bisogno di una prova per sapere di voler fare la psicologa, di voler aiutare la gente, ma la consapevolezza che chi faceva ciò che Evan Carter aveva fatto a me avrebbe potuto pagarne le conseguenze, mi sembrò quasi in grado di cambiare la mia vita.

Con ogni singolo scatto di pianto che ebbi in quella giornata, un pezzo della mia vita, della mia anima e del mio cuore sembrarono tornare ai propri, rispettivi posti. E per quando arrivò il momento di incontrare Nero per cera, ero praticamente vibrante di felicità. Ero parecchio certa che credesse fossi sotto effetto di stupefacenti.

«Hai fumato qualcosa?» mi chiese infatti Nero, come se in grado di leggermi nei pensieri. «Perché se è così, allora perché non condividi?»

«No, non ho fumato niente. Mi sento solo diversa.»

«Davvero? Quello che ti ho fatto ieri è stato così illuminante?» mi chiese, suonando sicuro di sé.

Non avevo molta voglia di deluderlo, perciò dissi, «Sei un miracolo vivente.»

«Allora, forse dovremmo farlo di nuovo.»

«Forse dovremmo» risposi io, perché nella mia testa non suonava per niente come una cattiva idea.

«Vuoi andare via da qui?»

«Non intendevo adesso!»

«E allora quando? Fra cinque minuti? Vuoi che andiamo via separatamente così la gente non capisce cosa stiamo facendo? C'è un bagno due piani più giù. Potremmo vederci lì. Non sarebbe neanche un problema.»

Scoppiai a ridere.

«Sono serio.»

«Lo so. Per questo è divertente» dissi, allungandomi verso la sua sedia e poggiando una mano sul suo braccio.

Mi piaceva toccarlo. Farlo mi riempiva di un calore così potente da farmi credere che tutto, eventualmente, sarebbe andato bene.

«No, Nero. Hai fatto quello che hai fatto, per me, la scorsa notte… e te ne sono grata.»

«Non c'è di che» rispose lui, ancora riferendosi al sesso orale.

«Non parlo di quello! Parlavo dell'altra cosa.»

«Oh.»

Sembrò volerci un po' prima che ricordasse ciò che davvero aveva fatto la sera precedente.

«Quello.»

«Sì, quello» confermai io.

«Sono solo contento di averti aiutato a farti giustizia. Onestamente, dopo tutto quello che mi hai detto, credo che quello che ho fatto non sia neanche abbastanza.»

«È abbastanza, te lo assicuro. E poi, parlarne in questi termini è riduttivo. Mi hai ridato la mia vita, Nero. Per tutto questo tempo, sono rimasta intrappolata dentro questa bolla d'incubi dalla quale non riuscivo ad uscire, che macchiava di nero ogni singola cosa. Mi hai tirato fuori di lì. È più di ciò che andare in terapia avrebbe mai potuto fare.»

Nero abbassò lo sguardo, come a volersi nascondere.

«Sono solo contento di averti potuto aiutare, sai?»

«Sei un ragazzo fantastico, Nero Roman. E adesso è arrivato il mio turno, di aiutarti.»

«Eh... sono un caso perso, io. E non c'è modo, per te, di prendere a pugni qualcuno per sistemare la situazione come ho fatto io.»

«Non ne sarei così sicura, se fossi in te. Sono parecchio forte.»

Nero scoppiò a ridere.

«Ehi! Non era una battuta!»

«Lo so, lo so. Sei parecchio forte. Ma forse è meglio lasciare i pugni a me, sì?»

«Come vuoi» dissi, fingendomi offesa.

Restammo allo scherzo per qualche secondo, prima di scoppiare entrambi a ridere.

«No, intendevo che potrei aiutarti in un modo che ha a che vedere con altro che pugni. Tipo labbra.»

«Oh, sì. Quello potrebbe aiutare molto!»

«Intendevo *parlare,* Nero!»

«Ah... quello.»

«Sì, *quello.* Magari potresti cominciare dicendomi tu cos'è che ti disturba tanto.»

«In questo momento, non c'è nulla che mi disturbi. Credimi. Seduto, qui, con te... non potrei stare meglio.»

Dovevo ammettere, almeno a me stessa, che era bello da sentire. Ma non sarebbe riuscito a farmi perdere la concentrazione con il sesso... per quanto fosse allettante.

«Okay, adesso stai bene. Cosa c'entra? Che mi dici di quando, invece, hai fatto a pezzi una macchina? O di come, per esempio, sapevi come fare irruzione dentro casa di Evan? E perché sei così bravo con i pugni, di tutto principio? Qualcosa mi dice che è tutto collegato.»

Nero rimase semplicemente a guardarmi, senza rispondere.

«Oh, andiamo. L'unico modo in cui sei stato in grado di aiutarmi è stato perché ho trovato il coraggio di confidarmi con te. Magari non è stato evidente, per te, ma per me non è stato facile, aprirmi. Adesso, tu sai più di ciò che mi è successo di quanto ne sappia qualsiasi altra persona, al di fuori di chi era lì e ha assistito con i propri occhi.

«Se devo aiutarti, allora devi darmi la possibilità di provarci. Voglio aiutarti, Nero, ma… devi lasciarmi entrare.»

Vidi la mascella di Nero contrarsi, la testa abbassarsi.

Con un sospiro tremante, Nero rispose. «Se vuoi sapere la verità, allora eccotela. Cominciamo dal perché ho preso a pugni quella macchina.»

«Okay.»

«L'ho fatto a causa tua.»

«Cosa?»

«È stato dopo che mi hai mandato a fare in culo.»

«Non ti ho mai mandato a 'fanculo!»

«Però, il messaggio che a me è arrivato è stato proprio quello» disse Nero, la voce tinta di dolore.

«Mi dispiace per come mi sono comportata, Nero, davvero. È stato completamente ingiusto da parte mia, e adesso sai perché l'ho fatto. Ma anche sapendo le mie ragioni, non ci sono giustificazioni. Non avrei dovuto.»

«No, lo capisco. Se fosse successo a me, quello che è successo a te, io… probabilmente avrei risposto allo stesso modo.»

«Non mi sento più così, però» gli dissi, portando ancora una volta una mano sul suo braccio.

«Ne sono felice» rispose lui, sorridendomi mesto, ma gentile.

«Ascoltami, però. Ciò che ho fatto e detto è stato sbagliato, e doloroso, lo capisco e me ne rendo conto. Ma cosa, di ciò che ho detto, ti ha fatto perdere così tanto la testa da prendertela in quel modo con una macchina?»

«Non saprei.»

«Oh, andiamo. Lo sai. Sono certa che tu possa almeno darmi qualche idea. Prima di farlo, c'è stato qualcosa che ti è tornato in mente? Qualcosa che ha fatto scattare la molla?»

Nero sembrò pensarci su un po' di più. «Qualcosa c'è stato.»

«Bene. Cosa?»

«Mio padre.»

«Okay. Com'è tuo padre?»

«Non ne ho la più pallida idea.»

«Perché no?»

«Perché non l'ho mai conosciuto.»

«Quindi… tu e Cage siete cresciuti con solo tua madre?»

«Cage ed io ci siamo conosciuti meno di un anno fa.»

«È una sorta di fratellastro, allora?»

«No, siamo fratelli al 100%.»

Provai a venirne a capo nella mia testa, ma restai solo con una grande confusione.

«Dovrai spiegarmi la cosa tu stesso, perché non sto collegando.»

Nero si lasciò andare contro lo schienale della sua sedia, e abbassò il capo. Prese un bel respiro, e poi portò gli occhi di nuovo su di me. In quel momento, passò a raccontarmi degli ultimi anni della sua vita. Mi disse di come Quin e Cage erano riusciti a trovarlo, e di dove si trovasse quando lo avevano fatto.

«Quindi… organizzavi incontri di pugilato?»

«Era l'unico modo che avessi per fare soldi.»

«Come facevi a fare dei soldi in quel modo?»

«Perché scommettevo su me stesso» mi disse.

«Oh.»

«Non mi piaceva farlo. Okay, no, è una bugia. A volte mi piaceva. Ma avevo provato ad uscirne, e avevo trovato un lavoro come cameriere e tuttofare nell'unico ristorante della mia cittadina.»

«Quindi... la rabbia che senti?»

«Cosa?»

«È perché sei cresciuto senza un papà?»

Nero mi guardò di nuovo, e ancora una volta si lasciò andare contro la sedia.

«Lo sai, Cage e Quin hanno appena ottenuto le chiavi per la loro nuova casa. Si trasferiranno insieme, con mia madre, nel nuovo posto. Hanno bisogno che io porti tutte le mie cose lì. Ti andrebbe di venire con me? Così non dovrò spiegare per forza tutto quanto a parole... potresti semplicemente vederlo con i tuoi occhi.»

Sentii il mio corpo farsi di ghiaccio. Fui presa completamente alla sprovvista da quella domanda. Sembrava una cosa molto pesante, piena di aspettative. Si rendeva conto di avermi appena chiesto di andare a conoscere sua madre? E che ne sarebbe stato di dove avrei potuto dormire io? Me l'aveva chiesto nella speranza di scopare con me? Io volevo scopare con lui? Ero pronta a scopare, e basta?

«Ehm...»

«Va tutto bene se non vuoi» disse lui, cercando con tutte le sue forze di nascondere la delusione.

«Non ho detto questo.»

«Quindi ti va.»

Grugnii, confusa. «Posso pensarci su?»

«Certo.»

«Forse dovremmo ordinare qualcosa da mangiare. Ho un po' di fame e il ristorante chiuderà, tra un po'.»

«Sì, dovremmo» disse Nero, il tono molto più triste di prima.

Una volta che l'umore mutò, non tornò mai più indietro. Quando finimmo di mangiare, io scappai via da lì con la scusa di dover andare a dormire presto per le lezioni dell'indomani. Gli dissi che gli avrei dato una risposta a quel suo invito tra qualche giorno, ed era vero. Dovevo soltanto capire tutto ciò che c'era da capire su di lui, e tutto ciò che c'era da capire su dove volessi che andasse il mio futuro. Nessun problema. Una cosuccia da niente.

Tra il masturbarmi con il pensiero delle labbra di Nero tra le mie cosce e le lezioni, la settimana volò via in un batter d'occhio. Per quando arrivò il giovedì, ancora non avevo preso una decisione. E perché non l'avevo ancora fatto, stavo cercando in tutti i modi di nascondermi da Nero. Non avevo alcun problema a rispondere ai suoi messaggi di tanto in tanto, ma non ero ancora pronta a vederlo di nuovo.

Pensando che cambiare un po' la prospettiva avrebbe potuto aiutarmi, decisi di fare un giro del campus. Una volta raggiunte le vicinanze del Commons, entrai in una delle librerie lì vicino. Principalmente, era piena di libri scolastici, ma a volte riuscivo a trovarvi all'interno qualcosa da leggere che ne valesse la pena.

Camminando lentamente tra gli scaffali, mi fermai di scatto quando vidi qualcuno che conoscevo. Quin era intenta a fissare uno degli scaffali, la schiena verso di me. Mi chiesi se fosse il caso di salutarla, e mi dissi che di certo non ci sarebbe stato nulla di male, nel farlo.

«Quin?»

Quin si girò indietro, e mi guardò confusa per un po'.

«Kendall» le ricordai.

«Sì...» disse, in maniera parecchio strana.

Quando lei continuò a guardarmi senza proferire parola, cominciai a pensare di aver preso la scelta sbagliata.

«Abbiamo assistito alla partita di football di Nero insieme. E siamo andati a mangiare la pizza, dopo. È stato divertente.»

«Oh, sì! Sì, scusami, so chi sei. Cage dice che ho questa strana tendenza a fissare la gente senza dire nulla... immagino continui ad aspettarmi che la gente mi capisca solo leggendomi nel pensiero» disse, ridacchiando.

«Nessun problema» le dissi, sentendo l'imbarazzo andare via. «Sembra che tu sia un po' persa nei tuoi pensieri.»

«È così, sì. Lo sai cos'è il Moonshine Festival?»

«Non è una sorta di rito pagano?»

«No, l'altra cosa.»

«Ah, allora intendi il liquore. Sì, è una specialità del Tennessee. Perché lo chiedi?»

«Beh... Snowy Falls, la città dove Nero è cresciuto, tra poche settimane inaugurerà il primo festival del liquore della loro storia. E, visto che ormai faccio parte della comunità, avevo pensato di offrirmi volontaria per fare qualcosa di grande.»

«E cosa hai fatto?» chiesi, cercando di capire dove stesse andando la conversazione.

«Mi sono offerta volontaria per fare da mascotte.»

Portai immediatamente le mani alle labbra, sussultando. «Non è vero!»

«Invece sì... e ho promesso di occuparmi io stessa del costume.»

Restai a fissarla per un po', prima di scoppiare a ridere.

«Perché mai hai deciso di voler fare una cosa del genere?»

«Perché sono la ragazza nuova, in città! E poi, sono stati tutti così gentili, con Cage e me, ed io... ho pensato di fare qualcosa che potesse mostrare la mia gratitudine.»

«E niente dice 'Grazie di non esservi comportati da stronzi' come indossare un enorme costume per tutto il giorno mentre i bambini puntano il dito e sghignazzano a tue spese.»

«No, Snowy Falls non è così. È parecchio amichevole, come cittadina. L'unico problema che abbiamo mai avuto, lì, è stato con Nero, ad essere onesti. E adesso invece è cambiato così tanto che ha perso completamente la testa per una ragazza.»

«Davvero? Chi?» chiesi, sentendomi colpire da un'ondata inaspettata di gelosia.

Quin mi guardò senza alcuna espressione quando disse, «Tu.» Poi inarcò un sopracciglio. «Aspetta, davvero non lo sapevi? Ho detto qualcosa che non avrei dovuto dire? Oh, cavolo, mi dispiace... dimentica quello che ho detto» disse, e la vidi andare nel panico.

«Non preoccuparti, non hai detto nulla di male! Ha reso chiari i suoi sentimenti per me, immagino... è solo che credo di avere qualche problema nel credere che qualcuno come lui possa essere interessato a qualcuno come me.»

«Oh... sì, ti capisco. Ho avuto le stesse sensazioni, con Cage.»

«Spero tu non te la prenda se ti dico che sono due fratelli estremamente sexy.»

«Per niente, no. È difficile da non notare. E... questo significa che allora anche tu hai perso la testa per Nero?»

Presi un respiro profondo, non sapendo bene cosa dire.

«Chi può saperlo? Sono un tale disastro, io. Ma veniamo a te. Che costume pensavi di creare per questa tua idea di fare la mascotte?»

«Pensavo di vestirmi da barattolo di vetro. Era lì che bevevano il liquore, una volta, non è così?»

Sussultai un po'. «Più che altro, è dove adesso i ristoranti importanti mettono il liquore, fingendo di ritornare indietro nel tempo.»

«Dici sul serio?»

«Il tuo lato newyorkese sta uscendo fuori, tesoro.»

«Davvero? E allora adesso che faccio?» chiese Quin, senza fiato.

«Perché non ti vesti da brocca, piuttosto?»

«E cosa è?»

La fissai incredula. «Ma cosa insegnano a scuola, oggi giorno?»

«Matematica» disse lei, secca.

Io scoppiai a ridere. «Okay, ha senso. Però adesso sei in Tennessee, mia cara, e hai bisogno di fare un passo indietro e imparare le basi.»

Provai a spiegarle che tipo di forma avesse una brocca per liquore. Per quando arrivai a dirle che c'erano sempre tre X sul fronte della brocca, la vidi perdersi completamente.

«Perché ci sono tre X sopra?»

«Per segnalare alla gente che moriranno, se lo berranno. Questo liquore è un distillato, è alcol etilico, ti brucia le interiora.»

«Ma... le persone lo bevono, no?» chiese allora lei, confusa.

«Certo che sì. Che altro ci dovrebbero fare, altrimenti?»

«Creare una bomba?» chiese lei, seccamente.

Io scoppiai a ridere di nuovo. «Sì, forse solo dopo averlo bevuto.»

«Okay... quindi, mi sembra chiara una cosa: ho bisogno di aiuto» disse lei, sconfitta.

«Potrei aiutarti io.»

«Davvero?»

«Certo che sì. Voglio dire, hai chiaramente bisogno di una mano, ed io ho creato abbastanza vestiti, cucendoli da sola, da poter vestire un intero festival.»

«Perché mai ti saresti cucita dei vestiti da solo?»

«Ah, ehm... sono andata incontro ad una fase parecchio ribelle della mia vita» spiegai. «Ero convinta di poter portare l'alta moda a Nashville. Spoiler: non l'ho fatto.»

«Volevi essere una fashion designer?»

Io risi. «No, una psicologa.»

«Che ha senso» disse Quin, pensandoci su.

Io restai a guardarla, senza parole. Non sapevo se ci stesse provando, ad essere divertente, o se le venisse semplicemente naturale anche senza volerlo, ma la trovavo incredibilmente simpatica. Mi piaceva molto.

«Quindi… lo vuoi il mio aiuto per creare la tua opera d'arte?»

«Non puoi neanche capire quanto! E, solo perché tu lo sappia, creare un'opera d'arte sarebbe fantastico. Ma il mio obiettivo è semplicemente quello di non umiliarmi completamente.»

«Beh… andrai ad un festival vestita da brocca per liquore. Quindi, Quin… mi spiace informarti che quella nave è già salpata» dissi, con compassione.

Lei scoppiò a ridere.

Con qualcosa con cui potermi distrarre un po' dal pensiero di Nero e della risposta che ancora aspettava da me, uscii fuori dalla libreria con Quin al seguito. Visto che nessuna delle due aveva una macchina, ci avviammo verso il negozio di articoli da decorazione più vicino. Lì prendemmo corde, fili di metallo, un grande quantitativo di stoffa e strumenti per cucire, e poi chiamammo un taxi per tornare al suo dormitorio.

Quella ragazza non viveva come tutti noi. Viveva in quello che, al campus, avevano soprannominato in maniera scherzosa 'Beverly Hills'. Mettendo tutto ciò che avevamo comprato sul tavolo al centro della stanza, le mostrai qualche foto di ciò che avevo in mente di fare, e poi insieme cominciammo a lavorare. Fu molto divertente. E il momento si rivelò essere perfetto per scoprire qualcosa in più sul conto di Nero, senza però dover chiedere al diretto interessato.

«Quindi… cosa volevi dire quando hai detto che Nero è stata l'unica persona a darvi problemi quando siete arrivati in città?»

«Quando lo abbiamo conosciuto, Nero non era ancora particolarmente in contatto con la persona che è e ciò che davvero vuole, come è adesso. E… le cose sono andate un po' storte, all'inizio.»

«Intendi che era un po'… represso?»

«Immagino di sì, sì.»

Ci pensai ancora un po' su.

«Ha un bel caratterino, non è vero?»

Gli occhi di Quin scattarono su di me, dentro i miei. Non aveva bisogno di rispondere; la risposta era chiara.

«Ha avuto una vita difficile.»

«Sì, mi ha detto qualcosa a riguardo.»

«Credo che, se Cage non fosse arrivato quando l'ha fatto, la sua vita avrebbe potuto andare in una direzione completamente diversa, più… beh, oscura, immagino. È difficile dover crescere senza la presenza dei tuoi genitori.»

«Pensavo che fosse cresciuto con la madre»

«L'ha fatto, ufficialmente. Fisicamente, sua madre era lì. Ma, in tutti i momenti che contavano davvero, in tutti i modi, Nero è sempre stato da solo.

Anche lei ha avuto un brutto passato. Solo adesso si sta finalmente riprendendo un po'.»

«Wow…»

«Sì. Quindi… beh, può essere molto arrabbiato, e mostrarsi un po' spigoloso. Ma la verità è che Nero ha dovuto imparare ad essere quanto più forte potesse, forte abbastanza da sopravvivere nel mondo in cui si è ritrovato a stare.

«E più lo conosco, più capisco in che modo utilizza questo suo potere. Nero è un protettore, fino in fondo. Si prende cura del suo branco. Se sei fuori, è meglio che tu stia attento, che tu ti guardi le spalle. Ma se sei dentro… allora puoi scommetterci tutto quello che hai di più caro, che sei al sicuro.»

Pensai a quelle parole per il resto della notte. Non era esattamente quello che era successo con Evan? Nero non mi aveva già dimostrato quanto le parole di Quin fossero reali, quanto pronto lui fosse a proteggere le persone a cui teneva?

«Dovresti venire al festival, sai?» disse Quin, quando ci ritrovammo alla fine del nostro lavoro. «Dopo tutto il lavoro che stai facendo per aiutarmi, mi sembra il minimo. Dovresti venire a vedermi umiliare completamente. Io e Cage abbiamo appena ottenuto le chiavi per una casa tutta nostra, e abbiamo una stanza in più, se ti va di restare.»

«Oh, Nero mi aveva detto qualcosa riguardo te e Cage e una casa nuova. Congratulazioni!»

«Grazie. Abbiamo un bel po' di stanze in più, in realtà.»

«A dirti la verità... Nero mi aveva, in effetti, invitata a venire. Non solo per il festival, ma anche per aiutarlo a traslocare, con le sue cose.»

«Oh!» disse Quin, sembrando molto sorpresa dalle mie parole. «Hai detto sì?»

«Gli ho detto che avrei avuto bisogno di tempo per pensarci.»

«Dovresti venire. Voglio dire, se ti senti a tuo agio all'idea. Beh, dovresti fare ciò che ti senti di fare, immagino. E hai anche già incontrato Titus; ci sarà anche lui. Ci divertiremmo molto.»

«Sì, forse sì» dissi, sentendomi improvvisamente molto tentata di andare.

Accettando di rivederci il giorno dopo per continuare il lavoro sul costume, mi diressi nuovamente verso il mio dormitorio. Durante il cammino, non potei fare a meno di pensare che, se Nero non mi avesse già invitata, in quel momento io avrei subito accettato l'invito di Quin.

Non era che non volessi passare tempo con Nero. Eccome se volevo. Volevo fare ancora una volta cose come quella che avevamo fatto nella sua macchina.

Ma era quello il problema, non era forse così? Il motivo per cui ero nella sua vita era perché dovevo aiutarlo, non perché dovevo gettarmi addosso a lui.

E se avessi permesso a me stessa di innamorarmi di lui? Non ci sarebbe più stato modo di tornare indietro. Sarei mai riuscita a resistergli? Non solo era incredibilmente sexy, ma tutto di lui mi chiamava a sé.

E Quin aveva ragione. Al suo fianco, mi sentivo più al sicuro di quanto mi fossi mai sentita in tutta la mia vita. Immagino, però, che ciò non dicesse molto, visto che avevo passato la maggior parte della mia vita tormentata da Evan e dai suoi amici, e da tutto ciò che mi facevano passare ogni giorno.

«Cory... ho un po' un dilemma» dissi alla mia coinquilina quando arrivai a casa, e la trovai ancora sveglia.

«Problemi di cuore?» mi chiese, poggiando il libro che stava leggendo sul comodino.

«Come fai a saperlo?»

«Kendall, sono giorni che sembri avere un'aura splendente tutt'intorno a te.»

Ci pensai un attimo. Per quanto stressata fossi riguardo ciò che avrei dovuto dire a Nero sul suo invito, probabilmente ero anche incredibilmente felice.

«Forse.»

«Beh, in ogni caso mi sei sembrata più felice in questi ultimi giorni di quanto tu lo sia mai stata negli ultimi due anni da quando ti conosco.»

«Immagino di sì. Però non li definirei esattamente... "problemi". È solo che non riesco a capire cosa dovrei fare.» Mi fermai un attimo. «Aspetta—per te va bene, parlare di queste cose?»

«Perché non dovrebbe andarmi bene?» mi chiese Cory, confusa.

«Perché non so come funzionano queste cose? Non ho mai avuto un amico maschio con cui parlarne, né un'amica per fare lo stesso.»

«Kendall, viviamo insieme da anni. Pensi davvero che parlarmi di qualcosa che chiaramente ti rende felice possa mai disgustarmi? È questo che pensi di me?»

«Non volevo dire questo, è solo che… a volte mi preoccupo delle cose.»

«Fottuto Evan Carter» disse, aspettandosi di sentirmi rispondere allo stesso modo.

«A proposito…»

«Cosa?»

«Potrei… potrei aver trovato finalmente il capolinea di quella situazione.»

Cory si sedette, la sua attenzione completamente su di me. «Come?»

«Ho già detto che c'è di mezzo un ragazzo?»

«Non sto capendo.»

«Se non ho confuso completamente tutte le nozioni nel mio corso di Psicologia Comportamentale, allora posso dire di aver sofferto di una cosa chiamata Impotenza Appresa. È una cosa che ti porta ad arrenderti ad ogni cosa, perché ti sei ormai convinta che non ci sia nulla che tu possa fare per scappare via da certe situazioni.

«Un po' come quando metti in gabbia dei topi e poi elettrifichi la gabbia; ad un certo punto, loro imparano che non c'è modo di scappare, e smettono di provarci. Così, anche se solo una parte della gabbia è elettrizzata, loro smettono di muoversi, si arrendono. Pensano che non ci sia via d'uscita, anche se invece c'è. E penso che questo sia ciò che è successo a me nei confronti di Evan Carter. Il suo continuo bullismo nei miei confronti mi ha insegnato che non avevo alcun controllo sulla mia vita, che ero indifesa di fronte alle cose brutte che potevano capitarmi. Mi sono ritrovata bloccata dentro questa bolla senza speranza. E il ragazzo che c'è di mezzo mi ha aiutata ad uscirne.»

«E come ha fatto?»

«Ha pestato Evan Carter come se da questo ne dipendesse la sua vita» dissi, preoccupandomi immediatamente di ciò che avrebbe potuto dire Cory a riguardo.

«Oh!»

La vidi poggiare la schiena contro la testata del letto, restando in silenzio.

«È stato sbagliato, vero?»

«Beh, non è che Evan Carter avrebbe dovuto aspettarsi di meno. Ti ha reso la vita un inferno.»

«E non ti ho neanche detto la parte più umiliante.»

«C'è qualcosa di più umiliante?» mi chiese, esterrefatta.

«Sì, lui...»

Dovetti prendere un bel respiro prima di continuare, lasciando che i ricordi tornassero in superficie.

«Evan Carter era il diavolo» decisi.

«E dopo che questo ragazzo ha fatto quello che ha fatto...?»

«Mi sento meglio. Non mi sento costantemente spaventata, in pericolo. Mi sento come se potessi finalmente respirare dopo tutto questo tempo.»

«Ma è fantastico!»

«Sì, ma...»

«Ma cosa?»

«Non lo so. Dovrei essere preoccupata? Voglio dire, l'ho conosciuto meglio solo perché dovrei aiutarlo ad ambientarsi in questo nuovo posto. E il motivo per cui mi è stato chiesto di farlo è stato perché ha qualche problema con la rabbia. Non potrebbe essere pericoloso?»

Cory sembrò pensarci un po' su. «Ti senti in pericolo quando sei con lui?»

«È proprio questo il punto. Mi sento incredibilmente al sicuro al suo fianco. Mi sento come se, accanto a lui, niente potrà mai farmi del male, perché ci sarà lui a proteggermi.»

«Wow! È... grandioso. Chi mai non vorrebbe una cosa del genere?» mi chiese, con più introspezione di quella che avevo preventivato.

«Quindi il tuo ragazzo non ti fa sentire al sicuro?»

Cory alzò lo sguardo su di me e rise. «Beh, il mio ragazzo ha quasi la mia stessa stazza, quindi no.»

«Ma non ci sono altri modi per farti sentire al sicuro? Per esempio, magari lui può farti sentire al sicuro perché sai che ci sarà sempre per te quando ne avrai bisogno. O, magari, perché sai che ti amerà sempre.»

Cory mi guardò come se quel pensiero non avesse mai sfiorato la sua mente. Come se lo stesse considerando per la prima volta.

«Hai ragione, immagino... Wow! Sei davvero brava.»

Non avrebbe potuto dire qualcosa di più carino, almeno alle mie orecchie; per questo arrossii. «Grazie. Quindi... lui ti fa sentire al sicuro in qualcuno di questi modi?»

«Forse.»

La guardai negli occhi, e notai il cambiamento in essi. Il modo in cui si fecero via via più tristi.

«Ma questi non sono i modi in cui vorresti che lui ti facesse sentire al sicuro. O... forse non sono quelli di cui hai bisogno?»

«Ascolta, Kelly è uno ragazzo fantastico!» disse immediatamente lei, sulla difensiva.

«Non ho mai detto che non lo fosse.»

«E poi, non stavamo parlando di me. Stavamo parlando di te. Non provare a cambiare argomento.»

Dovevo aver toccato un tasto dolente senza neanche rendermene conto.

«Hai ragione. Stavamo parlando di cosa dovrei fare riguardo Nero. Dunque, il mio dilemma, adesso, è che tornerà a casa, nella sua cittadina, questo fine settimana... e mi ha invitato ad andare con lui.»

«Vuole che tu veda dov'è cresciuto. Non è una buona cosa?»

«Credo di sì.»

«E vuole anche farti conoscere le persone che sicuramente reputa importanti. A me questo sembra un gran passo, un modo per farti capire che vuole portare le cose più avanti.»

«In realtà, ho già conosciuto la maggior parte di quelle persone. Ero fuori proprio ad aiutare la ragazza di suo fratello con un costume che vuole indossare per questo festival che si terrà nella cittadina questo weekend. Staremmo a casa sua, sua e del fratello di Nero. Anche Quin mi ha invitata a passare il fine settimana da loro.»

«A me sembra tutto fantastico.»

«Dici sul serio?»

«Sì. Quel ragazzo ti ha invitato a passare del tempo con lui per conoscerlo meglio. E visto che anche la ragazza di suo fratello ti ha invitata, potresti vederlo non esattamente come un appuntamento, ma come una semplice gita fuori porta.»

«Anche il fratello di Nero sembra parecchio simpatico... anche se era un giocatore di football.»

«Quindi, adesso sei amica di due giocatori di football?»

«Sì», dissi, sorridendo.

«Kendall, non so più neanche chi sei, ormai.»

Scoppiai a ridere. «Credo di non saperlo più neanche io.»

«Ma penso che dovresti andare, comunque. Ti conosco ormai da un po'. Non ti ho mai vista così tanto interessata, così tanto presa da qualcosa, soprattutto, poi, da qualcuno. Che succede se questa risulta essere la tua possibilità per essere felice? Non sarebbe il caso di rischiare... anche se il rischio potrebbe includere qualche complicazione?»

# Capitolo 8

Nero

Avrei sicuramente perso la testa in attesa di ricevere una risposta da Kendall.

L'avevo invitata a Snowy Falls. Tutti quelli che conoscevo venivano da lì. Se fosse venuta con me, avrei saputo per certo che non sarei mai riuscito a nascondere quanto pazzo fossi per lei; tutti lo avrebbero capito, tutti lo avrebbero scoperto.

E cosa avrebbe detto mia madre? Non aveva avuto alcun problema riguardo Cage e Quin, ma loro si erano presentati a lei insieme. Se avesse voluto riavere il suo bambino, avrebbe dovuto accettare la presenza di Quin, il loro stare insieme. E adesso mi ritrovavo spesso a chiedermi se, per caso, a lei non piacesse più Quin di quanto le piacessi io.

Ma mia madre non aveva mai incontrato qualcuno a cui ero interessato. Probabilmente, perché non mi era mai piaciuto qualcuno quanto mi piaceva Kendall. E Kendall, che si vestiva completamente di nero e indossava braccialetti in pelle, non sembrava molto incline alla vita di paese. Come avrebbe reagito mia madre?

E che cosa avrebbero detto tutti gli altri, tutta l'altra gente che mi conosceva? Non avevo passato il tempo con le persone migliori, in passato, e non si poteva dire che fossero di larghe vedute. Le cose avrebbero potuto mettersi male. Sapevo di essere in grado di togliere di mezzo chiunque, ma ciò non significava esattamente che non mi avrebbe dato fastidio; che non mi avrebbe ferito.

Allo stesso tempo, non avevo alcun potere quando si trattava di Kendall. A malapena riuscivo a respirare, quando l'avevo accanto. L'unica cosa alla quale riuscivo a pensare quando l'avevo vicino era stringerla, spingermi tra le sue braccia, stringerla contro il mio corpo, poggiare le mie labbra sul suo collo. Non mi ero mai sentito così con nessun altro prima di quel momento.

Forse, tutte quelle sensazioni ed emozioni erano il motivo per cui stessi andando così bene nelle mie ultime partite. O, forse, adesso avevo un motivo per dare tutto me stesso quando giocavo. Volevo fare colpo su di lei. Volevo farle vedere che stare con me poteva valerne la pena, nonostante fossi un caso perso, senza speranze.

Ma, diamine, forse anche quella era solo una vana speranza. Forse ero davvero troppo un caso perso per chiunque. Incontrare Kendall mi aveva fatto cominciare a sperare che non fosse così, che mi fossi sbagliato. Ero pronto a rischiare tutto pur di stare con lei. Tutto ciò di cui avevo bisogno era ricevere un suo messaggio, avere una possibilità.

Ero quasi sul punto di arrendermi all'evidenza che Kendall mi avrebbe per sempre ignorato, quando all'interno della nostra chat si materializzò una foto che ritraeva Kendall e Quin di fronte a quella che sembrava una brocca per liquori grande quanto un essere umano.

Niente di quella foto aveva senso. Sapevo che Kendall e Quin avessero una certa affinità; ma da quando passavano del tempo insieme? E perché c'era un'enorme brocca per liquori nel bel mezzo della camera di Quin?

*Quanto di quel liquore vi siete scolate, voi due?*, scrissi in risposta.

*Beh, la brocca ci serviva vuota, quindi…*

Ero ancora tremendamente confuso.

*Hai bisogno di qualcuno che ti riaccompagni a casa? Perché io sono vicino.*

Una foto fu la risposta che ricevetti a quella domanda. Quella volta, le due nella foto fecero finta di essere ubriache, intenti a bere dall'enorme brocca. Si stavano chiaramente divertendo alla follia.

*Lo sai che quella cosa ti fa perdere la vista, vero?*

*Akjshdfgjshfgjsjf,* scrisse in risposta.

Io scoppiai a ridere.

*Sul serio, però. Hai bisogno che venga? Sono a cinque minuti di strada.*

*No, stiamo bene. Volevo solo mostrarti il costume che abbiamo creato per il festival del liquore di questo fine settimana.*

*Il festival del liquore?*

*Lo conosci?*

*Se lo conosco? Sono stato costretto a lavorare alla sua realizzazione. Quindi vieni?*

*Quin ha detto di avere una camera in più in cui potermi ospitare, dove poter restare a dormire.*

Leggendo quella sua risposta, sentii il petto stringersi in una morsa dolorosa. Avevo sperato di poter dormire con lei, sul mio letto. C'erano un bel po' di cose, che avrei voluto farle.

*Sì, è così. Dovresti venire.*

I tre puntini che segnalavano che Kendall stesse scrivendo sembrarono restare sul mio schermo per un'eternità, prima di ricevere il suo messaggio.

*Okay,* disse.

«Sì! Cazzo, sì!» urlai io, facendo sussultare Titus, che si girò subito a guardarmi.

«Hai ricevuto qualche buona notizia?»

«Sì, una cosa del genere» gli dissi, non riuscendo però a nascondere l'enorme sorriso sul viso.

«Ci andrai al festival che ha messo su la dottoressa Sonya, questo weekend?»

«Sì, sarò lì» dissi, poi mi fermai. Non ero certo di sapere quale fosse il modo migliore per dirglielo. «E, ehm… ti ricordi Kendall?»

«La ragazza che era con noi dopo la partita?»

«Sì. Verrà anche lei» dissi, nervoso.

«Davvero? Fantastico, mi piace quella ragazza.»

«Forse potresti chiedere a Lou di venire con te.»

«Ho già chiesto. Ha un appuntamento, questo fine settimana.»

«Ne ha tanti di appuntamenti, non è vero?»

«Già.»

«La cosa t'infastidisce?»

«Perché dovrebbe infastidirmi?» chiese lui, facendo finta di nulla.

Restai a guardarlo, chiedendomi per quanto tempo fosse sano continuare a girare e rigirare intorno a questo argomento con lui, invece di parlarne e basta.

Decisi che non lo fosse per niente.

«Ascolta, se ti piace, secondo me dovresti trovare il coraggio di dirglielo.»

«Cosa? Non mi piace! Voglio dire, mi piace. Siamo buoni amici. Ma non mi piace in quel senso.»

«Ah. Beh, allora immagino sia una buona cosa che non ti piaccia in quel senso. Perché se ti piacesse in quel senso, sentire di ancora un altro appuntamento potrebbe portarti alla pazzia. Immagina tutte le cose che fa con quei ragazzi. Immagina quante volte stringe loro le mani. Immagina quante volte li bacia. E poi li invita sempre a casa sua...»

«È vergine!» scattò Titus, interrompendomi.

«Cosa?»

«Sì. Ha detto che va ad un sacco di appuntamenti, ma non va oltre. Vuole aspettare la persona giusta, per quello.»

«E stava guardando nei tuoi occhi, quando te l'ha detto?»

«Che vuol dire mi stava guardando negli occhi? Mi stava parlando, certo che mi stava guardando.»

Lo fissai ancora, chiedendomi quanto a lungo avrebbe continuato con questa farsa.

«Okay, come ti pare. Dico solo che se provi qualcosa per qualcuno, dovresti dirglielo a prescindere da quanto ti caghi sotto, okay?»

«Seguirai questo consiglio per te stesso con Kendall?» scattò Titus, gettandomi la questione in faccia.

«Lo farò proprio questo fine settimana» gli dissi, prendendo una decisione proprio in quello stesso momento.

«Buon per te!» rispose però lui, scacciando via ogni mia singola paura. Nei suoi occhi sembrava esserci ammirazione per il mio coraggio. «È fantastico. Kendall sembra davvero un'ottima ragazza. Mi piacete, insieme.»

«Grazie» gli dissi, sentendomi pervadere dal sollievo.

Senza alcuna partita quel fine settimana, Kendall, Quin ed io ci organizzammo per incontrarci nella stanza di Quin così che insieme tutti e tre avremmo potuto dirigerci verso Snowy Falls.

«Quindi... nessuna delle due ha pensato prima al come far uscire questa gigantografia di brocca per liquori dalla porta di casa?» chiesi, fissando l'enorme costume di fronte a me.

Kendall e Quin si girarono a guardarsi a vicenda nello stesso momento. Era la cosa più dolce che avessi mai visto.

«Okay, ecco cosa faremo adesso. Quin, ora ti metti il costume addosso, ti fai tutte le foto che vorrai farti mentre lo indossi, mentre ancora ha un aspetto perfetto.»

«E poi?» chiese Quin, nervosa.

«E poi proveremo a farlo passare oltre la porta.»

«Oh, no! Ma ci abbiamo lavorato così tanto, così duramente!» si lamentò mia cognata. «Non ho mai creato niente di simile.»

«Beh, forse la prossima volta dovreste provare a creare qualcosa di più piccolo che possa passare sotto la tua piccola porta di casa, no? Non dovevi essere tu, il genio della casa?» le chiesi, prendendola un po' in giro.

Quando vidi la testa di Quin abbassarsi, però, pensai di aver forse esagerato un po' con le battute. Poggiai una mano sulla sua spalla.

«Tranquilla, Quin. Ci sono io. Anzi, ci siamo noi. Giusto, Kendall?»

«Certo che sì. Ti aiuteremo noi, Quin.»

«Volevo solo che Cage lo vedesse in questo stato…»

«E lo farà! Ma… tramite foto» le dissi, prendendola in giro un altro poco.

Quella volta, però, Quin sembrò riprendersi abbastanza da poter ridere delle mie battute. Io feci lo stesso. Quando mi girai a guardare Kendall, però, non la trovai intenta a ridere: mi stava fissando, un enorme sorrisetto a curvarle le labbra.

«Che c'è?»

«Nada» rispose lei, girandosi subito a guardare il costume che insieme a Quin aveva creato.

Non avevo la minima idea di cosa le passasse per la testa, ma mi piaceva l'espressione che aveva mentre lo faceva. Era davvero la ragazza più sexy che avessi mai visto. Dio, quanto avrei voluto baciarla di nuovo, in quel momento.

Dopo aver fatto così tante foto da sembrare turisti in una delle città più belle del mondo, Quin ripose la sua macchina fotografica al proprio posto e poi ci mettemmo al lavoro. Per quanto duro e resistente fossero riuscite a farlo, l'unico modo per far passare il costume oltre la porta fu quello di piegarlo un po' dall'interno. Dopo aver fatto tutte le rampe di scale ed essere arrivati alla mia macchina, il costume era più ovale che rotondo.

«È il Festival del Liquore, Quin. Se le persone saranno sobrie abbastanza da notare che non è esattamente tondo quanto doveva essere, allora avremo problemi più grandi ai quali pensare» dissi ad una Quin molto triste, cercando di sollevarle il morale.

Per quanto mi piacesse passare del tempo da solo con Kendall, avere Quin con noi durante il viaggio verso Snowy Falls aiutò molto. Le due sembravano andare d'accordo come fossero amiche di vecchissima data. Dovevo ammettere di sentirmi un po' geloso, a riguardo. Ma proprio quando pensai che si erano completamente dimenticate della mia esistenza, Kendall mi poggiò una mano sulla coscia. Quella fu la prima volta che sentii un'erezione venirmi così in fretta.

Mi girai a guardarla, cercando di capire cosa stesse cercando di fare. Non mi stava guardando; voleva solo farmi capire che non si era dimenticata di me. Avrei accettato volentieri quel suo gesto, specialmente perché io, di certo, non mi ero dimenticato di lei.

Per quando arrivammo di fronte la nuova casa di Quin, io e Kendall avevamo giàcominciato ad introdurre Quin alle canzoni tipiche degli ubriaconi.

Avevamo cantato così tanto a squarciagola da riuscire a svegliare chiunque vivesse nelle case che avevamo sorpassato lungo la strada? Certo che sì, ma di certo non potevi cantare quel tipo di canzoni a bassa voce.

«Questa è casa tua?» chiese Kendall, fissando fuori dal finestrino con stupore.

«Sì», disse Quin, arrossendo.

«È meravigliosa!»

«Grazie.»

Sì, non c'era modo di nasconderlo. Quella casa era bellissima. Per tutto il tempo del viaggio mi ero silenziosamente chiesto cosa avrebbe pensato Kendall una volta visto il posto dal quale stavamo andando via. Specialmente una volta visto quello in cui stavamo andando a vivere. Crescendo, non mi ero mai sentito in imbarazzo per le condizioni in cui vivevo; ma, dovevo ammettere, che era dovuto forse al fatto che non ne avessi avuto il tempo. Ero stato troppo impegnato a cercare di capire come mantenere quel poco che avevo sopra la testa.

Ma vedevo i quartieri dove invece abitavano i ragazzini con cui andavo a scuola. Nessuna di quelle case aveva le ruote sotto di esse. Certo, neanche le case accanto al nostro parcheggio ne avevano, ma solo perché, in quel caso, non potevano permettersele.

«Nero, una volta portato il costume dentro casa, dovresti mostrare a Kendall il posto.»

Kendall si girò a guardarmi, entusiasta. «Sì!»

«Mamma è qui?» chiesi a Quin, chiedendomi quanto stress avrei dovuto sopportare quel fine settimana.

«Abbiamo ordinato un letto particolare per lei, quindi abbiamo deciso che non si trasferirà fino a quando non arriverà. Il che dovrebbe essere... domani, credo.»

Ne fui grato. Mi avrebbe dato il tempo, sia a me che a Kendall, di abituarci a qualsiasi cosa stesse succedendo. E, dopo aver portato dentro il costume e aver salutato Cage, provammo a fare esattamente questo.

«Mi hanno detto che questa dovrebbe essere la mia nuova stanza» dissi, facendola entrare dentro la stanza vuota e verso il letto.

«Molto bella!» disse lei, guardandosi intorno nella stanza completamente vuota.

«Andremo a prendere la mia roba domani... ma non sono certo di sapere quanto di quello che ho voglio portare qui. Forse è meglio lasciare alcune cose nel passato.»

«Non c'è niente di meglio di un nuovo inizio. No?»

«Già.»

Restai a guardare in quegli occhi al cioccolato, dolci e intensi. Era come se mi stesse chiedendo, con un solo sguardo, di prenderla tra le mie braccia e stringerla forte; di non lasciarla mai andare. Ma nel momento stesso in cui poggiai la mia mano sulla sua, lei scattò in piedi.

«Quindi... dov'è la stanza dove resterò io?» mi chiese, afferrando il suo zaino.

Per un attimo presi in considerazione l'idea di chiederle di restare nella mia stanza, ma cambiai velocemente idea. Volevo farla sentire a suo agio; se aveva bisogno di dormire da qualche altra parte per sentirsi al sicuro, allora lo avrei accettato.

«La porta accanto. Vieni, te la faccio vedere.»

Una volta aperta la porta, la feci entrare per sistemare le sue cose. Lwi immediatamente mi disse che mi avrebbe raggiunto al piano di sotto, e poi mi chiuse la porta in faccia senza neanche darmi il tempo di rispondere. Se quello non era un rifiuto, allora non sapevo cos'altro potesse essere. Avrebbe anche potuto dirmi «Attento a non farti sbattere la porta in faccia quando esci», e sarebbe stato lo stesso. Quel weekend sembrava preannunciarsi molto diverso da ciò che avevo sperato che fosse.

«Dov'è Kendall?» mi chiese Cage, quando mi unii a lui e Quin sull'isola in cucina.

«È nella sua stanza. Ha detto che sarebbe scesa qui presto.»

«Quindi… come va tra di voi?» mi chiese lui.

Io feci solo un cenno del capo, stringendo con forza le labbra. La verità era che non conoscevo la risposta a quella domanda.

«Avete qualcosa da bere?» chiesi, controllando ogni mobiletto della cucina.

«Prima di tutto, è *abbiamo* qualcosa da bere» mi corresse mio fratello, riferendosi a tutti e tre, al fatto che quella casa apparteneva anche a me. «E poi, certo che ne abbiamo» disse, indicandomi un mobiletto più piccolo.

Lo aprii, restando a fissare la piccola collezione di bottiglie all'interno.

«Lo sai che non è abbastanza, sì?»

«Ne vuoi di più? Vai a comprare altro» scherzò Cage.

«No, ci penso io» disse subito Quin.

«Perché non sei come la tua ragazza?»

«Non tutti quanti possono essere perfetti» ribatté subito Cage, afferrando Quin e scoccandole un bacio sulle labbra.

«Non ho idea di chi tu stia parlando, ma di certo non è di me» rispose Quin.

«Certo che sto parlando di te. Parlo sempre di te» disse allora Cage, e quella scenetta era così dolce e tenera da farmi venire i conati di vomito.

«Dove diavolo è andata a finire Kendall?» chiesi, non riuscendo più a sopportare quello che stava succedendo di fronte ai miei occhi. Nel momento stesso in cui lo dissi, Kendall entrò nella stanza. Come se fosse stato ferma sul ciglio della porta per tutto il tempo. «Eccoti qua» dissi, e sentii subito le mie labbra schiudersi in un sorriso. «Vuoi da bere?»

«Ah, Dio, sì» disse, avvicinandosi a me e puntando con la mano verso ciò che voleva.

Una volta che i drink cominciarono a volare, le cose tra me e Kendall si fecero meno strane. Seduti intorno all'isola della cucina mentre Cage preparava la cena, la conversazione prese a fluire senza mai fermarsi, e le cose andarono per il meglio. Una volta finita la cena, Kendall ed io ci dedicammo a pulire, poi ci unimmo ai due ragazzi in salotto. Entrambi avevano comprato alcuni giochi da tavolo per la nuova casa, e Kendall ed io decidemmo di sfidare Cage e Quin ad una partita di Wavelength. La coppia ci stracciò completamente; ma, considerato quanto bene io e Kendall avessimo giocato e quanta astuzia ci avessimo messo, né io né lei ci sentimmo particolarmente affranti da quella sconfitta.

«Noi andiamo a letto, adesso. Abbiamo tantissime cose da fare, domani mattina. Non dimenticarti che, dopo il trasloco, dobbiamo andare da Sonya per aiutarla con gli ultimi preparativi per il festival!» mi disse Cage.

«Capito» confermai, dando loro la buonanotte.

Quando andarono via, io mi girai a guardare Kendall. Dio, se era sexy.

«Quindi… che mi dici, tu? Cosa vuoi fare?»

Lei restò a guardarmi per un po', poi semplicemente sorrise.

«Mi sa che andrò a dormire anch'io.»

«Ne sei sicura? Io riesco a pensare a qualche altra cosa che potremmo fare» le dissi, sorridendo di rimando.

«Ah, non ne ho alcun dubbio! Magari la prossima volta, campione» rispose lei, sporgendosi verso di me per lasciarmi un veloce bacio sulle labbra; poi andò via.

Non avevo la minima idea di cosa farne, di me stesso, a quel punto. Quando decisi infine di mettermi a letto, non potei far altro che restare a fissare il soffitto, incapace di trovare pace sapendo che Kendall si trovava a pochissimi passi da me. Mi girai e rigirai un numero spropositato di volte, fino a quando, alla fine, decisi di pensarci da solo e mi masturbai con la mente piena di Kendall. Solo una volta finito riuscii finalmente ad addormentarmi.

La mattina successiva, mi svegliai molto presto rispetto ai miei standard, con il pensiero di Kendall in cima alla lista. Non vedevo l'ora di vederla. Ancora coricato sul letto, restai un po' fermo a fissare la parete di fronte a me; quella che mi separava dalla stanza di Kendall. Mi chiesi cosa stesse facendo, in quel momento. Stava ancora dormendo? Oppure anche lei stava fissando il suo lato della parete? E se stava invece ancora dormendo, cosa stava sognando?

Troppo pieno di energie per restarmene fermo a letto, però, afferrai un paio di pantaloncini e lasciai la stanza così. La porta della camera di Kendall era ancora chiusa. Costringendomi a passare oltre senza bussare, mi diressi al piano di sotto e trovai Cage e Quin in cucina.

«Buongiorno», disse Cage, con uno spirito e un'energia che mi fecero pensare fosse sveglio da ore.

«'Giorno.»

«Come hai dormito?» mi chiese Quin. «Come hai trovato il letto? Io e Cage non eravamo certi di come avremmo dovuto prenderlo, se duro oppure morbido. Ma Cage, alla fine, ha detto che non te ne sarebbe importato molto, in ogni caso.»

«Non sa quanto è scomodo il letto che c'è nella roulotte» disse Cage.

«Sì, qualsiasi cosa è un passo avanti in confronto» confermai io, cercando dentro di me di non sentirmi infastidito dalle parole di Cage. Del resto, non era un attacco alla mia persona. «Ma era l'unica cosa che potessi permettermi, quindi…»

«Ehi, considerato che quel posto era pagato interamente da un quattordicenne, è praticamente fantastico. Non ci posso ancora credere, a quanto tu abbia fatto per tenerlo in piedi» mi disse Cage. «Ma non sei più solo, ormai. Siamo insieme, adesso, e ci occupiamo insieme delle cose. E adesso abbiamo una nuova casa.»

«Sì», risposi, con scarso entusiasmo.

Sapevo bene che Cage volesse solo farmi sentire a casa, come se quel posto appartenesse anche a me, e in realtà gliene ero grato. Ma la verità era che non era vero; quel posto non mi apparteneva, e temevo non lo avrebbe fatto mai. Era troppo per essere un posto che io avrei potuto permettermi. Avresti potuto metterci mille delle roulotte nella quale avevo vissuto fino a quel momento. Era troppo diversa da tutto ciò a cui io ero sempre stato abituato. Come avrei mai potuto smettere di sentirmi come un ospite?

«Kendall sta ancora dormendo?» mi chiese Quin.

«Credo di sì. La porta della sua camera è ancora chiusa.»

«Oh… Cage si stava chiedendo quando avrebbe dovuto cominciare a preparare la colazione. Sai per caso se è una che si sveglia presto, o tardi?»

«Vorrei tanto poter dire di sapere questo tipo di cose, su di lei» risposi io, sperando tra me e me che quel momento sarebbe arrivato presto.

«Okay, beh, aspetterò ancora qualche minuto, e poi comincio. Mi ci vorrà un po' per averla pronta, in ogni caso. Magari si sarà svegliata, per allora.»

«Mentre aspettate, io andrei a farmi una doccia» disse invece Quin, lasciando un bacio a Cage prima di andarsene.

Quando Quin ebbe lasciato la stanza, io mi girai a guardare Cage. Provai a ricordare l'ultima volta in cui eravamo rimasti da soli. Gli unici momenti in cui lo vedevo, ultimamente, erano quando capitava che lui venisse al campus per stare da Quin, oppure quando io portavo Quin a Snowy Falls durante i weekend. Io adoravo Quin, davvero, ma mi mancava un po' passare del tempo da solo con mio fratello.

«Come va il lavoro?»

«Alla grande, amico. Adoro lavorare con i ragazzi. Sto ancora cercando di capire quando potrò invitarti ad una delle loro partite, ma ogni volta queste capitano sempre quando tu hai una partita di tuo, oppure gli allenamenti…»

Mentre parlava, Cage si alzò per prendere il caffè e riempire un'altra volta la sua tazza, offrendomene un po'.

«Grazie. E le cose come vanno, con mamma?»

Dopo avermi passato la tazza, tornò con me sull'isola.

«Molto bene. Voglio dire, l'hai vista anche tu, no? Addirittura, adesso comincia a parlare di tornare a lavorare.»

«Me l'ha detto, sì. È fantastico. Dov'era questa donna quando io ero piccolo?»

«Stava facendo del suo meglio.»

«Non difenderla, Cage… tu non c'eri. Non sai com'è stato» gli dissi.

Non ero arrabbiato, ma non sarei rimasto semplicemente fermo e zitto ad ascoltarlo trovare delle giustificazioni per il modo in cui io avevo dovuto vivere fino a quando non era tornato lui; Cage conosceva soltanto il lato migliore di lei.

«Scusami.»

«Ci pensi mai a nostro padre, Cage?»

«Certo che sì. Lo sai che ci penso.»

«Quin te l'ha detto che ha preso una decisione?»

«Ha preso una decisione? Su cosa?»

«Sì, beh... le avevo chiesto di aiutarmi a capire chi fosse. E lei mi ha detto che, forse, potrei non volerlo sapere.»

«E questo cosa vorrebbe dire?»

«Non lo so. È la *tua* ragazza, mica la mia.»

Vidi gli occhi di Cage abbassarsi, mentre ci pensava.

«E se nostro padre fosse una persona tremenda, Cage? Dico, se la ragione per cui la mamma non ha mai voluto parlarne fosse perché, se sapessimo chi fosse, potremmo capire il motivo per cui io sia così incasinato?»

«Non lo so, Nero, ma... pensi davvero che sia il caso di saperlo? Voglio dire, abbiamo la mamma. Abbiamo noi, io e te, ci siamo l'un per l'altro. Forse questo è sufficiente.»

«Quin aveva detto che l'avresti detto.»

«Davvero?»

«Sì. Ma... Cage, averti qui è fantastico. E ha aiutato tantissimo la mamma. Non dico che non ne sono contento, o che non mi faccia piacere averti trovato. Però... forse non è abbastanza *per me*. Mi sento come se mi mancasse un pezzo della mia vita. L'unica cosa alla quale riesco a pensare costantemente, è il padre che non ho mai avuto. O il perché io non l'abbia mai avuto.

«È perché non sapeva neanche della mia esistenza? O perché non ne ha voluto sapere completamente? Oppure lo sapeva e, semplicemente, non gliene importava? E perché la mamma si è sempre rifiutata di parlarne? Cosa c'è di così brutto che lei non riesce a dire?»

«Glielo hai mai chiesto?» chiese un'altra voce, una nuova voce, dalla porta della cucina.

Mi girai verso di essa, e vi trovai Kendall. Quanto di ciò che avevo detto aveva sentito?

«Oh, ehi. Ciao. Sei sveglia.»

«Sì, sono sveglia da un po'. Ho sentito quello che hai detto a Cage. Scusa, non volevo origliare. È che c'è un bel po' d'eco, qui.»

«Sì, i mobili dovrebbero arrivare tra qualche giorno» spiegò Cage.

«Hai sentito tutto quello che ho detto?» le chiesi.

«Solo la parte in cui dicevi di aver bisogno di sapere qualcosa su tuo padre.»

Abbassai il capo. Non avevo alcun problema a dire a Kendall cose su di me, il che era fantastico, se mi fermavo a pensarci. Ma ammettere quanto brutta fosse la situazione a qualcuno che non era già all'interno della cosa era... difficile.

«È tutta la vita che chiedo a mia madre informazioni su mio padre. Non ha mai voluto dire nulla a riguardo.»

Kendall entrò in cucina, avvicinandosi a me. «Le hai mai detto quanto importante sia per te, conoscere la risposta?»

Mi girai a guardare Cage, senza sapere come rispondere. Non mi sentivo pronto a dire a Kendall del modo in cui mia madre aveva perso la testa per un po' di anni, e del fatto che non gliene poteva fregare di meno di ciò che per me era importante.

«Sono certo che lo sappia già» decisi infine di dire.

«Magari sì. Ma, a volte, dire le cose come stanno fa tutta la differenza.»

«Forse» dissi, pensando a tutte le cose che avrei potuto dire a lei, riguardo a ciò che provavo nei suoi confronti.

«Potrebbe aiutare. E, se dovessi averne bisogno, anche io potrei parlare con lei. Non ho ancora conosciuto tua madre, ma a volte è più semplice aprirsi con un estraneo.»

Non credevo molto che ciò che aveva detto potesse dare una mano, ma pensai che era stato dolce, da parte sua, offrire il suo aiuto. Le strinsi il braccio con la mano. La sua pelle liscia scivolò senza difficoltà sotto il mio pollice.

«Ti ringrazio per l'offerta. Ma... forse è meglio che tu faccia la conoscenza di mia madre, prima.»

La sicurezza di Kendall andò scemando pian piano. «Oh, sì, certo. Non intendevo...»

«Non hai fatto niente di sbagliato» le dissi subito, interrompendola sul nascere. «È solo che nostra madre ha dovuto affrontare un bel po' di problemi, durante la mia adolescenza. Quindi non le piace molto parlare. Però adesso sta molto meglio, quindi... magari le cose adesso potrebbero andare in maniera diversa. Diamine, magari, se dovessi chiederlo adesso, lei mi darebbe addirittura una risposta.»

«Non lo potrai mai sapere» disse Kendall, incoraggiandomi.

«Immagino di no» concordai io.

«Lo sai cosa ne penso, a riguardo» disse Cage. «Ma... Kendall potrebbe avere ragione. A volte è più semplice, parlare con chi non si conosce.»

«Io sarei più che lieta di aiutare.»

Mi girai a guardare Kendall. Sembrava così pronta a fare qualsiasi cosa servisse, per aiutarmi.

«Se dovesse presentarsi l'occasione. Però, ti prego, Kendall... non premere sulla questione.»

«Certo che no. Solo se il momento è giusto» mi confermò lei, sorridendo con eccitazione.

Io restai a fissarla, chiedendomi silenziosamente perché una cosa del genere avrebbe dovuto renderla felice. Eppure, lo faceva, per quanto io non lo capissi. C'erano così tante cose che ancora non sapevo, di lei. Era come un regalo che io non vedevo l'ora di scartare.

«Vado a preparare la colazione» disse d'un tratto Cage, schiarendosi la gola come fosse in imbarazzo.

Probabilmente lo era; probabilmente stava cominciando a sentirsi a disagio, con noi. Perché io stavo fissando Kendall in maniera parecchio intensa, e Kendall stava ricambiando lo sguardo con la stessa forza. Dio, quanto avrei voluto baciarla. E quando, improvvisamente, lei alzò un dito per farlo scivolare lungo il mio petto nudo, io per poco non persi la testa.

Mi sporsi verso di lei, diretto verso le sue labbra, quando d'un tratto si allontanò da me. Che diavolo stava facendo? Non poteva scappare via così. Non si tenta un serpente; finisci con l'essere morso. Non lo sapeva?

Tanto per rendere chiaro il concetto, Kendall si avvicinò a Cage e si offrì di aiutarlo con la colazione. Io non corsi verso di lei, perché il mio cazzo era così duro da non permettermi di alzarmi.

Invece, restai seduto a guardarla preparare la colazione, cercare gli ingredienti e passarli a mio fratello. Kendall sembrava incastrarsi perfettamente, in quel quadro. C'era qualcosa di così sexy, in quella scena, che mi fece venire soltanto più voglia di lei.

Dopo aver mangiato una quantità esagerata di pancake e bacon, Kendall ed io ci offrimmo un'altra volta di pulire. Una volta finito, andammo a prepararci per cominciare con il trasloco. Cage ed io portammo entrambe le nostre macchine, e insieme ci avviammo verso la roulotte. La prima cosa che avrei dovuto fare una volta arrivato era presentare Kendall a mia mamma… e la cosa mi stava facendo perdere il senno.

Posteggiando di fronte la mia vecchia casa, mi sentii come quando dovevo prepararmi ad una delle partite importanti. Il mio cuore batteva all'impazzata.

Non c'era modo di fermare le cose. Non avevo la minima idea di cosa avrei dovuto dire. Come avrei dovuto presentare Kendall a mia mamma? Per quanto avrei voluto che lo fosse, lei non era ancora la mia ragazza. Ma definirla semplicemente un'amica suonava sbagliato.

Kendall dovette percepire qualcosa di sbagliato, nell'aria, perché invece di scendere dalla macchina, mi afferrò la mano e la strinse.

«Ce la puoi fare» mi rassicurò.

«A fare cosa?»

«Non lo so. Ma qualcosa chiaramente ti sta facendo perdere la testa, e quindi ti dico che ce la puoi fare.»

«È mia madre. So che la situazione tra noi non è ancora ben definita...»

«Beh, siamo qualcosa» mi interruppe lei.

«Cosa siamo?»

«Siamo amici.»

«Solo amici? Perché le cose che voglio farti... non sono esattamente cose che farei a qualcuno che è soltanto un'amica.»

Aspettai, in silenzio, chiedendomi se, forse, ciò che avevo appena ammesso l'avrebbe spaventata. Mi aspettai quasi di sentirle dire che non eravamo assolutamente nulla.

«Siamo *ottimi* amici, allora» rispose invece, sorridendo.

«Lo sai che mi piacerebbe essere di più, vero? Mi piaci davvero, Kendall. Non ho mai provato qualcosa di simile per nessun'altra, prima d'ora.»

La fissai. Avevo appena confessato ciò che provavo. Perché lei non stava dicendo niente?

«Io...» cominciò, fermandosi di colpo.

«Ho già aiutato mamma a mettere negli scatoloni la maggior parte delle cose, ieri.» Cage spuntò di punto in bianco accanto al mio finestrino, e prese a parlare. «Ha deciso che la maggior parte dei mobili vuole donarli a GoodWill. Ma se c'è qualcosa che a te andrebbe di tenere, dovremmo vederla adesso.»

Considerato che Cage mi aveva forse fermato dal sentire il rifiuto di Kendall, non ci pensai neanche a sentirmi infastidito da quella sua interruzione.

«Okay, amico, arrivo» dissi, tenendo gli occhi fissi su quelli di Kendall ancora per un po'. «Pronta a conoscere mia mamma?»

Per la prima volta dal nostro arrivo a Snowy Falls, Kendall mi sembrò nervosa. «S-sì.»

Corremmo verso la porta, entrando insieme a Cage e Quin. Una volta dentro tutti e quattro, ancora una volta mi venne ricordato di quanto piccolo fosse quel posto.

«Ehi, mà!» dissero Cage e Quin all'unisono, andando subito a baciarle ognuno una guancia diversa.

«Ehi, mami. Vorrei presentarti una persona» le dissi subito, provando a ritrovare il respiro.

Lei si girò a guardarmi. I suoi occhi scattarono immediatamente sulla ragazza dietro di me.

«Lei è Kendall. Lei è, ehm... una persona molto speciale, per me, mamma.»

Mamma continuò a guardarla.

«È la tua ragazza?» mi chiese, diretta come mai era stata prima.

«No. Però... magari un giorno, forse. Spero» dissi, senza neanche rendermi conto di quanto stessi mettendo Kendall sotto le luci dei riflettori.

Mamma si alzò dal divano, avvicinandosi a lei.

«È un vero piacere, conoscerti, Kendall» disse, allungando le mani per abbracciarla.

Restai completamente a bocca aperta. Mia madre abbracciava a malapena me. Non riuscivo neanche a ricordare l'ultima volta in cui lo aveva fatto. Stavo cominciando a realizzare che, forse, io non avessi la minima idea di chi mia madre fosse davvero. Per la maggior parte della mia vita, lei non era stata altro che un guscio, un qualcosa di spento e inanimato che passava il proprio tempo davanti alla televisione, in religioso silenzio. Era quella la persona che era stata, prima di quel momento?

«È un piacere conoscerla anche per me» rispose Kendall, ricambiando l'abbraccio. «Pronta a traslocare?»

Mamma la lasciò andare. «Oh, più che pronta. Sono molto contenta.»

«Questo posto non è stato poi tanto male, no?» chiesi subito io, provando in tutti i modi a non sentirmi ferito. Avevo speso lacrime e sudore affinché potessimo continuare a permetterci quel posto dal quale lei adesso voleva così tanto scappare via.

«Questo posto è stato casa nostra per tanto tempo, tesoro. Ma adesso è arrivato il momento di mettere via questa parte della nostra vita. Non pensi?» mi chiese, stringendomi la mano con un sorriso.

Nonostante non riuscii a risponderle, sapevo che non aveva torto. Era arrivato il momento di andare avanti, per tutti noi. Ma cosa significava, questo, per me? Quanto del mio futuro avrebbe ancora visto Snowy Falls? Se avessi davvero deciso di provare a giocare per squadre professionali, sarei probabilmente andato a finire in una squadra dall'altra parte del Paese. Sarei davvero tornato qui, durante le pause?

«Cosa vuoi che metta negli scatoloni, da qui?» mi chiese Kendall, quando insieme entrammo nella mia piccola stanza.

Mi guardai intorno, osservando lo spazio angusto che a malapena riusciva a contenere il mio letto. Tutto quello che avevo reputato importante lo avevo già portato con me, in dormitorio.

«Credo che butterò via tutto quanto.»

Kendall si girò a guardarmi, sorpresa. «Tutto tutto?»

«Sì.»

Kendall si guardò intorno, afferrando l'annuario del mio ultimo anno, sfogliandone le pagine. «Anche questo?»

«Liberiamoci di tutto. Mamma aveva ragione. È arrivato il momento di ricominciare da capo.»

Non riuscii a capirne il perché, ma di colpo Kendall venne ad accarezzarmi la schiena, poggiando la testa sulla mia spalla. Non me ne sarei lamentato; era una bella sensazione. Volevo di più. Ma ero certo che lo stesse facendo perché pensava che la spazzatura che avevamo intorno avesse per me un valore sentimentale che, in realtà, non aveva per niente.

Quello che vedevo se mi guardavo intorno era un posto in cui ritornavo ogni singola volta dopo aver preso più pugni in faccia in una serata di quanto una persona normale avrebbe dovuto prenderne nel corso della sua vita. O dopo essere stato preso a pugni una volta beccato a rubare. O il letto sul quale mi ero buttato una volta, affranto e in lacrime, quando mia madre aveva completamente smesso di parlare. Quella volta ero stato convinto che non avrei mai più sentito la sua voce.

«La potrebbero bruciare, tutta questa roba, per quello che m'interessa» le dissi, afferrando un po' di roba e gettandola senza tanti preamboli all'interno di uno degli scatoloni.

Una volta presa la mia decisione, il trasloco fu decisamente più veloce.

«Dove sono gli scatoloni da buttare?» chiesi a mio fratello, una volta tirati fuori tutte le scatole dalla mia vecchia stanza.

«Tutti quanti?» mi chiese Cage, guardandoli.

«Tutto.»

Cage guardò alle mie spalle, cercando gli occhi di Kendall. Io mi girai a guardarla a mia volta, giusto in tempo per vedere Kendall scrollare le spalle. Non avevo idea di come prendere quell'interazione silenziosa, ma in qualche modo mi diede fastidio.

«Avete bisogno di aiuto per mettere in macchina questa roba?»

«No, ce la stiamo facendo senza problemi» mi disse Cage. «C'è niente che vorresti tenere dalla cucina?»

«No. Non credo che il mio mestolo magico ci sia più» gli dissi, sentendomi improvvisamente stanco di vedere quel posto. «Se non avete più bisogno di noi, allora, io vorrei andare via. Vorrei portare Kendall in giro, farle vedere la città.»

«Verrai lo stesso ad aiutare Sonya per gli ultimi preparativi?» mi chiese Cage.

«Sì, certo. Ci vado questo pomeriggio.»

«Quin, avrai bisogno di aiuto con il costume?» chiese Kendall.

«No, non oggi. Va tutto bene, voi andate, divertitevi. Snowy Falls è bellissima in questo periodo dell'anno. Ti piacerà, Kendall» disse Quin, sorridendo.

«Fare una passeggiata verso le cascate è stato uno dei nostri primi appuntamenti.»

«Sì, e poi tu sei caduta dentro il ghiaccio e l'appuntamento è finito dal dottore» continuò Cage, scoppiando a ridere.

«Ah... vero, sì, lo avevo dimenticato. Piccolo suggerimento, Kendall: qualsiasi cosa tu faccia, non camminare dietro una persona, sul ghiaccio. Non seguire i suoi passi, sì?» disse Quin, ancora con il sorriso sulle labbra.

Kendall si girò a guardarmi, confusa. «Mi stai portando sul ghiaccio?»

«Non l'ascoltare. Ai tempi era solo una ragazza di città che cercava di capirci qualcosa di un piccolo paesino» dissi, prendendo in giro Quin. «Vi raggiungiamo dopo, d'accordo? Portiamo queste scatole nella tua macchina e andiamo.»

Dopo aver portato, insieme a Kendall, i resti della mia vecchia vita fuori dalla mia vecchia casa, andammo via senza guardarci indietro.

«Quindi... dove mi vuoi portare?»

«Che ne dici di andare a fare trekking tra i boschi?»

«Beh, ho le scarpe adatte» rispose lei, scoccandomi un sorrisetto.

Io allungai gli occhi verso le sue scarpe, e notai che aveva addosso le sue solite Doc. Martins.

«Hai già fatto trekking, prima d'ora?»

«Se l'ho fatto? Quando *non* l'ho fatto, vorrai dire!» rispose lei, chiaramente sarcastico.

«Non l'hai mai fatto prima, non è vero?»

«Okay, in mia difesa, andare a fare trekking ti fa sudare tutto e...»

«E?»

«Ti fa sudare tutto. Se chiedi a me, è una ragione abbastanza valida.»

Io scoppiai a ridere.

«Beh, ci sono dei posti che potrei mostrarti, ma purtroppo dovrai sudare per arrivarci.»

«Dunque, quello che stai dicendo è che vuoi che io sudi con te. Non è così?»

«È esattamente quello che sto dicendo, sì» confermai, adorando la direzione che stava prendendo il discorso.

«Vedremo questa notte. Ma fino ad allora, che ne dici se mi mostri i posti che ti piacciono di più?» suggerì allora, scoccandomi un sorrisetto civettuolo.

«Sicura che sei d'accordo? Per il trekking, intendo.»

«Dovrai andarci semplicemente piano, con me, perché è la mia prima volta.»

Restai un attimo in silenzio, chiedendomi a cosa si stesse riferendo. Perché io, di certo, non stavo davvero parlando del trekking.

«Aspetta, non hai mai... fatto *trekking,* prima d'ora?»

«Mai. E tu?»

«Io sono cresciuto qui, quindi l'ho fatto alcune volte. Ma… non l'ho mai fatto con qualcuno come te» dissi, sperando con tutto il mio cuore che capisse ciò a cui mi stavo riferendo; che stessimo parlando della stessa cosa, di tutto principio.

«Quindi, se andassimo a fare trekking insieme, sarebbe la prima volta per entrambi?»

«Sì, immagino di sì. Ho immaginato di fare trekking con qualcuno come te per tanto tempo. Ma con te è diverso. Sei esattamente il tipo di persona con la quale mi piacerebbe andare a fare trekking per il resto della mia vita.»

«Come puoi dirlo? Non l'abbiamo mai neanche fatto, ancora.»

«Perché non ho mai voluto farlo così tanto con nessun altro, prima d'ora.»

Kendall restò a fissarmi. «Giusto per esserne sicuri. Stiamo entrambi parlando di sesso, vero?»

«Io di certo sì.»

«Quindi non sei mai stato con qualcuno per cui provi qualcosa?»

«No.»

«E provi qualcosa per me?» mi chiese timidamente.

«Il pensiero di stare con te… non mi fa dormire la notte.»

Kendall scivolò vicino a me sul sedile del mio pick-up, e portò la mano sulla mia coscia. Restò a guardarmi negli occhi soltanto per un altro secondo, poi portò gli occhi di nuovo di fronte a noi.

«Mi piacerebbe fare qualsiasi cosa tu vorresti fare» mi disse, le guance colorate di rosso. «Ma... piano piano.»

«Quando sarai pronta.»

«Grazie» disse, stringendosi ancora più vicino a me, mettendosi comoda.

Con lei al mio fianco, quasi desiderai di non fermare mai quella macchina, andare lontano. Cedetti alla tentazione di portare un braccio sulle sue spalle, e la strinsi ancora più vicino a me. Solo il suo odore me lo fece venire duro un'altra volta.

Mi chiesi anche se, a quel punto, avrebbe cominciato a baciarmi un'altra volta. Non lo fece. Quella volta, restammo insieme in silenzio, a guidare, lei accanto a me come fosse già la mia ragazza. Non riuscivo a capire perché continuasse a toccarmi come se le piacessi, e allo stesso tempo continuasse a scappare via quando provavo a farlo io, o quando le confessavo cosa provavo per lei. Forse non voleva buttarsi del tutto, ancora. Ma perché? Perché doveva essere lei, ad esitare, se ero io quello che si sentiva come se fossi sul punto di gettarmi da un dirupo?

«Siamo arrivati.»

Kendall si staccò da me, mettendosi nuovamente dritta.

«Dove siamo?»

«Siamo nel punto più lontano da casa. Il punto più lontano che io abbia mai raggiunto quando ancora stavo qui, prima di trasferirmi all'East Tennessee University.»

Kendall si girò a guardarmi, confusa, e poi prese a fissare il lago di fronte a noi. A me sarebbe andato bene restare lì dentro a guardarla per tutto il tempo, ma alla fine lei decise di saltare fuori dalla macchina. Io la seguii, perché riuscivo a sentire, in qualche modo, che le stesse ronzando qualcosa nella mente.

«A che pensi?» le chiesi, provando ad immaginare cosa avrebbe detto.

«Questo è il posto più lontano in cui tu sia mai stato.»

«Sì.»

«Venivi qui a pescare?»

Io ridacchiai. «No.»

«Allora cosa ti portava qui?» mi chiese, fermandosi di fronte a me.

La guardai negli occhi, poi portai lo sguardo sul lago. Era passato molto tempo dall'ultima volta che ero venuto qui. Il pensiero di quell'ultima volta mi mise a disagio, ma sapevo che, ad un certo punto, avrei dovuto affrontare la cosa.

«So che mia mamma sembra stare bene, adesso, ma non è sempre stato così. C'è stato un momento, quando ero più piccolo, in cui lei si è... chiusa, completamente.»

«Oh, no...»

La guardai, apprezzando la sua comprensione.

«Sì. Smise di lavorare. Smise di pagare l'affitto della nostra casa, ad un certo punto. Ogni volta che il proprietario di casa veniva a curiosare per chiederci i soldi, noi fingevamo di non esserci. Ma, un giorno, non fui così tanto fortunato. Lui mi beccò alla finestra, e mi disse che, se non avessimo pagato entro la fine della settimana, ci avrebbe buttati fuori.

«Lo dissi a mamma, e lei... fu come se non avessi neanche parlato. La cosa, probabilmente, non fece altro che farla chiudere ancora di più in se stessa. Quella fu la prima volta in cui mi resi conto che avrei dovuto essere io a fare qualcosa al riguardo, e così, alla fine di quella settimana, andai a trovare il proprietario.

«Gli spiegai la situazione, gli dissi che non avevamo i soldi per pagarlo, ma che ero disposto a fare qualsiasi cosa pur di pagare l'affitto, pur di restare sotto quel tetto. Lui mi squadrò da capo a piedi, e mi disse che avrebbe potuto darmi un lavoro che ci avrebbe permesso di saldare il nostro debito. E, disperato, io accettai senza neanche chiedere di cosa si trattasse.

«Venni a scoprire così che la nostra roulotte non era l'unica che possedeva, e che se c'era una cosa che odiava più di qualsiasi altra, era andare in giro a riscuotere i suoi soldi. Così mi disse che il mio lavoro sarebbe stato quello di andare in giro a prendere i soldi che la gente gli doveva. Senza curarmi di nulla; dovevo averli, e basta.»

Kendall afferrò la mia mano. Forse, in quel momento riuscì già a intuire dove stesse andando a finire la mia storia.

«Mi diede il mio primo lavoro, e io finii con il ritrovarmi a dover rintracciare quella persona per scovarla quando era a casa. Quando lo trovai lì, andai verso la sua porta e presi a bussare. Mi sentii una merda. Sapevo bene come doveva sentirsi quell'uomo. Ma gli urlai contro, gli imposi di darmi ciò che doveva a quell'uomo. E l'unica cosa che lui mi rispose fu di andare a farmi fottere.

«Che cosa avrei dovuto fare? Provai e riprovai, e lui continuò a non volermi dare nulla, così tornai indietro e dissi al proprietario ciò che era successo. Quando finii di raccontarglielo lui venne da me, mi squadrò ancora una volta, e mi diede un forte schiaffo sulla faccia. Fu così forte da farmi cadere a terra.»

«Dio...»

«Poi si gettò addosso a me, e prese a riempirmi la faccia di pugni. Non avevo la minima idea di cosa stesse succedendo. Non mi era mai successa una cosa simile, prima di quel momento. E quello era un uomo, era grande, era grosso. I suoi anelli presero a graffiarmi la faccia.

«Quando si sentì abbastanza soddisfatto, si staccò da me e mi disse, 'Vuoi che sbatta il tuo culo fuori di casa? Vuoi che la tua mamma prenda a prostituirsi per prendersi cura di te? Perché mi assicurerò che accada, sarà abbastanza facile'. Io gli urlai di andarsene a fare in culo. Continuai a ripeterglielo, ancora, ancora.

«E lui disse, 'Allora torna indietro, e prendi i miei fottuti soldi! E non tornare senza, capito?'. Capii subito perché mi aveva preso a pugni: per darmi una lezione. Mi aveva appena insegnato cosa avrei dovuto fare. Avrei dovuto prendere i suoi soldi con le buone, oppure con le cattive.

«Non l'avrei fatto, però. Non avrei mai potuto, non in quel momento. Così, invece di tornare a casa, cominciai a correre. Corsi via, pensando che, se fossi riuscito ad andare abbastanza lontano, eventualmente sarei riuscito a scappare via dai miei problemi, a lasciarmi tutto alle spalle. Così continuai a correre, correre, correre. Non avevo neanche la minima idea di dove stessi andando. E alla fine arrivai qui, gli occhi fissi su questo lago» dissi, puntando il dito verso esso.

«Perché ti sei fermato?» mi chiese Kendall.

«Perché c'era troppo freddo, e non riuscivo a trovare un modo per arginarlo. Sapevo dove stavo andando, verso quale direzione, ma non avevo la minima idea di quanto grande fosse il lago. Finii con il dormire sotto un albero, perché non riuscivo a decidere sul da farsi.

«Quando mi svegliai, fu con il pensiero di ciò che sarebbe accaduto a mia mamma se non fossi tornato indietro. Non aveva nessun altro su cui contare, e poteva a malapena prendersi cura di se stessa. Non avevo dubbi che lui l'avrebbe davvero costretta a prostituirsi, per continuare a farla vivere sotto il suo tetto. Lo immaginai a mandare uomini a casa nostra, immaginai quegli uomini toccare mia madre... non potevo lasciare che accadesse. Dovevo proteggerla.»

«E quindi cos'hai fatto?»

«Tornai indietro. Non andai neanche a casa. Mi diressi verso l'uomo che doveva soldi al proprietario di casa nostra. Quella volta non bussai; gettai a terra la porta di casa. Lo trovai nascosto nella sua stanza, e feci quello che mi era stato insegnato. Lo presi a pugni fino a quando non mi diede tutto quello che aveva.

«Poi lo presi, e gli dissi che sarei tornato per prendermi anche il resto. Quando lo diedi al proprietario, lui sembrò colpito. E poi tornai dall'uomo, esattamente il giorno in cui gli avevo detto, per prendere il resto. Mia madre ed io non dovemmo più pagare l'affitto, da quel giorno in poi. L'unica cosa che avrei dovuto fare da quel momento in poi era assicurarmi che tutti gli altri lo pagassero, e fu esattamente quello che feci.»

Quando finii di parlare, Kendall restò a guardarmi con occhi spalancati.

Quando parlò, la sua voce era bassa, scossa. «Quanti anni avevi?»

«Quattordici.»

Lei scoppiò a piangere. Non disse nient'altro; mi strinse le braccia intorno alla vita, stringendomi forte, e singhiozzò contro il mio petto.

Fino a quel momento, ero stato convinto che avrei potuto semplicemente dirle tutto, e poi lasciarmi andare il passato alle spalle. Togliermi il peso dal petto, e andare avanti. Non era stato facile, e fino a quel momento nessuno, neanche Cage, lo aveva saputo.

Ma quello che non mi ero aspettato erano tutte quelle lacrime. Sentire Kendall singhiozzare contro il mio petto mi fece chiedere, dentro di me, perché lo stesse facendo. Non mi ero mai permesso di fermarmi a pensare a quanto brutto fosse stato quello che avevo passato, ma… ora che le carte erano scoperte, non c'era modo di nasconderlo. La ragazza che mi stava stringendo come se da questo ne dipendesse la sua vita stava cercando di dirmi, con il suo abbraccio e con le sue lacrime, che la mia storia era tremenda. Che quello che avevo passato era brutto, lo era davvero. E aveva ragione. E più il tempo passava, più me ne rendevo conto, più mi venne difficile tenermi tutto dentro.

Sentendola piangere, scoppiai anch'io. Tutto il dolore che avevo sentito scorrermi nelle vene da quando avevo quattordici anni sgorgò in superfice, come se si fosse appena rotta una diga. Non riuscii a tenerlo dentro. Il peso fu così pesante da portarmi in ginocchio.

Kendall si lasciò andare a terra con me, tenendomi stretto, senza mai lasciarmi andare. La cosa non fece altro che farmi piangere di più.

«Non volevo fare del male a quelle persone» provai a dirle, tra un singhiozzo e l'altro. «Ero solo un bambino.»

La sentii scuotere la testa. «Eri solo un bambino, Nero» ripeté lei. «Non avevi altra scelta. Stavi soltanto proteggendo la persona che amavi di più al mondo.»

Sentii il cuore scoppiarmi dentro il petto alla realizzazione che Kendall capiva; che non mi riteneva colpevole. Per tutto quel tempo, ero stato così certo che nessuno mi avrebbe mai potuto perdonare per tutte le cose terribili che avevo fatto. Ma Kendall lo faceva. E, per la prima volta in tutta la mia vita, mi sentii meno solo.

Ci volle un bel po' di tempo per entrambi trovare la forza di smettere di piangere. Quando alla fine ci riuscimmo, restammo semplicemente seduti l'uno accanto all'altra, in silenzio, per un'ora. Fu solo quando sentii il fondoschiena dolere, e ritornai con la mente a quello che Cage mi aveva detto, all'aiuto che avevo promesso a Sonya per il festival, che mi ripresi. Non potevo dire di essere dell'umore adatto per andarci, ma avevo promesso agli altri che l'avrei fatto. Così, cercando di trovare le mie forze, mi schiarii la gola.

«Dovremmo tornare indietro. Ho detto a Sonya...»

«Non dobbiamo per forza. Possiamo restare qui fino a quando ne hai bisogno.»

«No, ho promesso loro che sarei andato. E poi... mi sento come se stessi perdendo sensibilità nel culo» gli dissi, muovendomi e facendo una smorfia di dolore.

Kendall provò con tutte le sue forze a non farlo, ma alla fine scoppiò a ridere.

«Io ho perso sensibilità lì circa mezz'ora fa. Non credo di essere in grado di muovere le gambe, adesso» mi confessò lei, sorridente. «Non avevi detto qualcosa sul fare trekking, tu? Non mi avevi detto nulla sul restare seduti per terra. Non mi sono neanche portata un cuscino! Non ho abbastanza morbidezza lì, per stare bene senza.»

«Ehi, a me piace, il tuo culo. Non parlarne male!» le dissi, sorridendo.

«Allora puoi averlo. Io preferirei di gran lunga avere il tuo.»

«Non mi tentare se non lo dici sul serio, sai.»

«Lo sai che volevo dire» disse lei, sorridendo di rimando.

«Lo so. Per questo ti sto avvertendo.»

Kendall mi guardò fingendo frustrazione, e poi provò ad alzarsi in piedi. Vederla barcollare nel tentativo di restare in piedi fu adorabile.

«Okay, dai, vieni» le dissi, facendole cenno di saltare su di me.

«Nah, va tutto bene. Ce la faccio.»

«No, no, senti. Sei rimasta ferma ad ascoltare la mia storia e poi sei rimasta per un'ora intera nella stessa posizione mentre io singhiozzavo come un bambino. Il minimo che possa fare è portarti in macchina senza farti camminare.»

Kendall decise di arrendersi, e strinse le braccia intorno al mio collo, rilassandosi immediatamente. «Se proprio insisti.»

«Insisto, sì» dissi, guardandola dritto negli occhi.

Con gli occhi fissi nei suoi, si sporse a baciarmi. Quando provai a rendere il bacio più lungo, però, lei si tirò indietro. La portai in braccio verso la macchina, e, in quella posizione, non ebbi alcun modo per baciarla un'altra volta. Una volta in macchina, si allontanò completamente da me, avvicinandosi invece allo sportello della macchina. Cominciavo a pensare che mi stuzzicasse di proposito.

Quando partimmo, di ritorno verso Snowy Falls, Kendall prese a spiegarmi quanto ciò che avevo passato aveva avuto un impatto forte sulla mia vita.

«Penso sia per questo che tu abbia distrutto quella macchina. È perché, sin dalla giovane età, ti è stato insegnato che la violenza è la risposta a tutti i tuoi problemi.»

«Perché, non lo è? È stata la violenza a pagare il mio affitto. Non solo questo; è stata la violenza a farmi ottenere la borsa di studio per il football. E non sono state forse le mie tendenze violente a vincere anche te? Non prendiamoci in giro, la violenza è ciò che mi ha dato tutto ciò che adesso ha un valore, per me.»

Kendall si fermò un attimo. L'avevo in pugno. O almeno, così pensavo.

«Non è stata la violenza a farti vincere quella borsa di studio. Ti ho visto giocare. Sei arrivato dove sei arrivato perché sei bravo, perché sei veloce. Quante ore hai passato ad allenarti, per raggiungere quell'obbiettivo? È stato il tuo duro lavoro a fartela ottenere, nient'altro.»

«E che mi dici di te, allora? Non è stata questa, non è stato quello che ho fatto a quello stronzo, a farti cambiare idea su di me? Sui giocatori di football?»

Kendall si fermò un'altra volta.

«Non è un problema se la risposta è sì. Ci sono abituato.»

«Io non voglio che sia così. Non voglio tu pensi che questo sia l'unico modo che hai per risolvere i tuoi problemi. Hai distrutto una macchina. Guarda dove ti ha portato questa cosa.»

«Seduto in questa macchina con te al mio fianco» ribattei io, sorridendo.

Ero parecchio contento di aver vinto quella discussione... ma, in qualche modo, Kendall sembrava essere molto meno contenta di averlo perso.

«Kendall?»

«Non mi parlare.»

«Oh, andiamo. Non fare così. Non puoi sempre vincere tutto.»

«A te sembra che a me importi di vincere o perdere una discussione?»

«Dal mio punto di vista, a me sembra che sia successo esattamente questo» dissi, non riuscendo a nascondere il mio sorriso.

Lei mi guardò con frustrazione.

«Beh, non m'importa! Non m'importa!» urlò, arrabbiata.

«Okay, okay! Non c'è bisogno di arrabbiarsi.»

«No, tu non capisci. Se pensi che l'unico modo che hai per risolvere i tuoi problemi sia attraverso la violenza, allora che succederà quando un giorno diventerò io, il problema che dovrai risolvere? Farai a me la stessa cosa che hai fatto ad Evan?»

«Cosa? No! Perché mai penseresti una cosa del genere?»

«Non è questo, quello che stai dicendo? Non stai dicendo che è stata la violenza a darti tutto quello che adesso è importante, per te?»

Mi sentii impallidire di fronte le sue parole. Mi venne voglia di vomitare. L'unica cosa che riuscii a fare fu fermare di colpo il pick-up. Mi girai a guardarla di soprassalto, e la vidi sussultare. Pensava davvero che l'avrei colpito, o qualcosa del genere. Nel momento stesso in cui me ne resi conto, scattai fuori dall'auto e rigettai la colazione sul prato accanto alla strada.

Non riuscii più a fermarmi. Ogni secondo, un ricordo del mio passato tornava a galla, immediatamente seguito dall'immagine di Kendall che sussultava mentre mi guardava, che scappava via da me, ed io continuai a vomitare. Alla fine, Kendall si avvicinò a me.

«Stai bene?»

«Io non ti torcerei mai neanche un capello!» le dissi, tremando a causa degli spasmi addominali. «Mai! Devi credermi! Non lo farei mai!»

«Okay, ti credo!» disse lei, inginocchiandosi di fronte a me, accarezzandomi la schiena. «Scusami se ti ho lasciato fare ciò che hai fatto ad Evan. Solo adesso mi rendo conto che non ti ha aiutato, che non ti stavo aiutando.»

«L'ho fatto io, non tu. Tu non mi hai lasciato fare nulla.»

«Ti ho dato il suo indirizzo. Ti ho praticamente dato indicazioni su come arrivarci, ti ho aizzato contro di lui. È solo che ero così arrabbiata…»

«E adesso sai cosa provo io» le dissi, girandomi a guardarla. «Quando mi comporto nel modo in cui mi comporto. È perché sono così arrabbiato, *così arrabbiato…* Ma so che, un giorno, tu non andrai a cercare qualcuno che sia più forte di me per farmi pestare, se dovessi fare qualcosa di sbagliato. Come io non farei mai niente di male a te, non ti ferirei mai.»

«Come fai ad esserne così certo?» mi chiese lei, con tutta la sincerità del mondo.

«Lo so e basta. Dovrai semplicemente fidarti di me.»

«È difficile, per me, fidarmi» mi confessò lei. «I ragazzi come te non me ne hanno mai dato alcun motivo.»

«Neanche a me la gente ha mai dato un motivo per fidarmi. Ma sono disposto a fidarmi di te. Non so perché, eppure è così. Ti sto solo chiedendo di ricambiare il favore.»

# Capitolo 9

Kendall

Restai a guardare il ragazzo di fronte a me, rendendomi conto di non aver avuto, fino a quel momento, la minima idea di chi avessi accanto. Nero non era la persona che avevo pensato fosse. Quando lo avevo visto la prima volta… beh, non ricordavo esattamente la prima volta in cui ci eravamo visti. Ma la seconda volta, al lago Willow, l'unica cosa che ero riuscita a vedere era quanto fosse bello. Nella mia testa, poteva essere nient'altro che una foto su una rivista. Per questo mi era risultato così semplice, andare via da lui, dopo aver scoperto che giocasse a football.

Quando mi era stato presentato come cliente, o qualsiasi cosa fosse, però, avevo cominciato a vederlo come un ragazzo tremendamente sexy, ma tremendamente cattivo. Ma cosa significava, poi, quella mia descrizione? Con chi avevo pensato di avere a che fare?

Ferma accanto a lui mentre rigettava tutto ciò che aveva mangiato per colazione, realizzai di non sapere la prima cosa su di lui. Dirgli che avevo paura potesse rivolgere le sue tendenze violente su di me lo aveva ferito così tanto da portarlo a fermare la macchina per rimettere. Chi mai avrebbe pensato che sarebbe stato capace di così tanta sensibilità?

Con un corpo che sembrava una statua greca, mi era venuto così facile considerarlo il più forte. Forse lo era, in termini di prestanza fisica, ma non era quello il modo in cui io avevo considerato la sua forza. Era chiaro che potesse ridurre a brandelli qualcuno come Evan Carter. Ma era anche in grado di fidarsi di me, nonostante dal momento stesso in cui era venuto al mondo, la vita non aveva fatto altro che insegnargli, sgambetto dopo sgambetto, che era meglio non fidarsi di nessuno.

Quella era la sua vera forza. E, in quel senso, lui era molto più forte di me. Come avrei potuto non amare quella cosa? Come avrei potuto non amarlo, per questo?

Dio santo... io *lo amavo,* per questo. Ero innamorata di Nero, il giocatore di football che era diventato mio cliente. Che cosa avrei dovuto fare, adesso?

«Io mi fido di te», gli dissi allora. «O, almeno, ci provo. È difficile, Nero, ma ci provo. Sei la cosa più inaspettata che mi fosse mai capitata.»

«Grazie?» rispose lui, guardandomi confuso.

«Non so quanto sia un complimento... ma di certo è un'ammissione, la mia. Non ho mai conosciuto nessuno come te. E, visto che questa è la situazione, devo imparare a capire come fidarmi e comportarmi con te senza lasciare che il peso di ciò che mi è successo influenzi le mie scelte, e le mie azioni.»

«Non so cosa significhi.»

«Significa che... beh, non so di preciso cosa significa. Però so che sei speciale.»

«E, visto che stai sorridendo, mi viene da pensare che lo intendi in maniera positiva? E non come quando un professore dice ad un genitore che il proprio figlio è speciale?»

Scoppiai a ridere. «No, Nero, non intendo in quel modo. Intendo in modo molto positivo. Tu sei... una gran bella persona» dissi, sentendo il viso andare a fuoco.

«Okay, mi può stare bene. Anche io penso tu sia molto speciale. In modo completamente diverso da ciò che potrebbe dire un professore ad un genitore. Ma, forse, pensandoci, anche in quel modo.»

Gli diedi un pugno sulla spalla, e lui scoppiò a ridere.

«Oh, andiamo!»

«No, scherzo, scherzo» disse, alzandosi in piedi. «Anche io penso tu sia fantastica.»

Le sue mani mi cinsero le spalle, e i suoi occhi si incollarono ai miei. Fissandolo, sentii il mio cuore perdere un battito, il mio respiro venire meno. Sentii il bisogno di deglutire.

Lo volevo. Lo volevo così tanto; volevo tutto di lui. Lo volevo dentro di me. Ero sul punto di sporgermi per baciarlo, ma lui mi fermò dicendo,

«Ehm… ti bacerei con tutto il cuore, in questo momento, ma ho appena finito di…» si fermò, poi puntò il dito contro ciò che era rimasto della colazione che Cage aveva fatto.

«Giusto. Forse dovremmo tornare in paese. Non dovremmo andare ad aiutare con i preparativi per il festival?»

«Sì, io… so che ho detto di doverlo fare, ma sono stato io a dirlo. Nessuno ti costringe a farlo. Non devi sentirti obbligata.»

«Tu stai andando lì?» gli chiesi.

«Immagino di sì.»

«Allora è dove voglio essere anch'io.»

Le labbra di Nero si aprirono in un sorriso grande tanto quanto il mio. E nel momento in cui lo vidi, sentii la carne tra le mie gambe pulsare. Non era strano, dovetti ammettere a me stessa, considerate le volte in cui, soltanto al pensiero di Nero, mi ritrovavo costretta a sistemare la situazione con le mie stesse mani. Ma c'era un motivo per il quale ero ancora vergine.

Non avevo completamente perso il senno. Durante gli anni, erano stati molti i ragazzi dai quali avevo percepito certe vibrazioni, dai quali avevo percepito la voglia di fare qualcosa con me. Alcuni di loro li avevo anche trovati molto attraenti. Ma non mi ero mai sentita pronta con nessuno di loro. Questa era la cosa diversa: che, adesso, quella sensazione la sentivo, con Nero. E perché proprio con lui? Era forse perché Nero era stato il primo, vero ragazzo di cui mi ero sentita di potermi fidare?

Con le sue mani ancora sulle mie spalle, poggiai le mie sul suo petto. La verità era che volevo soltanto toccarlo, ma nel momento in cui le mie dita toccarono il suo corpo, mi fu impossibile non notare i muscoli sotto di esse. Il suo corpo era meraviglioso.

Completamente persa dalla sensazione, presi a far scendere le mani, rincorrendo la sua pelle. Lui restò fermo, immobile a farsi toccare per un secondo, prima di dire, «Ehm... a meno che tu non abbia qualcosa di specifico in mente, dovremmo probabilmente fermarci e andare via.»

Alzai lo sguardo sui suoi occhi, perché non riuscivo a capire il motivo per cui lo avesse detto. Lui puntò un dito sui suoi pantaloni, e mi bastò una sola occhiata per capirne il motivo. Non solo era eccitato, Nero era anche incredibilmente grosso. E quando lo vidi sussultare, più i miei occhi restavano su di lui, quel movimento mandò scariche elettriche lungo tutto il mio corpo, rendendomi debole, come fossi fatta di gelatina.

«Sì... dovremmo andare» dissi, deglutendo tutto il desiderio che sentivo dentro.

Durante il viaggio di ritorno, non riuscii a frenarmi dal toccarlo. Non volevo fare nient'altro. Lui portò un braccio intorno alle mie spalle mentre andavamo via, e riempì il silenzio raccontandomi di altre storie riguardo la sua adolescenza. Ebbi come la sensazione che stesse cercando di nascondere le parti più brutte. Ma, anche con le sue piccole omissioni, il quadro generale mi fu chiaro.

Dall'età di quattordici anni, Nero era stato costretto a vivere una duplice vita. Non volendo far scoprire alla gente ciò che si era ritrovato costretto a fare per mantenere un tetto sopra la sua testa e quella di sua madre, aveva sempre tenuto la bocca chiusa riguardo il suo lavoro dopo la scuola. Così aveva continuato ad andare a scuola, a studiare, a presentarsi ad ogni allenamento della sua squadra di football. Ma, una volta tornato a casa, lui diventava un esattore di tasse.

E mi spiegò in lungo e in largo di quanto, ora che se ne rendeva conto, la cosa lo avesse toccato.

«Pensi che questo influenzasse le persone con cui uscivi?» gli chiesi.

«Non uscivo con nessuno. Per questo sì, probabilmente mi ha influenzato in qualche modo.»

«Pensavo avessi detto che eri uscito con qualche ragazza qui, a Snowy Falls.»

«Ho detto che ho avuto qualche storiella. Niente di serio.»

«Quindi era solo sesso?» chiesi, non sapendo se volessi davvero sentire la risposta.

«Qualcosa del genere. Ma... beh, sai com'è. Ti ubriachi durante una festa, dopo una partita, e le ragazze ti si gettano addosso, e prima che tu possa rendertene conto le hai infilato il cazzo dentro e tutto è già finito.»

Io scoppiai a ridere. «Sì, no, non credo proprio di sapere com'è.»

«Non sei mai stata con un ragazzo?»

«No.»

«Neanche... beh, quasi?»

«Credo che la persona con cui sia andata più vicino al fare qualcosa sei tu» ammisi, imbarazzata.

«Perché mai? Solo un cieco non si accorgerebbe di quanto sei bella» disse Nero, arrossendo subito dopo.

«Grazie» dissi, sentendo il suo complimento stringersi intorno al mio cuore. «Non credo di essermi mai vista in quei termini.»

«Per colpa di quello stronzo?»

«Chi? Evan?»

«È quello il suo nome?» chiese Nero, e lo sentii arrabbiarsi al solo pensiero.

«Sì. Beh, sì, potrebbe essere stato a causa sua e dei suoi amici. Non ne sono certa. L'unica cosa che so è che non mi sono mai sentita sicura abbastanza da rendermi vulnerabile in quel senso, prima di adesso.»

«Prima di adesso?»

Alzai lo sguardo su di lui. «Sì.»

Riuscivo a sentire il calore del suo corpo nonostante entrambe le nostre magliette. Il suo odore mi circondava. Con gli occhi ancora fissi nei suoi, persi ogni forza di volontà e mi spinsi ancora contro di lui, poggiando la mano sulla sua coscia. A lui piacque subito ciò che stavo facendo, e lo sentii allargare le gambe per darmi accesso.

Feci scivolare la mano più in alto, sentendo le sue palle ancora nascoste dai vestiti sotto di essa. Non potevo credere a ciò che stavo facendo. Nel momento stesso in cui lo feci, però, mi resi conto che non sarebbe stato abbastanza. Le presi in mano, e strinsi. Nero si lasciò scappare un gemito roco e basso che sentii riverberare fin dentro le mie ossa.

Quel suono fu tutto ciò che mi servì a capire che dovevo andare avanti. Portai la mano sul suo cazzo, e seguii la sua lunghezza. Non avevo mai toccato un ragazzo in quel modo, prima di quel momento. Mi sentivo come inebriata soltanto al pensiero.

Senza fermarmi, mi girai completamente verso di lui e gli sbottonai i pantaloni. Nero stava ancora guidando, ma scivolò un po' di più sul sedile per aiutarmi a liberarsi dall'indumento. Nel momento in cui lo feci, intrufolai la mano dentro le sue mutande, e trovai la sua carne dura. Avevo tra le mani il suo cazzo. Portando le mani più sotto, lo strinsi nel palmo. Mi riempiva completamente la mano.

Non fui in grado di aspettare neanche un secondo di più; liberai la sua lunghezza dai pantaloni, fuori dalle mutande. Anche da seduto, Nero era enorme. Sentendo il bisogno di poggiarvi sopra le labbra, mi sporsi in avanti, verso di lui. Fu a quel punto che Nero fermò il pick-up e si sistemò meglio, dandomi modo di osservare tutto quanto. Era il ragazzo più grosso che avessi mai visto in tutta la mia vita. E quando entrambe le mie mani furono intorno ad esso, mi abbassai per lasciare un bacio sulla corona.

Quando le mie labbra entrarono a contatto con lui, mi sentii pervadere dai brividi. In quel momento, capii che quello doveva essere soltanto l'inizio, e diedi alla mia lingua la libertà di sentire il suo sapore.

Poi spinsi il suo uccello dentro la mia bocca, bagnandolo con la mia saliva calda. Lui gemette di nuovo, perdendosi nella sensazione. Così, quando infine presi a succhiarlo davvero, tutto ciò che gli restò da fare fu affondare le dita tra i miei capelli, e godersi il momento.

Con le sue dita a spingere con delicatezza la mia testa, io abbassai il viso e spinsi l'asta ancora più a fondo dentro la mia bocca. Non finii con lo strozzarmi come avevo immaginato; così, seduto in quel modo, spinsi di più.

Era strano, sentire la mia gola aprirsi per permettergli di entrare. Mi era sembrato così grosso, e a conti fatti lo era. Eppure, in qualche modo entrava dentro di me perfettamente, e riuscivo addirittura a sentirlo andare più a fondo.

Mi resi conto presto che Nero era a corto di fiato tanto quanto me. E quando mi allontanai, lasciando la mia gola chiudersi al passaggio del suo cazzo, entrambi prendemmo un profondo respiro.

«Dio santo!» esclamò Nero, come se davvero Lo avesse appena visto di fronte a sé. «Dove diamine hai imparato a farlo?»

Io ridacchiai, e tornai a dare all'uomo che amavo tutto il piacere che potessi dargli. Feci scivolare la mia lingua intorno alla punta, mentre con entrambe le mani stringevo l'asta. Mi sembrava quasi di stringere una mazza da baseball. Riuscivo a sentirne le vene sotto i palmi. Era così che avevo sempre immaginato dovesse essere, fare un servizietto ad un ragazzo. Più passavano i secondi, più io mi sentivo a mio agio, e così lo spinsi di nuovo in fondo alla gola.

Succhiai e succhiai, e non passò molto tempo prima di sentire la sua presa sui miei capelli farsi più forte. Stava venendo. Ed io volevo sentire il suo sperma nella mia bocca. Quando lo sentii tremare senza controllo e lasciarsi andare contro lo schienale del sedile, lo spinsi più a fondo che potessi. Riuscii a sentirlo pulsare mentre veniva. Niente avrebbe potuto prepararmi a ciò che provai in quel momento.

Quando sentii le sue dita lasciare la presa ed io restare senza fiato, lo lasciai andare e mi sedetti. Nero sembrava aver avuto un'esperienza sovrannaturale. Era felice. Gli era piaciuto. E quando i nostri occhi s'incontrarono, lui sorrise.

«Grazie» sussurrò, prima di toccarmi il viso. «Hai le lacrime agli occhi.»

«Mi chiedo perché» scherzai io.

Nero rise, gettando indietro la testa.

«Davvero, Kendall... dove sei stata per tutta la mia vita?»

«Aspettavo te.»

Lui mi guardò negli occhi, poi rise di nuovo. Non riuscivo a capire se fosse ubriaco oppure semplicemente felice.

«Mi sto innamorando di te, Kendall... e quello che hai appena fatto non ha per niente aiutato la situazione.»

Aveva appena detto che si stava innamorando di me? Non ero pronta a sentirglielo dire. Sì, certo, io ero già innamorata di lui. Ma ammetterlo ci avrebbe messi in una posizione per la quale io non mi sentivo ancora pronta. Così, invece di concordare, mi sporsi verso di lui e gli baciai la guancia, il mento, il pomo d'Adamo.

Non volevo che pensasse che non lo amavo. Perché lo amavo. Solo che non era ancora il momento giusto. Non ero certa di sapere perché, o quando invece lo sarebbe stato. L'unica cosa che sapevo era che non volevo dirgli che lo amavo dentro la sua macchina, con il suo sperma ancora in bocca.

«Oh, cazzo! Siamo già qui!» esclamai di colpo, quando tolsi gli occhi da lui e li portai fuori dal finestrino, al parcheggio pieno di macchine nel quale ci eravamo fermati. «Pensavo ti fossi fermato sul ciglio della strada un'altra volta!»

«Sì, beh, stavo per dirti che eravamo arrivati… ma poi me lo hai preso in bocca, ed io ho un po' perso la capacità di parlare.»

«Pensi che qualcuno ci abbia visti?» chiesi, imbarazzata.

«Ho posteggiato sul retro con la speranza che non lo facesse nessuno. Ma se anche qualcuno abbia visto, hanno potuto vedere solo me. E poi, non conosci nessuno in questo posto.»

Presi a scannerizzare l'ambiente circostante con gli occhi. Eravamo abbastanza lontani dal campo. Se anche qualcuno avesse guardato nella nostra direzione, sarebbe stato difficile capire cosa stessimo facendo.

«Calma! Come ho detto, nessuno qui ti conosce.»

«Questo non vuol dire che io non voglia fare una buona prima impressione.»

«Okay, lo capisco. Ma io ti ho conosciuta, e posso dirti con certezza che non c'è modo, per te, di fare un'impressione diversa da 'buona'.»

Mi girai a guardarlo, e sorrisi. «Sei molto dolce. Adesso però alzati i pantaloni. Sono l'unica che dovrebbe poterlo vedere.»

«Così insistente!» scherzò lui, prima di alzare i fianchi per riporre quel suo mostro dentro i pantaloni.

Avvicinando il pick-up al parcheggio, ci fermammo e poi andammo verso il campo. Guardandomi intorno, mi sentii esattamente come avrei dovuto: come fosse il giorno prima di un festival. La gente lavorava per sistemare gli stand, e c'erano così tante persone indaffarate, in giro. Ognuna di loro, però, si muoveva con lentezza; tutte tranne una: e quando ci vide—quando vide *Nero*—subito corse verso di noi.

«Ah, perfetto, sei arrivato!» disse la donna di mezza età dalla pelle chiara, in un accento lievemente giamaicano. «Per un attimo ho temuto che non ce l'avresti fatta.»

«No, scusami, ma Kendall ha avuto un contrattempo e ce ne siamo occupati prima di venire.»

La donna piena di energie si girò a guardarmi. «E tu devi essere Kendall, sì? Piacere, la dottoressa Sonya» disse, allungando la mano verso di me.

«Piacere di conoscerla. Ho sentito che è stata lei ad organizzare tutto… deve essere stato faticoso.»

Sonya fece un'espressione esageratamente esausta. «Non puoi neanche immaginare. Ma adesso siete qui, e siete in due. Siete pronti a rimboccarvi le maniche?»

«Decisamente sì» dissi io, con entusiasmo.

«Bene.» Sonya si girò a guardare Nero. «Mi piace lei. Adesso, però, mettetevi a lavoro. E cercate

Titus. Lui sa cosa dovete fare!» disse, prima di correre via.

«Sembra fantastica.»

«Non farti ingannare. Se abbassi la guardia, ti ritroverai costretta ad offrirti volontaria per dipingere l'intera città di rosso.»

«Secondo me la città sarebbe bellissima, tutta tinta di rosso» scherzai io.

«Vedi? Ti ha già contagiata» rispose lui, sorridendo.

Non ero certa di sapere chi fosse Titus, ma quando infine lo trovammo, lo riconobbi subito.

«Kendall, giusto? Nero mi aveva detto che saresti venuta» disse Titus, con un sorriso luminoso.

«Ti ricordi del mio coinquilino, giusto?»

«Oh! Non avevo capito che foste coinquilini.»

«Ebbene sì. Nero non può liberarsi facilmente di me» scherzò Titus.

«A proposito, Lou viene?» chiese Nero, sorridendo.

«Ma a proposito di che?» ribeccò Titus, confuso.

«Non lo so. Viene?»

«Non può. Era impegnata.»

«Un peccato.»

«Sì. Vabbè, comunque. Sonya vi ha assegnato il compito di appendere i cartelloni di benvenuto» disse, facendo cenno a delle scatole dietro di lui. «Ce n'è uno già appeso alla fine della strada. Questi qui dovrebbero andare all'entrata del paese.»

«Tipo... vicino all'emporio, o...?»

«Fai un po' te» disse Titus, lasciando qualche pacca sulla spalla di Nero con un sorriso. «Vai dove ti porta il cuore. Oh, e ci sono anche alcuni cartelloni a freccia. La scuola ci ha dato il permesso di usare i loro. Mettili in modo tale da dare alla gente la possibilità di trovare il parco dalla strada principale, okay?»

«C'è altro che dovremmo fare per sua signoria?» chiese Nero, con sarcasmo. «Sono certo che abbiamo tutto il tempo del mondo per fare anche altro!»

«Credo di aver sentito che cercasse qualcuno per dipingere la città di rosso» scherzai io.

«Cosa?» chiese Titus confuso.

Nero scoppiò a ridere. «Niente, niente. Ci pensiamo noi. Ti chiamo se dovessimo avere qualche problema.»

«Sapevo di poter contare su di te» disse Titus, scoccandoci un altro sorriso luminoso.

Nonostante non avessi mai aiutato a fare cose del genere, non ci voleva dell'esperienza per capire che Nero avesse ragione: era una mole enorme di lavoro, quella che ci era stata assegnata. Non che fosse difficile, ma certamente avrebbe richiesto del tempo.

Prima di tutto, avremmo dovuto dirigerci verso la scuola per prendere i cartelloni a forma di freccia. Ma quando arrivammo lì, il custode che ci era stato detto di trovare non sapeva nulla di quella consegna, e così perdemmo più tempo del previsto per ritirare l'occorrente.

Dopo averli presi, restava da capire dove metterli. C'erano tantissimi cartelloni per il festival, ma soltanto tre a forma di freccia. Il che sarebbe stato ottimo, nessun problema, se gli unici giri da fare fossero stati tre. Ma non era così, perciò dovemmo fare appello alla nostra creatività, per trovare una soluzione.

Una volta fatto, io e Nero srotolammo il cartellone che doveva essere appeso in strada. Era enorme, e agli angoli superiori erano stati creati dei fori per far passare le corde con le quali doveva essere appeso. Il problema non era la mancanza di corde… ma dove avremmo dovuto attaccare queste ultime.

Perdemmo un'ora a cercare di capire come fare a metterlo esattamente in mezzo, tra l'emporio e il parcheggio, prima di arrenderci. Poi considerammo l'idea di metterlo tra l'emporio e il ristorante, ma sarebbe stato troppo basso, e nessuno lo avrebbe visto.

Non fu che quando il sole cominciò a calare, che Nero ebbe l'idea di appenderlo fuori dalla città. C'era soltanto una strada che portava a Snowy Falls, e da entrambi i lati di quella strada c'erano gli alberi. A metà di quella strada, c'erano i resti di un muro.

L'area era una volta utilizzata da venditori di liquore di contrabbando. Ecco perché era stato deciso di fare un festival. E quel muro a metà era un po' un ricordo di quei tempi passati.

«Beh, dunque... qui abbiamo certamente tanti posti per appendere il cartellone...» dissi, alzando lo sguardo verso gli alti pini intorno a noi. «E sarebbe alto abbastanza da essere visto dalla gente. Ma... la vera domanda ora è, come ci arriviamo là sopra?»

«Come te la cavi ad arrampicarti sugli alberi?» scherzò Nero.

«Benissimo! Ho messo gli stivali giusti per farlo.»

«Ma questi non erano gli stivali per il trekking?»

«Certo, ma perché mi avevi detto che mi avresti portato a fare trekking. I piani cambiano» scherzai io.

Di idee su come fare per appendere il cartellone ne avevamo tante, ma nessuna di quelle risultò essere buona. Più si faceva buio, più sentivamo la disperazione arrivare, e alla fine Nero decise di fare la cosa più ovvia, ovvero arrampicarsi sugli alberi.

Era... meraviglioso. Non ero il tipo di ragazza che si sentiva a suo agio nella natura. E non ero neanche abituata a veder fare certe cose. Perciò, vederlo intento in qualcosa di così fisico in mezzo alla natura mi fece venire così tante idee da stare male.

«Adesso abbasso la corda, e ho bisogno che tu l'attacchi al cartellone» mi disse, facendo scivolare la corda giù.

«Ti dirò... a me questo non sembra un ottimo piano» gli dissi, mentre facevo il nodo alla corda.

«Sono disposto a sentire un'altra soluzione, se ne hai una per il prossimo lato.»

«Non è che hai qualcosa per tirare il cartellone da entrambi i lati, una volta fatto? Così lo centriamo?»

Per quanto fosse buio, riuscii comunque a sentire addosso l'occhiataccia che mi lanciò Nero dall'alto.

«Scusa! Scherzavo! Stai andando alla grande!» gli dissi, facendogli un okay con la mano.

Lui restò a fissarmi ancora un altro secondo, prima di tornare al lavoro.

Quando finimmo, dovetti ammettere che non avevamo fatto poi un così brutto lavoro.

«Ah, mi piace!» gli dissi. «Ottimo lavoro!» continuai, abbracciandolo da dietro.

Nero non era entusiasta quanto me. Più che altro, era stanco, sudato e pieno di graffi dovuti ai rami dei pini. Ma più di tutto, sembrava davvero esausto. Non ebbe neanche la forza di ringraziarmi.

Di ritorno verso il suo pick-up, il viaggio verso casa fu silenzioso. Non pensavo fosse arrabbiato con me ma, non sapendolo per certo, decisi di lasciargli il suo spazio. Poi parcheggiammo di fronte casa, e ci unimmo a Quin, Cage e sua madre sull'isola in cucina. O almeno, io mi unii; Nero continuò a camminare verso la sua stanza, al piano di sopra.

«Ehi! Com'è andata?» mi chiese Quin, con entusiasmo.

«È stata una giornata interessante.»

«Dov'è Nero?»

«È andato su a lavare via i resti della giornata interessante, immagino.»

Quin scoppiò a ridere. «Vuoi qualcosa da bere?»

«Certo che sì. E comunque... dovrei preoccuparmi?»

Fu Cage a rispondermi. «Si è fatto silenzioso tutto d'un tratto?»

«Sì.»

Cage scrollò le spalle. «Dagli qualche minuto. Tornerà giù quando sarà pronto. Nel frattempo, io comincio a cucinare per cena.»

La birra che mi venne data mi aiutò molto a rilassarmi. Mentre l'alcool entrava in corpo, io presi parte alla conversazione. Dopo tutto ciò che avevo scoperto su Nero quella mattina, vedevo sua madre in maniera diversa. Non potevo fare a meno di pensare a quanto la sua adolescenza fosse stata difficile, a quanto il suo modo di crescere fosse stato scorretto.

Ero certa che lei si fosse trovata nel bel mezzo di una crisi mentale dalla quale nessuno aveva potuto aiutarla ad uscire. Era stata una brutta situazione per tutti quanti... ma non potevo fare a meno, dentro di me, di prendere le parti di Nero.

Nonostante questo, provai con tutte le mie forze ad essere amichevole, con lei, e a fare una buona impressione. Del resto, restava comunque la madre dell'uomo del quale ero innamorata. Indipendentemente dal modo in cui mi sentivo nei suoi confronti, lei non avrebbe mai smesso di essere sua madre.

«Nero mi ha detto che sta prendendo in considerazione l'idea di tornare a lavorare. Ha in mente un posto, o qualcosa in particolare?»

«Non ancora, in realtà. Qualsiasi cosa ci sia da fare.»

«Te l'ho detto, mami, non devi accettare qualsiasi cosa. Posso prendermi io cura di te. Se proprio vuoi lavorare, almeno trova qualcosa che ti faccia stare bene» insistette Cage, chiaramente non per la prima volta.

«Non funziona esattamente così qui, Cage. Questa non è New York. Qui ti prendi il lavoro che trovi.»

«Nessuno ha pensato che questa fosse New York, mà. Quin?»

«Non io, di certo» scherzò lei.

«Vedi? Voglio solo dire che non voglio che tu vada in giro a fare qualcosa che ti renderebbe infelice. Puoi prenderti tutto il tempo che ti serve, capire cosa vuoi fare. Quando lo capirai, allora faremo in modo di trovare qualcosa.»

Lei scosse la testa, come se stesse cercando di abituarsi all'idea. «Non funzionava così, ai miei tempi.»

«Lo capisco. Ma adesso non sei sola: hai due figli.»

«Ho due figli e una figlia» disse, guardando anche Quin.

«Grazie, mà» rispose Quin.

«Il che mi ricorda… Quand'è che renderete le cose ufficiali, voi due?»

Cage e Quin si scambiarono un'occhiata.

«Quando sarà il momento» rispose poi Cage, sorridendo.

«È bello vedere il modo in cui accetta la loro relazione. Non credo che i miei sarebbero così comprensivi.»

«I tuoi genitori avrebbero qualche problema con noi?» chiese Nero d'un tratto, aggiungendosi alla combriccola. Non aveva la maglietta addosso. Sembrava essere appena uscito dalla doccia.

Per quanto bello fosse, non potei fare a meno di notare che avesse parlato come fossimo già una coppia. Decisi di ignorare la cosa.

«I miei genitori hanno criticato qualsiasi scelta abbia fatto in vita mia. Ecco cos'è che mi ha fatto cominciare a provocare le persone. Se volevano qualcosa da criticare, allora glielo avrei dato. E, più opponevano resistenza, più esageravo.»

«E a cosa ti ha portato questo?» mi chiese Nero.

«Oh, che la gente faceva a turno per prendermi a calci in culo. Quindi posso dire che mi ha resa abbastanza popolare. Non fare il geloso» gli dissi, fingendo di vantarmene.

Tutti scoppiarono a ridere. Tutti, tranne Nero. Avevo detto quello che avevo detto per scherzare. Ma, immagino, non fosse così divertente quando sapevi davvero com'erano andate le cose.

«La cena è pronta» disse Cage, dirigendoci verso la sala da pranzo.

L'alcool sembrò migliorare l'umore di tutti, anche quello di Nero. Seduto accanto a me, io non riuscii a fare nient'altro che tenere la concentrazione sulla sua mano poggiata sulla mia coscia. Vorrei poter dire che viene molto difficile mangiare quando si è così eccitati, ma non è vero. Mangiare mi aiutò a non pensare a ciò che avrei potuto, invece, avere dentro la bocca.

Dopocena, decidemmo di giocare a Scarabeo. Quin ci stracciò tutti quanti, ancora e ancora. Quando la vidi mettere insieme una parola di più di otto lettere che sembrava più un numero romano che un'effettiva parola esistente, la fermai.

«Se vuoi mettere in discussione questa parola, fallo pure» mi disse Quin.

«Non farlo» mi ammonì Cage. «Quin ha imparato il dizionario di Scarabeo a memoria. Se ha scritto questa parola... credimi, esiste.»

«Hai memorizzato il dizionario?» chiesi, incredula.

«Beh, mica tutto. È che imparare le parole ti aiuta a crearne alcune più complicate. Non ce ne sono molte.»

«E con 'molte', intende che non ce ne devono essere più di cinquecento» spiegò Cage.

«Dici sul serio?» chiesi io, a bocca spalancata.

Quin si limitò a scrollare le spalle.

Mi girai a guardare Nero, che subito disse, «Puoi metterlo in discussione, eh. Io però l'ho fatto, e ho imparato la lezione.»

«Lo abbiamo fatto tutti. Ma fatti pure avanti» disse Cage.

«Sì, Kendall. Fatti pure avanti» rimbeccò Quin.

«Aspetta, aspetta… che fai, provochi, ora?» la prese in giro Nero. «Quin ha cominciato a provocare?»

Quin diventò rossa come un peperone.

«Okay, mi arrendo. Se Nero dice che devo fidarmi, allora mi fido. In ogni caso non arriverei mai vicino a quello che hai fatto tu» dissi io, scherzando.

«Ottima mossa» disse Nero, afferrando la mia spalla e avvicinandomi a lui per lasciarmi un bacio sulla fronte.

Non mi sarei mai aspettata di ricevere un bacio da lui di fronte a tutti. Nel momento stesso in cui lo fece, mi girai a guardare gli altri. Ci stavano osservando tutti. Non avevo idea di come avrei dovuto sentirmi, a riguardo, ma sapere che Nero si sentiva così tanto a suo agio da mostrarmi affetto di fronte agli altri… era una bella sensazione. Riempiva un vuoto, nel mio petto, che non mi ero mai accorta di avere.

Quando finimmo di giocare, i punti vennero calcolati e la persona al secondo posto venne dichiarata vincitrice, così tutti quanti andarono a letto.

«Vuoi qualcos'altro da bere?» mi chiese Nero.

«No, sono a posto. Ancora sento gli effetti dell'ultimo. Ma, grazie» gli dissi, sorridendo.

Restammo a guardarci negli occhi. Quando Nero non fece nulla, decisi di farlo io. Poggiai la mano sulla sua coscia, e presi ad accarezzargli la gamba.

«Vuoi andare a letto?» gli chiesi.

«Immagino di sì.»

«Ehi, com'era il tuo materasso?»

«In che senso?»

«Non lo so, il mio era un po' duro. Non male, eh, però mi chiedevo come fosse il tuo.»

Nero mi guardò per un secondo. «Lo vuoi vedere?»

«Immagino di sì. Per fare un paragone» gli dissi, incapace di trattenere il mio sorriso.

«Allora andiamo» disse lui, alzandosi e prendendomi per mano.

Mentre attraversavamo il salotto, diretti verso le scale, sentii il cuore saltarmi in gola. Non c'era dubbio dove volessi che andasse a finire quella serata. Ero innamorata di Nero. Volevo che fosse lui, il mio primo.

E quando ci avvicinammo alla sua stanza, sentii l'elettricità danzarmi dentro le vene. Ero pronta a tutto.

Una volta dentro, Nero accese la lampada sul comodino, e andò a sedersi sul letto per primo.

«Non so, a me sembra molto comodo. Tu che dici?»

Io mi sedetti accanto a lui, vicino abbastanza da far scontrare le nostre braccia.

«È comodo» dissi, sentendomi improvvisamente a corto di parole.

Nero si girò a guardarmi. Con un'intensità che mi fece perdere il respiro, prese ad avvicinare il suo viso al mio. «Tu mi piaci. Lo sai, vero?» sussurrò. «Non ho mai incontrato nessuno come te, Kendall. Quando penso a te, io… io penso al futuro. Al per sempre. Ti ho detto che mi stavo innamorando di te, ma io… penso che sia troppo tardi, per quello, perché sono già—»

Fu in quel momento che lo baciai. Gettai le gambe intorno alla sua vita, sedendomi sulle sue, premendo il mio corpo contro il suo. Gli cinsi il collo con le braccia, e portai l'attenzione al nostro bacio. Nero sembrò preso in contropiede per un attimo, ma velocemente prese lui il controllo della situazione.

Spingendo le dita tra i miei capelli, li strinse, li tirò. Amai ogni singolo secondo. Con il petto premuto contro il mio, schiuse le nostre labbra per spingere dentro la lingua, trovando la mia. Mi persi nella sensazione che quel bacio mi dava. Fu come essere teletrasportati in un altro universo, uno nel quale esistevamo soltanto noi, noi e il nostro bacio. Ma io volevo di più. Volevo che io e lui diventassimo un tutt'uno.

Senza neanche rendermene conto, mi ritrovai a muovere i fianchi contro il suo bacino. Non riuscii a farne a meno. Era troppo bello. Tra quello e il nostro bacio, la sensazione era così forte da farmi sentire completamente fuori di testa. Così, quando Nero allungò le braccia per togliermi la maglietta, io subito feci lo stesso con la sua, sentendo il bisogno di avere il calore del suo corpo a diretto contatto con il mio.

Senza maglietta, Nero fece scivolare le sue braccia sotto il mio fondoschiena, alzandomi come se pesassi nulla. Mi portò sul letto, e poi portò le mani sul bottone dei miei pantaloni. Io divaricai le gambe, e lo lasciai spogliarmi. Quando restai con solo le mutande addosso, lui prese a muoversi sul mio corpo. Si mise su di me, e fece scivolare le mani sui miei fianchi, sulle mie braccia. Poi mi afferrò i polsi, e me li portò sopra la testa.

Come fosse incapace di resistere, prese a fissarmi da capo a piedi, con la consapevolezza che non sarei potuta scappare dal suo sguardo neanche se avessi voluto; il punto era che non volevo. Ero esattamente dove volevo essere, con gli occhi di esattamente chi volevo addosso. Ma sentivo il bisogno di toccarlo, e il fatto che non potessi non faceva altro che farmelo volere di più.

Senza alcuna pietà, Nero si sporse in giù per catturare le mie labbra. Solo per un secondo. Poi, baciando, si fece largo giù, sulle mie orecchie, sul mio collo. Gli diedi completo accesso, e lui scese sulle mie spalle, poi sul mio seno.

Quando le sue labbra arrivarono al capezzolo, lo prese tra i denti e morse. La sensazione mandò scariche elettriche lungo tutto il mio corpo. Fece male, ma in un modo squisito. Avrei voluto fermarlo tanto quanto avrei voluto pregarlo di farlo ancora, ancora e ancora.

Quando lasciò andare le mie mani per spingersi più giù, immediatamente io portai le mie dita tra i suoi capelli. Senza rendermene conto, lo spinsi leggermente sempre più giù. Non avrei mai potuto dimenticare la sensazione della sua lingua sul mio clitoride, quanto bello fosse stato… quanto ancora ne volessi.

Con il viso di fronte alle mie mutandine, Nero fece scivolare il naso sulla pelle delle mie cosce. Poi, separato soltanto dal tessuto, premette le labbra contro la mia carne rovente. Quel calore mi fece inarcare subito la schiena. E quando finalmente lui mi liberò delle mutandine e mi accarezzò le labbra col pollice, io presi a tremare, sentendo un disperato bisogno di averlo.

Nero portò di nuovo le labbra sul mio clitoride, così turgido da farmi quasi male; poi lo sfiorò diverse volte, costringendomi a stringere le lenzuola sotto di me. Fu a quel punto che il pollice sulla mia fessura applicò ulteriore pressione per penetrarmi.

Continuando a massaggiarmi il clitoride, provò la mia entrata. Il suo tocco era indescrivibile. Ogni suo movimento mi stava facendo perdere la testa. Dovetti fare appello a tutte le mie forze per restare cosciente.

Spingendo con il dito sulla mia entrata, pregai di sapere a cosa stessi andando incontro. Nero lasciò andare il mio clitoride, solo il tempo di chiedermi, «Sì?»

«Sì!» gemetti io, sentendo il bisogno di averlo dentro di me.

Nero mi lasciò andare. Per un attimo pensai di aver fatto qualcosa di male; non sentendolo più sopra di me, aprii gli occhi per guardarlo. Lo trovai in ginocchio su di me, intento a togliersi ciò che restava dei suoi indumenti. Il suo membro schizzò fuori, ed io non potei più togliergli gli occhi di dosso.

Lo seguii anche mentre Nero tornava su di me e si sporgeva verso il comodino. Quando tornò a guardarmi, lo fece con un preservativo tra le mani, lo stesso che poi indossò. C'eravamo quasi.

Non mi deluse; Nero fece scivolare un braccio sotto le mie gambe, e mi divaricò le gambe. Io mi aprii per lui, ed immediatamente fece scivolare le dita dentro di me. L'impresa venne resa più semplice grazie a tutti gli umori che mi bagnavano.

Spingendo fino a quando le sue dita non furono completamente dentro di me, io sussultai. Nero si fermò, lasciandole lì, lasciandomi il tempo di abituarmi alla loro presenza. Poi le rimosse con lentezza, e si fece strada su di me.

Con le gambe completamente aperte, inchiodai i miei occhi ai suoi, meravigliosamenteblu, sentendo il bisogno di baciarlo. E Nero sembrò leggermi nella mente, perché subito si sporse per prendere le mie labbra.

Riuscivo a sentire la punta del suo membro contro la mia entrata mentre mi baciava; quando aprì la bocca per prendermi la sua lingua, si mise in posizione. E quando le nostre lingue presero a danzare, Nero spinse i fianchi contro di me, penetrandomi completamente.

Gemetti con forza. Era così grosso. Il dolore che seguì mi investì completamente, poi si affievolì man mano. Nero restò fermo, dandomi il tempo di abituarmi alla nuova sensazione. Ma quando mi resi conto che l'uomo che amavo era finalmente dentro di me, lo strinsi forte e presi a baciarlo di nuovo.

Nero si spinse ancora più in fondo, ed io persi la testa. Le nostre labbra erano ancora attaccate, ma a malapena ci stavamo baciando. La mia attenzione era tutta rivolta a ciò che stava succedendo più giù. Più la sensazione si trasformava da dolore in piacere, più si faceva bella. E per quando Nero prese a scoparmi come si deve, capii perché la gente ne parlava così tanto.

Fino a quel momento, avevo creduto che sentire la sua lingua sulla mia intimità fosse la sensazione più bella del mondo. Ma adesso sapevo che non c'era cosa più bella di sentire Nero dentro di me.

Era dentro di me; io e lui eravamo diventati una cosa sola. Avrei voluto restare così per sempre. Ma più forte mi scopava, più sentivo il piacere dentro di me crescere, più Nero gemeva e più io affondavo le unghie nella sua pelle.

Gemetti, perdendo la testa, sentendo l'esplosione avvicinarsi sempre di più.

Le mie cosce presero a tremare, a fremere. Ma, quando la pressione divenne troppo difficile da contenere, esplosi in un orgasmo, schizzando i miei stessi umori.

Non ero sicura di cosa stesse accadendo, ma pareva proprio stessi squirtando per la prima volta nella mia vita. Per non parlare del fatto che stavo infradiciando tutto. Ma Nero, però, non se ne accorse, perché troppo impegnato a venire a sua volta. Gemendo con voce bassa, roca e selvaggia, mi svuotò fino all'ultima goccia. Dentro di me com'era, non riusciva a smettere di tremare, di venire.

E più di questo, ad ogni mio singolo movimento, lui sembrava lasciarsi andare un po' di più. Sembrò passare un'eternità prima che riuscisse a calmarsi, prima di sentirlo stringermi tra le sue braccia. Ma quando lo fece, fu la cosa più bella del mondo. Era ancora dentro di me, e mi stringeva forte.

Alla fine, la sua erezione si affievolì, e nel momento in cui lo fece, allungò il braccio verso il comodino un'altra volta e prese da esso un asciugamano, con il quale ripulì entrambi.

«Cos'altro tieni nascosto, lì dentro?» gli dissi io, scherzando.

«Di che hai bisogno?»

«Wow, ti sei preparato! Quanto sicuro eri?»

«Beh, sicuro non direi. Speranzoso, piuttosto. E meglio avere qualcosa quando ti serve...»

«Che averne bisogno e non averla?»

«Esatto» disse lui, sorridendo.

Quando alla fine si lasciò andare contro il letto, spingendomi su di lui e contro il suo corpo, io poggiai la guancia contro il suo petto.

«Sento di star cominciando ad aver bisogno di te» gli dissi.

«Mi hai, Kendall.»

Davvero lo avevo? Speravo di sì. Non avevo mai fatto niente del genere, prima di quel momento. E non avevo mai avuto un ragazzo. Non avevo la minima idea di come funzionassero, cose del genere.

Mi ci volle un po', ma alla fine mi addormentai. Feci bei sogni. Quando mi svegliai, ci ritrovai in posizioni differenti, ma sempre uno attaccato all'altra. Muovendomi affinché la mia schiena potesse premere contro il suo petto, mi chiesi se ce l'avesse duro. Muovendo i fianchi, scoprii che la risposta era sì.

Forse, però, mi ero mossa troppo. O forse abbastanza, perché di colpo sentii la sua punta di nuovo contro la mia entrata dolorante. Gemetti, e immediatamente mi spinsi contro di lui.

Fu tutto ciò che ebbi bisogno di fare. Per la seconda volta nella mia vita, e nel giro di pochissime ore, sentii un'altra volta un cazzo duro spingersi dentro di me, e riempirmi del tutto. Ma, al contrario della scopata violenta della sera precedente, quella volta fu lenta, sensuale. Non fece male, e mi sembrò che fosse la cosa più naturale del mondo.

Dio, se amavo quell'uomo. Era tutto ciò che avessi mai sognato di avere. Quando il pensiero di Nero divenne troppo per poterlo sopportare, allungai la mano e mi massaggiai il clitoride. Nero capì che ero sul punto di venire, e i suoi movimenti si fecero più veloci, così da poter venire insieme. Uscì fuori prima di farlo, stavolta.

Quando venni, non potei fare a meno di ridacchiare.

«Ora sono sveglia», gli dissi.

«Che te ne pare come sveglia mattutina?»

«Dico che mi piacerebbe svegliarmi così tutti i giorni» gli dissi, sorridendo.

«Ogni singolo giorno che vuoi. Promesso.»

«Non me ne dimenticherò» dichiarai, girandomi verso di lui per trovare le sue labbra.

Quando Nero scivolò fuori un'altra volta e afferrò un altro panno con cui poterci pulire, io mi girai a guardarlo.

«Voglio fare qualcosa per te» gli dissi, sentendo il bisogno di renderlo felice tanto quanto lui aveva reso felice me.

«Cosa?»

«Voglio scoprire cosa c'è dietro la storia su tuo padre.»

«Te l'ho detto, Kendall... puoi provarci, se vuoi.»

«Okay. Però... non so se semplicemente le andrebbe di aprirsi con me, se le parlassi e basta. Sai se parteciperà al festival, oggi?»

«In realtà, sì. Non sai che miracolo sia, veramente. Non fa niente del genere da circa otto anni.»

«Wow! Pensi che le dispiacerebbe se restassi un po' da sola con lei, oggi? Magari, se avessi un po' di tempo con lei fuori casa, potrebbe sentirsi più disposta ad aprirsi con me.»

«Potremmo farlo, sì.»

«No, intendo... solo con me. Beh, potresti restare, se vuoi, certo, è tua madre. Non posso dirti io cosa fare. Però... pensavo di passare un po' di tempo da sola con lei, senza di te, così che magari lei possa sentirsi più incline a condividere delle risposte.»

«Pensi che potrebbe funzionare?»

«È l'idea migliore che ho. E ti prometto che proverò a darti qualche risposta che non conosci. Potrebbe non avere nulla a che fare con quello che chiedo, ma te la darò. Ti fidi di me abbastanza per lasciarmelo fare?»

«Sì. Mi fido di te, punto» disse, sorridendomi.

Io mi sporsi a baciarlo. Non vedevo l'ora di mettermi al lavoro. Nella mia testa, quella era la cosa migliore che potessi fare per lui.

Lavandoci separatamente, Nero restò a letto mentre io facevo una doccia. Volevo scendere giù per prima, sondare da subito il terreno con la madre.

«'Giorno!» dissero tutti, con delle espressioni che mi fecero pensare fossero svegli da ore.

«Buongiorno a voi. Siamo in ritardo per la colazione?»

«Un po'. Dov'è Nero? Posso fare altre uova da mangiare insieme al french toast che ho preparato» suggerì Cage.

«Hai preparato i french toast questa mattina?» mi girai a guardare Quin. «Ma come fai ad essere ancora così magra, con tutte queste cose buone da mangiare?»

«Genetica. Credimi» disse Quin, sorridendo.

«Nero scenderà tra qualche minuto, sicuramente. Era proprio dietro di me.»

«Allora comincio a preparare» disse Cage, mettendosi al lavoro.

«Signora Roman, dev'essere bello avere un figlio che cucina così» chiesi alla donna seduta accanto a me.

«Io sono solo contenta di avere indietro mio figlio. Non m'importa molto di come cucini» disse, guardando Cage con amore.

Era chiaro che non sarebbe stato difficile imparare a conoscerla.

«Visto che non conosco nessuno in città, a parte voi e Nero, e Nero dovrà aiutare con gli ultimi preparativi... le dispiacerebbe se stiamo insieme alla festa?» le chiesi, cercando di risultare casuale.

«Sarebbe un grande piacere» mi disse la donna dai capelli scuri, stringendomi la mano nella sua.

Quando Nero alla fine ci raggiunse, restammo seduti attorno al tavolo e programmammo la nostra giornata. Anche se la maggior parte di quel programma consistette in Nero e Cage che prendevano in giro Quin per il costume da mascotte che aveva deciso di indossare.

«Ehi, io l'ho aiutata a creare quel costume!» dissi, difendendola.

«È stata persino una sua idea!» contribuì Quin.

«Quindi sei tu che hai messo una taglia sulle spalle della mia ragazza?» mi chiese Cage, divertito.

«È un festival del liquore! Ho pensato che la cosa migliore fosse farlo vestire da brocca!»

«E quando gli ubriaconi decideranno di tirarla di qua e di là per provare a berla, cos'hai intenzione di fare?» mi prese in giro Nero.

«Io penso che abbiate fatto un gran bel lavoro» si aggiunse la mamma di Nero, venendo in nostro soccorso.

Le afferrai allora il braccio, intrecciandolo con il mio. «Grazie mille, SignoraRoman.» Poi mi girai a guardare i ragazzi. «Visto? Dovreste prendere esempio dalla vostra mamma.»

Tutti scoppiarono a ridere.

Dopo aver pulito la cucina insieme a Nero, saltammo in macchina e andammo al festival. La mamma di Nero fece la strada con noi.

«Non dovevi occuparti di quella cosa con Titus?» chiesi a lui una volta lì, dopo aver camminato per un po'.

«Oh, giusto, vero! Mi richiederà quanto…?» cominciò lui, girandosi a guardarmi.

«Trenta? Quarantacinque minuti?» suggerii io.

«Sicuramente sì. Starai bene con Kendall, mà?»

«Certo che sì» assicurò lei, sorridendo così tanto che delle rughe si formarono agli angoli dei suoi occhi.

Una volta soli, io cominciai a farle domande abbastanza generali. Conoscendo ormai la storia di Nero, sapevo pressappoco cos'è che avrei dovuto evitare di chiedere. Pensai di aver fatto un gran bel lavoro, e per quando Nero tornò da noi, lei era intenta a raccontarmi del posto in cui era cresciuta. Era una cittadina vicina, a poche miglia da lì.

Con Nero adesso al nostro fianco, presi a fare domande diverse. Feci capire che ciò che avrei potuto chiedere avrebbe potuto essere considerato off-limits, e girai intorno a cose che forse erano troppo personali. Ma quando le chiesi che cosa avesse desiderato fare nella sua vita, quando era più giovane, toccai un nervo scoperto che non avevo preventivato.

Gli occhi le si riempirono di lacrime, mentre spiegava.

«Volevo essere una ballerina.»

«Volevi ballare, mami? Non ne ho mai saputo nulla!»

«Sì. Prendevo lezioni, lo feci per anni, ed ero molto brava. È per questo che anche tu sei bravo con i movimenti. L'hai preso da me.»

«Non da suo padre?» chiesi, casualmente.

Lei non rispose. Ero quasi sul punto di arrendermi al fatto che non mi avrebbe mai risposto, quando infine disse, «Il corpo l'avrà preso dal padre, ma i movimenti sono decisamente i miei.»

Non dissi nulla, perché stavo cercando di farla tornare a sentirsi a suo agio. Nero, però, purtroppo non riuscì a frenare la sua lingua.

«L'ho preso da mio padre?» chiese, la bocca spalancata.

«Così ho detto. Ora, che ne dite di andare a provare un po' di quei muffin al liquore che vedo lì in fondo? Sembrano buoni!»

«Magari, sì. Ma quello che vorrei davvero sapere...»

Misi con discrezione la mano sul braccio di Nero, per farlo smettere di parlare. Lui capì subito. Ora che aveva aperto uno spiraglio, sapevo come farle aprire la porta. Ma era un'operazione delicata, e se Nero avesse continuato a parlare, lei ce l'avrebbe sbattuta subito in faccia. Fui contenta di vedere che Nero si fidava abbastanza di me da farmi operare da sola.

Seguendo il suo consiglio, ci avvicinammo allo stand dei muffin e ne acquistammo qualcuno, mangiandolo mentre camminavamo in direzione di Cage e Quin. Quest'ultima andava bazzicando in giro con la sua uniforme da mascotte addosso, fermandosi a fare delle foto con le persone mentre Cage restava quasi di guardia nei paraggi.

«È venuto fuori molto bene» disse poi, guardandosi intorno. «Sonya ne sarà contenta.»

«Anche Titus, scommetto. Gli piacciono queste cose» disse Nero.

Mi girai a guardare Quin. «Tutto okay, lì sotto?»

«Non abbiamo fatto buchi per le braccia! E neanche buchi per respirare, punto!»

«Oh... vero» dissi, scoppiando a ridere. «Scusa! Questo è il primo costume a brocca che faccio!»

«Sto morendo qui sotto!»

«Puoi toglierlo quando vuoi, lo sai, sì? Sono certo che tu abbia fatto abbastanza» le disse Cage.

«No, ce la faccio. Ho solo bisogno di un altro po' d'acqua.»

«Quin, ma perché non me l'hai detto subito? Okay, vado a prendere a questa zucca vuota un po' d'acqua. Dite che la devo prendere, una cannuccia? La infilo da qualche parte così beve?» chiese poi, scoccandoci un sorrisetto divertito.

«Io non lo trovo divertente!» esclamò Quin, la voce ovattata.

Provammo con tutte le nostre forze a non scoppiare a ridere. Così lo facemmo in silenzio, e considerato che avevamo fatto dei buchi per gli occhi, ma li avevamo poi coperti con della stoffa pesante, io fui quasi certa che lei non potesse vederci.

Però mi sbagliavo.

«Lo sapete che lo vedo, che state ridendo, vero? Non è divertente!»

«Ma insomma, smettetela voi tutti!» ci riprese Cage, fingendo di essere completamente serio. «Non è divertente. Quin ha fatto una cosa molto carina per la comunità. Dovreste ringraziarla tutti.»

«Quin, stai facendo un ottimo lavoro, tesoro» disse la signora Roman.

«Avanti tutta, sorella!» si aggiunse Nero.

«Questo costume ti sta d'incanto!» dissi poi io.

«Ma andate a cagare. Cage, andiamo a prendere l'acqua, per favore?»

«Andiamo, bellezza» rispose subito lui, girandosi a scoccarci un'occhiataccia che però portava ancora il luccichio delle risate di poco prima.

«Dovremo trovare un modo per farci perdonare» decise Nero.

«Sì. La inviterò a cena quando torneremo al campus» gli dissi.

«Secondo me il costume è davvero molto bello», disse la mamma di Nero.

Dopo qualche altro muffin al liquore, il sole prese a calare, ed io, Nero e sua mamma decidemmo di tornare a casa. La signora Roman era di ottimo umore, e lo stesso poteva dirsi di Nero. Così, quando suggerii di concludere la nostra giornata con qualche bevanda fresca in veranda, entrambi accettarono di buon grado.

«Quando si è trasferita a Snowy Falls?» chiesi io, dopo un po'.

«È stato così tanto tempo fa, a malapena riesco a ricordarlo, ormai.»

«Chi l'ha portata qui?»

«Quando sono venuta, ero incinta di Nero» disse, poggiando una mano sul suo braccio con un sorriso.

«Non riesco ad immaginare come deve essere stato, crescere un figlio da sola. Qui conosceva qualcuno?»

«Neanche un'anima.»

«E allora cosa può averla mai portata qui?»

«Non saprei dire... Avevo bisogno di andare via, e avevo sempre sentito parlare di questo posto.»

«Non sapevo che la gente parlasse di questo posto» disse Nero.

Alzai la mano, senza farmi vedere da sua madre, per farlo stare in silenzio. Sua madre mi stava dando già così tante risposte, non volevo rischiare di rovinarle accidentalmente l'umore. Quando vide il mio gesto, lui chiuse la bocca.

«È uno dei motivi per cui l'ho scelta, infatti. Non la conosceva molta gente.»

«Io ho sentito dire che a molta gente piacciono le piccole cittadine proprio perché danno loro la possibilità di mantenere un certo anonimato. Fu lo stesso anche per lei?»

Il suo umore giovale calò di colpo, ma non smise di parlare. «Fu uno dei motivi, certamente.»

Io seguii la sua linea. «Ha avuto qualcosa a che fare con ciò che è successo a Cage? Non riesco neanche ad immaginare come deve essere stato, sentire tutti dire che il proprio figlio è morto pur sapendo per certo che non fosse vero.»

«È stato molto difficile, per me.»

«Come ha fatto ad andare avanti dopo una cosa del genere?»

«Non l'ho fatto. Per tantissimo tempo.»

«Immagino che debba essere stato di grande aiuto, avere qualcuno accanto come l'ha avuto lei.»

«Oh, io... non avevo nessuno.»

«Che ne era del padre di Cage? Dovrà esserci stato almeno lui, no?»

«Lui non voleva neanche che io tenessi il bambino di tutto principio.»

«Oh, no!»

«Era totalmente contro l'idea.»

«Ma quindi sapeva che lei era incinta?»

«Sì.»

«E lei gli disse ciò che sapeva, o al tempo pensava, fosse successo in ospedale?»

«Glielo dissi eccome. E dal modo in cui mi guardò dopo... quello sguardo mi disse tutto quello che avevo bisogno di sapere.»

«Cosa intende? Che cosa le disse?»

«Che quello che era successo a Cage aveva a che fare con lui. Che c'era lui dietro il motivo per cui io non avevo il mio bambino con me» mi disse, guardandomi negli occhi con profonda tristezza.

«È... orribile. Cosa crede che abbia fatto?»

«Non lo so... ma ha fatto qualcosa.»

«Pensa che abbia orchestrato il rapimento di Cage?»

«Non posso saperlo con certezza. L'unica cosa che so... è che quello che successe al tempo mi cambiò del tutto. Non riuscii più a tornare alla persona che ero prima e, eventualmente, lui decise di averne avuto abbastanza, di me. Fu a quel punto che architettai un piano. Mi sarei vendicata per ciò che lui mi aveva tolto.»

«Cosa intende?» chiesi ancora.

«Un giorno gli chiesi di vederci a casa sua, dicendogli che, se avesse accettato, io poi lo avrei lasciato in pace per sempre. Lui accettò, perché non vedeva l'ora di liberarsi di me. Così, quando arrivai a casa sua, gli preparai il suo drink preferito, e buttai dentro il cocktail una cosa che avevo comprato a Nashville. Ero andata lì proprio per trovarlo» disse, sorridendo soddisfatta.

«Che cos'era?»

«Qualcosa che mi avrebbe aiutata ad ottenere ciò che avrei dovuto già avere da lui, senza però permettergli di ricordarlo.»

«E questo è il motivo per cui sono nato io...» sussurrò Nero, realizzandolo ad ogni parola che diceva.

Lei portò una mano sul suo braccio, e lo strinse con affetto, sorridendo. «E così sei nato tu.»

«Lo hai drogato?»

Il sorriso della signora Roman svanì di colpo. Lo lasciò andare, e si alzò dalla sedia.

«Ho fatto quello che dovevo per riprendermi ciò che avrei dovuto avere» disse, abbassando lo sguardo.

«Quindi io esisto soltanto perché tu...»

«Nero, ti dispiacerebbe andarmi a prendere un altro bicchiere?» gli dissi, interrompendolo.

Lui si girò a guardarmi, facendomi intendere che sapeva bene cosa stessi cercando di fare. Io restai a guardarlo con occhi spalancati, e mi scolai il contenuto del bicchiere davanti a lui. Sembrava intenzionato a fingere che non avessi chiesto nulla, quando delle luci illuminarono di colpo la veranda. Cage e Quin stavano parcheggiando di fronte casa.

«Mi sento stanca. È stata una giornata lunga. Vi dispiace se adesso vado a dormire?»

«Certo che no. Ci dispiace, Nero?»

Nero mantenne il mio sguardo infuocato per qualche secondo, poi decise di arrendersi.

«Certo che no, mamma.»

Lei annuì. «Allora dite a Cage e Quin che ho detto buonanotte.»

«Lo faremo» le dissi, prima di vederla entrare in casa e sparire nell'oscurità della notte.

Una volta soli, Nero si girò nuovamente a guardarmi. «Perché l'hai fatto?»

«Fatto cosa?»

«Interrompermi continuamente mentre cercavo di parlare.»

«Perché volevi risposte, no? Ed io stavo cercando di ottenere le risposte.»

«L'unica risposta che ho ottenuto è che sono nato perché mia madre ha violentato un uomo.»

«Sh! Tieni bassa la voce!»

«Non dirmi che cosa fare, Kendall! L'hai sentita, no? Era arrabbiata, furiosa per aver perso Cage, furiosa con mio padre per averle tolto quello che voleva davvero, e così l'ha drogato e l'ha stuprato per avere me. Un piccolo premio di consolazione. L'hai sentita!»

Provai in tutti i modi a trovare un altro modo per spiegare ciò che la signora Roman aveva detto, ma la mia mente sembrò non voler collaborare. Principalmente perché, terribile per quanto fosse, Nero aveva sfortunatamente ragione. Era esattamente quello che aveva detto. Come fai a far stare meglio una persona che ha appena scoperto di essere il prodotto di uno stupro?

«Che cosa state bevendo?» chiese Cage, fermo di fronte alla porta con un sorriso sulle labbra.

Nero si girò a guardarlo con rabbia.

«Che ho fatto?»

Lui non rispose. Continuò a guardarlo ancora per un po', solo per eventualmente dire, «Niente» e superarlo subito dopo, entrando dentro casa.

«Che cosa è appena successo?» mi chiese allora Cage, guardandomi confuso.

Non sapevo quanto sarebbe stato giusto dirgli. Era suo diritto sapere tanto quanto lo era stato per Nero. Ma era mio compito, dirlo? Però, allo stesso tempo, magari saperlo avrebbe fatto qualcosa anche per Nero. Magari, se Cage avesse saputo, avrebbe potuto aiutare Nero a superare la cosa come io non avrei potuto.

«Tua madre ha appena condiviso qualcosa sul modo in cui Nero è nato» gli dissi, esitando un po'.

«Cosa?» sussultò lui, avvicinandosi a me. «Cos'ha detto?»

«Non so se sia il caso di essere io, a dirlo...»

«Che sta succedendo?» chiese Quin, avvicinandosi a noi e sentendo subito la tensione nell'aria.

«Kendall mi ha appena riferito che mamma ha detto qualcosa riguardo al nostro passato e alla nascita di Nero.»

«Ti ha detto qualcosa su loro padre?»

«Non esattamente.»

«Qualsiasi cosa sia, devi dircela, Kendall» insistette Quin. «È una cosa che Cage si domanda da tutta la vita. Devi dircelo, Kendall. Non puoi fare altrimenti.»

Ancora incerta sul da farsi, alla fine la ascoltai. Le dissi tutto ciò che la signora Roman ci aveva detto, e il perché.

«Volevo solo… aiutare Nero. Fare qualcosa per lui. Pensavo che saperlo avrebbe potuto aiutarlo. Ma adesso lui è… non lo so.»

«Non avresti mai potuto immaginare che avrebbe detto questo, Kendall. Non hai nulla di cui rimproverarti. Neanche io avrei potuto immaginarlo» disse Quin.

«Però avevi il presentimento che non gli sarebbe piaciuta la risposta.»

«Era solo un presentimento.»

«E cosa dovrei fare, io, adesso?» chiesi, passando in rassegna entrambi.

«Nero ha dovuto sopportare tanto, nella sua vita… troverà un modo per superare anche questo.

Vorrei solo che non avesse in mente l'idea di non essere stato davvero voluto. Ha passato sufficienti anni della sua vita con questo pensiero.»

«Sì, è vero» dissi, ripensando alle cose orribili che Nero aveva dovuto affrontare, crescendo. «E allora cosa dovrei fare, adesso?»

I due mi guardarono senza dire una parola. Non ne avevano la più pallida idea. E neanche io. Cosa avrei dovuto fare? Lasciargli il suo spazio? Raggiungerlo a letto, e offrirgli il mio corpo? Non ne avevo idea.

Non volendo davvero decidere, alla fine restai in veranda. Afferrando qualcos'altro da bere, Cage e Quin restarono con me. Il divertimento che c'era stato durante la giornata era andato via. Ma noi continuammo a parlare.

Quin mi raccontò della sua esperienza come mascotte, ed io raccontai loro un po' di me. Se anche non avessi mai conosciuto Nero, avevo come l'impressione che mi sarebbe piaciuto, avere Cage e Quin nella mia vita. Erano entrambi dei fantastici ragazzi. E, più di questo… stavo cominciando a considerarli davvero amici.

Quando decisero di andare a letto, io decisi di fare lo stesso. Non sarei tornata nella camera degli ospiti, però. Nero poteva anche aver bisogno di spazio, ma io non avevo alcuna voglia di permettere alla situazione di allontanarci. Lo amavo. Volevo stare con lui.

Quando aprii la porta, la luce del corridoio illuminò la stanza, ed io vidi Nero già a letto, addormentato. O almeno sembrava. Così entrai in stanza, mi svestii e lo raggiunsi.

Mi sarebbe andato bene se avesse deciso di usarmi per scaricare la tensione, quella notte, ma Nero non lo fece. L'unico momento in cui fummo vicini fu quando io, stanca ma incapace di addormentarmi, mi girai verso di lui e poggiai una mano sulla sua schiena. Solo in quel modo riuscii finalmente ad addormentarmi.

Quando mi svegliai il giorno dopo, il letto era vuoto. Nero non c'era. Mi alzai, vestii e andai alla sua ricerca, e lo trovai di fronte alla porta, pronto ad andare via. Io sembravo essere l'ultima arrivata, così lui e Quin erano lì ad aspettarmi.

«Scusate. Potevate svegliarmi» dissi loro.

«Non c'è problema. La mia prima lezione è nel primo pomeriggio» mi disse Quin.

«La tua è alle otto, vero?» disse Nero, rivolto a me.

«Oh, Dio! Sì! Che ore sono?» chiesi.

«Sei e un quarto» rispose lui, guardandomi come fossimo estranei.

«Okay, allora dovremmo andare» dissi. «Vostra madre è già sveglia? Dovrei salutare.»

«Di solito non si alza prima delle sette e mezza» mi rispose Cage dal salotto. «E ieri ha bevuto, perciò potrebbe dormire di più, oggi.»

«Allora vado a prendere la mia roba.»

Una volta fatto, salutai Cage, assicurandomi di fargli sapere quanto mi ero divertita. E durante il viaggio di ritorno, fummo io e Quin a parlare, maggiormente.

«In che edificio hai lezione? Ti lascio lì», mi chiese Nero.

Io glielo dissi, e subito ci fermammo di fronte all'edificio in questione. Avevo solo dieci minuti di ritardo.

«Mi sono divertita molto, questo weekend» dissi a Quin, girandomi verso di lei. «Grazie mille per l'invito.»

«Siamo tutti molto contenti di averti avuta con noi.»

Io mi girai a guardare Nero.

«Questo fine settimana è stato... bello.»

Lui tenne gli occhi fissi di fronte a sé.

«Sì. Ti scrivo io.»

Volevo che mi baciasse prima che andassi via... ma lui non lo fece. Dopo essere stato così tanto affettuoso nei miei confronti durante il weekend, mi sembrò impossibile credere che il suo non farlo avesse qualcosa a che fare con la presenza di Quin. Doveva essere a causa di ciò che aveva scoperto riguardo alla sua nascita. Non la stava gestendo bene.

«O—okay» dissi allora, prima di prendere le mie cose, saltare giù dal pick-up e restare ferma a guardarlo andare via.

Per quanto avrei voluto restare ferma lì a domandarmi cosa avrei dovuto fare con lui, sapevo di essere già in ritardo per la lezione. Entrai in classe il più silenziosamente possibile, e trovai un posto in fondo, afferrando subito il mio telefono dalla tasca per cominciare a prendere appunti.

Avevo intenzione di sgattaiolare via una volta finita la lezione… ma, ovviamente, il mio piano andò in fumo quando il professore decise di chiamarmi.

«Kendall, posso parlarti per un attimo?» mi chiese il professor Nandan.

Considerato quanto grande e piena fosse stata l'aula quando ero arrivata, ero stata quasi certa che non si sarebbe accorto del mio ritardo. Ero proprio sul punto di perfezionare una scusa, quando mi chiese qualcosa di totalmente diverso.

«Come sta andando la tua esperienza con Nero?»

Oh, certo. Ovviamente mi avrebbe chiesto qualcosa al riguardo. Seguire Nero faceva parte di un programma al quale il mio professore aveva lavorato per anni.

«Credo stia andando parecchio bene. Anzi, è proprio questo il motivo per cui sono arrivata in ritardo. Nero mi ha invitato a passare il weekend nella sua cittadina natale, così da poter capire meglio lui e le sue origini, e quindi da dove scaturiscono i suoi problemi.»

«Ti ha… chiesto di portarti a casa sua?»

«Sì. C'è stato un festival, questo weekend. Beh, in realtà ho aiutato la ragazza di suo fratello a creare un costume per il festival, perciò in realtà è stata lei ad invitarmi. Lo hanno fatto entrambi, immagino, ma io sono andata principalmente per Quin.»

«Quin?»

«La ragazza di suo fratello. Anche lei sta al campus, e ha una casa lì. Si sono trasferiti proprio questo weekend» dissi, e poi risi. «Diciamo che questo weekend è stato movimentato.»

Il professor Nandan mi guardò con sospetto.

«Che c'è?»

«Immagino sia stato un mio errore non sottolinearlo prima, ma frequentare qualcuno che si sta cercando di aiutare non è mai una buona idea.»

«Frequentare?» dissi, sentendo le guance andarmi a fuoco. «No! Perché mai penserebbe una cosa del genere?»

«Non c'è nulla di male, se questo è ciò che sta succedendo, qui. Non voglio che pensi che la consideri una cosa sbagliata. Ma se questo è il caso, allora dovrò assegnargli qualcun altro, come consulente.»

«Perché?»

«Fiducia e continuità sono fondamentali, nel percorso di terapia. Molto spesso, sono proprio queste due cose a permettere ad una persona di sentirsi a proprio agio abbastanza da aprirsi, e lavorare sui propri sentimenti.»

«Beh, io ho entrambe.»

«Ed è fantastico. Ma con una relazione entrano in gioco anche delle complicanze che potrebbero minare quelle due cose. Ripeto, non c'è nulla di male se vi state vedendo. E il fatto che tu possa avere una relazione con lui significa che anche tu sei stata in grado di superare i tuoi problemi nei confronti dei giocatori di football. Ma se questo è il caso, allora dovrò assegnarti un caso diverso, e lui dovrà avere un altro consulente.»

Guardai il mio professore senza sapere cosa dire, con la sola consapevolezza di dover rispondere in fretta. Io e Nero non ci stavamo forse vedendo? Non avevamo fatto sesso? Nero non aveva forse detto di amarmi? Ed io, del resto, non ero innamorata di lui a mia volta?

Ma, allo stesso tempo, non volevo che qualcun altro si occupasse di lui. Stava facendo così tanti progressi, con me, e si era aperto così tanto. E non ero stata io a trovare la risposta alla domanda che si era chiesto per tutta la sua vita?

Certo, forse in quel momento non era tutto rose e fiori, perché Nero doveva adesso capire come superare la cosa. Ma ero stata io a trovare quella risposta per lui. Non avrebbe potuto farlo nessun altro. Io ero l'unica che avrebbe potuto aiutarlo, ero io a sapere ciò di cui aveva bisogno. Non avevo dubbi, al riguardo.

«Non si preoccupi, professor Nandan. Non abbiamo nient'altro che una relazione dottore-paziente» gli dissi, forzando un sorriso. «E Nero sta facendo grandissimi progressi. Si è aperto tanto, con me. Sono certa di star aiutando molto.»

Il professore mi guardò ancora con scetticismo per un po', ma alla fine si arrese. «Beh, sono lieto di sentirtelo dire, allora. Il suo coach ha detto, in effetti, qualcosa sul fatto che ultimamente sta giocando meglio di prima.»

«Vede? Lo sto aiutando. Può fidarsi di me, professore. Non ho interesse a fare nient'altro che il suo bene.»

«Sono contento di sentirtelo dire» disse, rilassandosi. «Ma tieni a mente che il tuo lavoro di consulenza non ti dà un pass per arrivare in ritardo alle mie lezioni!»

«Mi dispiace molto, per questo. Non succederà più. Oh, beh, quantomeno, proverò a non farlo succedere più» gli dissi, sorridendo.

«Sarà meglio» disse lui, sorridendo di rimando.

Per quanto fossi sicura di essere la persona migliore per aiutare Nero, però, le parole del mio professore mi restarono impresse in testa per tutto il tempo che mi ci volle a tornare dalla sua aula alla mia stanza. Sapevo delle regole che ti impedivano di vedere una persona che stavi aiutando. Tutti le conoscevano. Non avrei mai pensato di dovermene preoccupare, perché non avevo mai preso in considerazione l'idea di trovare qualcuno, tantomeno di trovare qualcuno di importante in un paziente.

Eppure, eccomi ad andare a letto con la prima persona a cui mi era stata affidata la sua salute mentale. Cosa poteva dire, questo, di me?

Avrei voluto pensare che quella fosse una situazione speciale. Del resto, lo avevo baciato la prima volta prima ancora di sapere che mi sarebbe stato assegnato il suo caso. La nostra attrazione era stata chiara da prima di cominciare quel lavoro insieme.

E poi, non era stata l'attrazione che Nero provava per me, il motivo principale per il quale si era aperto con me? Si sarebbe fidato di un totale estraneo? Certamente non avrebbe invitato qualcuno che non conosceva neanche nel suo paese, e non l'avrebbe portato al lago, dove mi aveva raccontato la sua storia.

No, era una buona cosa, il fatto che avessimo una relazione. Lo aveva aiutato. Ma, come sua terapista, avrei dovuto allentare la presa. Io volevo essere la sua ragazza; volevo essere la persona in cui si rifugiava, la persona dalla quale cercava conforto, la persona che poteva farlo stare bene. Ma un buon terapista gli avrebbe dato il tempo e lo spazio necessari a riprendersi da ciò che aveva scoperto.

Aveva detto che mi avrebbe scritto lui. Così, invece di pressarlo, decisi che avrei aspettato esattamente un suo messaggio. Era la procedura standard per la terapia. E non era che avessi bisogno di sentirlo ogni singolo giorno. Non era come se mi servisse la sua presenza per respirare, per vivere... Evan Carter!

Sentii i brividi percorrermi da capo a piedi. Mi girai da un capo all'altro, nella testa i ricordi di tutto ciò che mi aveva fatto. Avevo visto Evan Carter. Mi ci volle un momento per capirlo, ma lo avevo visto. O almeno, credevo di averlo visto. Ero quasi certa di averlo visto fermo in mezzo al campo, intento a fissarmi.

Non lo vedevo più, però. Passando in rassegna il campus, non riuscii a vedere nessuno che provava a scappare, nessuno che provava a nascondersi. Era stato solo nella mia testa? Continuai a controllare, e mi arresi al fatto che forse lo avevo solo immaginato.

Pensare di vedere Evan Carter anche se non era vero non era una novità, per me. Non capitava ormai da un po' di tempo, ma durante il mio primo anno, era una costante. Pensavo di ritrovarmelo di fronte ovunque andassi. Era come l'uomo nero non molto lontano da me, in attesa di potermi acciuffare da sola. Ma ogni singola volta che provavo a controllare, lui non era mai lì.

Ma quei brutti momenti erano scomparsi; non avevo più pensato a lui da quando Nero gliele aveva suonate di santa ragione. Quello che gli aveva fatto mi aveva permesso di andare avanti.

Riprendendo il controllo di me stessa, presi un profondo respiro e poi continuai a camminare verso la mia stanza. Ripetei a me stessa che non avevo più alcun motivo di aver paura di Evan Carter. Nero si sarebbe preso cura di me. Nero lo aveva fatto spaventare così tanto, che non sarebbe mai venuto a cercarmi. Non avrebbe mai rischiato di mostrare la faccia, anche sapendo dove mi trovassi. Ma ero certa che non l'avrebbe fatto. E sapevo che Nero mi avrebbe tenuta al sicuro... certo, se ancora tra noi c'era qualcosa.

All'inizio, pensai che chiedermi costantemente cosa Nero provasse in quel momento per me fosse un segno di insicurezza. Del resto, avevamo non solo passato un weekend insieme, ma lui si era aperto a me completamente, e alla fine avevamo fatto sesso. E lui mi aveva detto di amarmi. Nessuno poteva trasformarsi in un ghiacciolo così in fretta.

Ma più passavano i giorni, più non lo sentivo, e più quella domanda si faceva insistente. Davvero contavo così poco per lui, da non sentire il bisogno di parlarmi per giorni? Da sparire senza dire una parola? Certo, stava andando incontro ad una brutta fase della sua vita, ma... non aveva detto di amarmi? E quando ami una persona, non dovresti voler condividere il tuo dolore con lei?

«Che stai facendo?» mi chiese Cory un giorno, trovandomi ferma a fissare il telefono.

«Sto provando a convincere il mio telefono a squillare con la forza del pensiero», le spiegai.

«Ah, esattamente quello che sembrava, allora. Lo sai che potresti semplicemente scrivergli tu, sì?»

«No, non posso.»

«Perché mai?»

«Perché ha detto che mi avrebbe scritto lui.»

«E questo dovrebbe significare che sei obbligata a non scrivergli tu?»

«Non lo so. Non è questo che significa?»

«C'è un libro di regole su come comportarsi che io non conosco?» scherzò Cory.

«Non c'è?»

«Ah!» disse Cory, sedendosi sul suo letto.

«Cosa?»

«Pensavo che non fossi quel tipo di ragazza.»

«In che senso?»

«Non lo so. Sei sempre sembrata la ragazza in pieno controllo di se stessa. Non ti vedevo ad aspettare un trillo del telefono nella speranza che qualcuno ti chiami. Non fraintendermi, io lo faccio di continuo. È che ti immaginavo... diversa.»

Fissai Cory, senza sapere come risponderle. Stava insinuando non fossi particolarmente attiva nella creazione della mia vita. Non mi si addiceva....

La ragione per cui ho subito quell'inferno alle superiori era perché non mi conformavo al pensiero degli altri. Quando avevano cercato di mettermi dei limiti, io li avevo superati. *Io* ero *protagonista attiva* della mia vita, per questo non mi piaceva ciò che mi stava dicendo Cory.

«Hai ragione, sai? Se volessi parlargli, dovrei semplicemente scrivergli. Non so perché stessi aspettando.»

Continuai però a fissare il telefono.

«Allora perché non stai scrivendo?»

«Dammi un secondo.»

Gli occhi di Cory restarono incollati su di me per tutto il tempo.

«Ancora non gli scrivi.»

«Okay, okay! Adesso gli scrivo! Devo solo capire cosa dirgli.»

«'Ciao'? 'Come stai?' 'Perché non mi scrivi da una settimana, stupido ingrato?' Sono tutte opzioni valide, se chiedi a me.»

Mi girai a guardarla, sorpresa. «Non dovresti suonare più arrabbiata di me.»

«Forse no. Però tu hai detto che sono successe delle cose, tra di voi, durante il weekend. E adesso lui ti sta dando il trattamento del silenzio. E questa cosa è inaccettabile!»

«Okay, prima di tutto, non mi sta dando il trattamento del silenzio. O, almeno, credo di no. E poi, ci sono cose a cui sta andando incontro in questo momento che sono pesanti.»

«Anche tu hai cose a cui pensare. A questo lui non ci pensa? Anche tu meriti di essere felice, lo sai?»

Per quanto fossi grata della rabbia di Cory, dovevo chiedermi da dove venisse fuori.

«Va tutto bene, Cory?»

«Perché?»

«Mi sembri... parecchio arrabbiata, questa sera. Va tutto bene tra te e Kelly?»

«È solo che non mi dice mai cosa vuole né parla dei suoi sentimenti. È come se dovessi semplicemente leggergli nel pensiero, per capire. È tutto un gioco, un indovinello, con lui. È stancante! Vorrei solo sapere chiaramente cosa vuole, invece di vederlo arrabbiarsi ogni volta che non riceve ciò che vuole ma che non mi ha mai detto di volere... capisci?»

«Okay! Scrivo a Nero, vedi? Sto scrivendo!» dissi, pressando le dita in maniera esagerata sullo schermo e leggendo ad alta voce. «'Ehi, Nero, è passato un po' di tempo dall'ultima volta in cui ci siamo sentiti. Ti va di vederci per parlare di ciò che è successo?'» dissi, poi mandai il messaggio. «Visto? Mandato. Non sto cercando di fargli leggere nella mia mente...»

Mi fermai di colpo quando sentii il telefono vibrare con un nuovo messaggio.

«È lui?» mi chiese Cory.

«Sì.»

Cory si sedette accanto a me sul letto, guardando lo schermo del mio telefono mentre io leggevo.

«Dice che ha un volo presto domani mattina per una partita fuori porta.»

«Sapevi che aveva una partita fuori porta questo fine settimana?»

«No.»

«Chiedigli se gli va di vederti stasera» suggerì Cory.

Io mi girai a guardarla, cercando di capire tra me e me che cosa stesse succedendo. «Sei incredibilmente interessata alla cosa.»

«Che c'è? Voglio solo vederti felice, è forse un reato? Scrivi.»

Feci ciò che mi disse, e aspettai la risposta, che arrivò molto in fretta.

«Non posso, devo alzarmi presto», lessi ad alta voce. «Che faccio ora?» chiesi a Cory, guardandola male.

Cory si appoggiò alla testata del letto, perdendosi nei suoi pensieri. Sembrava davvero incredibilmente interessata alla cosa, forse più di me. Non ero certa di sapere cosa fosse, ma c'era qualcosa che non andava, in Cory.

«Magari potresti semplicemente augurargli buona fortuna per la partita e chiedergli se gli andrebbe di incontrarti quando torna?»

Io scrollai le spalle, e scrissi ciò che mi aveva detto, pensando che qualsiasi risposta a quel suo messaggio sarebbe stata la stessa.

«Fatto.»

*Ok,* fu l'unica risposta che ricevetti.

Cory tornò sul suo letto, molto più nervosa di me riguardo alla situazione. Mi sembrava quasi come se stesse vivendo qualcosa attraverso me. Cosa voleva poter dire?

Certo, mi faceva piacere sapere che non fossi da sola. Ma Cory era stata praticamente quasi sposata e felice da quando l'avevo conosciuta, perché mai avrebbe sentito il bisogno di vivere attraverso me una relazione *così incasinata*?

Decisi di pensare a quel mistero un'altra volta, e tornai a pensare a Nero. Aveva risposto ai miei messaggi molto in fretta. Non mi sembrava volesse fare qualche giochetto con me. Ma allora perché non si era fatto sentire? Aveva aspettato che mi facessi sentire io?

Sapendo che avrei avuto bisogno di parlare o quanto meno di saperne di più su Nero in un modo o in un altro, decisi di mandare un messaggio a Quin.

*Sarai in campus questo fine settimana?*

Lei non rispose velocemente quanto Nero, ma non dovetti aspettare molto per ricevere una risposta.

*Questo weekend lavoro, quindi sarò in giro per il campus, sì.*

*Cena sabato sera?*

*Certo.*

Avrei preferito avere quel tipo di botta e risposta con Nero, essere intenta a fare programmi per il sabato sera con Nero, ma dovetti semplicemente convincermi che Quin fosse comunque un'ottima alternativa. Mi piaceva passare del tempo con lei, in ogni caso. Era la prima ragazza con cui avessi mai sentito di avere qualcosa in comune.

Cory era grandiosa, ed era stata un'ottima amica per tutti quegli anni. Ma era anche popolare, al liceo. Era cresciuta in una famiglia amorevole ed era in una relazione con il suo attuale ragazzo praticamente da quando era ancora in fasce.

Io, invece, non avevo mai avuto nulla di tutto questo. Ero l'esatto opposto. La situazione più difficile che Cory avesse mai dovuto affrontare era stata la scelta della foto per la cartolina di Natale alla sua famiglia.
C'erano poche cose sulle quali potevamo connetterci, io e lei.

Non vedevo l'ora che arrivasse la cena con Quin, quasi come fosse un appuntamento; perciò, fui felice quando alla fine arrivò il giorno e l'ora di vederci. Ero anche un po' nervosa, però, ad essere sincera.

«È un posto carino, questo» le dissi, quando arrivammo al ristorante italiano che aveva scelto.

«È uno dei primi posti in cui sono venuta con Lou, quando mi sono trasferita. E… con Cage.»

«Non credo di aver mai conosciuto Lou, sai?»

«Lou è la mia coinquilina.»

«Oh, lo so. Nero ne ha parlato.»

«Davvero?» mi chiese Quin, confusa.

«È uscito fuori in una conversazione con Titus.»

«Con Titus?»

«Sì. Non si stanno vedendo, o qualcosa del genere?»

Quin scoppiò a ridere. «Perché penseresti che si stanno vedendo?»

La sua reazione mi prese in contropiede. «Onestamente non lo so. Credo sia stato qualcosa che ha detto Nero, a farmelo pensare.»

«Io credo siano soltanto amici.»

«Oh, okay. Però mi piacerebbe comunque poterla conoscere, un giorno.»

«Magari proverò a trovare un posto libero nella sua agenda per una serata di giochi da tavolo, che dici? Sempre che tu e Nero siate disponibili.»

«Sembra un ottimo piano. E, a proposito… hai sentito Nero?»

«Nero? Non proprio. Non è che proprio mi scriva o si faccia sentire.»

«Oh… non è uno che manda messaggi?»

«È parecchio veloce a rispondere, sì… ma non credo di aver mai ricevuto un suo messaggio in cui mi chiedesse come stavo, o cosa stessi facendo.»

«Sì, mi sembra tipico di Nero» dissi, sentendomi un po' più sollevata.

«A proposito, come vanno le cose con lui? Sembravate parecchio intimi, la settimana scorsa.»

«Io ero convinta che le cose stessero andando parecchio bene, in realtà. Ma poi sua madre ha detto quello che ha detto… e lui è completamente sparito.»

«Oh, non mi preoccuperei più di tanto a riguardo, fossi in te. Dagli qualche giorno, sono certa che le cose si aggiusteranno» mi disse, mentre tirava fuori il telefono dalla tasca.

Accendendolo, Quin strinse gli occhi mentre leggeva un messaggio. Poi prese a far scivolare il dito come stesse guardando qualcosa, fino a quando non sentii un audio provenire da quello che doveva essere un video. Nel momento stesso in cui qualcuno urlò grida d'incitamento, lei abbassò il volume. Più passava il tempo a guardare, più Quin sembrava a disagio.

«Che succede?»

Quin aprì la bocca per parlare, ma si fermò per guardare il video fino alla fine.

«Mi stai spaventando un po', Quin. Che sta succedendo?»

Quin mi guardò, senza parole.

«Cage mi ha appena mandato un video che uno dei suoi vecchi compagni di squadra ha postato su uno dei suoi social.»

«E cosa c'è in quel video?»

«Ehm...» cominciò Quin, poi però si fermò, e prese a guardare da un lato all'altro. Come non volesse incontrare i miei occhi.

«Quin, andiamo. Mi stai facendo spaventare davvero, adesso.»

«Scusa. Forse... forse dovresti semplicemente guardarlo.»

A quel punto mi passò il telefono. La prima immagine che vidi ritraeva Nero. Una donna era seduta su di lui, intenta a ballare, ed era completamente nuda. Alzai lo sguardo su Quin, e lei ricambiò con uno sguardo stoico. Quando abbassai di nuovo lo sguardo e passai al resto, trovando il video, lo feci partire.

Non riuscivo a capire se ciò che stessi guardando fosse uno strip club, o qualcos'altro. Ma oltre Nero c'erano altri ragazzi che sembravano dei giocatori di football, tutti in piedi intorno a Nero, a guardarlo mentre passava la testa in mezzo alle tette della donna nuda.

Ciò che più mi fece male fu il fatto che mi sembrò divertirsi da morire. Aveva gli occhi incollati al suo corpo, e sembrava guardarla con l'acquolina in bocca. Quando la donna avvicinò i fianchi al suo viso e prese a muoversi, vidi le mani di Nero stringersi su di essi e spingerla contro di lui. Abbassare la sua bocca giù, come volesse tastarla. Fu quando il suo viso andò ancora più in basso che il video si fermò.

«Mi dispiace» disse Quin, guardandomi come avesse il cuore spezzato.

Non sapevo cosa dire... non sapevo cosa pensare. Era questo quello che Nero faceva ogni volta che andava a giocare con la squadra fuori porta? Era una come lei, ciò che lui voleva davvero? Ero stata un totale idiota ad innamorarmi di Nero?

Ancora una volta, un giocatore di football mi stava ferendo. Forse non nel modo in cui ero stata ferita dalla sua categoria al liceo, ma faceva male lo stesso. Forse anche di più.

«Kendall… io non penso che questo sia Nero.»

«Non pensi sia lui nel video? A me sembra proprio lui.»

«No, è lui. Ma… non credo abbia scelto lui di fare una cosa del genere.»

«Eppure, eccolo lì, intento a farlo. Dove hai detto che l'ha trovato, Cage?»

«Su un social di un suo vecchio compagno di squadra.»

«Quindi l'hanno visto tutti?»

«Non tutti. Sono certa che l'ha visto poca gente. Chiederò a Cage di chiedere a questo suo compagno di togliere il video.»

Mentre Quin faceva ciò che aveva detto, io pensai a ciò che avevo appena visto. Nero non mi aveva forse detto di aver preso in considerazione l'idea di giocare in maniera professionale? Quel video lo avrebbe messo in una brutta situazione, se quella fosse stata la sua idea.

«Pensi che Nero sappia che il video è stato postato?» chiesi allora a Quin.

«Non ne ho idea. Cage non mi ha detto se sia stato lui a mandarglielo.»

«Glielo chiedo io» dissi, curiosa di sapere cosa avrebbe detto Nero.

Dopo avergli mandato un messaggio, aspettai una sua risposta. Nero era uno che rispondeva in fretta. Quella volta, però, non ne ricevetti alcuna.

Restai a fissare il telefono, in attesa. Ma quando capii che non sarebbe arrivato niente, poggiai il telefono sul tavolo con lo schermo rivolto verso di me.

«Cage gli ha mandato il video. Gli ho detto di farmi sapere se risponde.»

A quel punto, Quin ed io continuammo a cenare, ma la serata era chiaramente stata rovinata. Nessuna delle due aveva più niente da dire. Se le cose tra me e Nero erano finite, questo non significava forse che avrei perso anche Quin? Loro erano famiglia. E cosa ero, io, se non una persona con cui Nero si era tolto il capriccio di andare a letto?

Quando finimmo di cenare, io subito presi il portafogli per dividere la cena, ma Quin mi fermò immediatamente, dicendomi di voler pagare. Glielo lasciai fare. Nero mi aveva detto della situazione economica di Quin, e avevo passato un weekend intero a casa sua senza pagare nulla. Se avesse voluto offrirmi la cena, io non mi sarei di certo rifiutata.

«Quindi… ci vediamo presto?» chiesi una volta fuori dal ristorante.

«Volentieri! Dovremmo farlo di nuovo.»

«Mi piacerebbe, sì. Possiamo farlo qualsiasi weekend in cui non vai a Snowy Falls.»

«Affare fatto» rispose lei, sorridendomi.

Avrei voluto abbracciarla, ma Quin non mi era mai sembrata un tipo da abbracci. E non lo ero mai stata neanche io. Così, invece, finimmo con il darci solo la buonanotte, e poi ci separammo per tornare ai nostri dormitori.

Mentre camminavo, controllai ancora una volta il telefono. Nero non mi aveva ancora risposta. Era perché era in aereo? Oppure semplicemente mi stava ignorando?

La versione peggiore di ogni scenario possibile prese a vorticarmi nella mente, e improvvisamente mi girai di scatto. Ormai ad un soffio dalla porta d'ingresso del mio corridoio, presi a controllare ogni singolo punto dietro di me, perché convinta di aver visto qualcuno con la coda dell'occhio. Evan Carter. Ero stata distratta, troppo persa dai miei pensieri, ma se ci avessi pensato bene, per gli ultimi dieci minuti avevo avuto come la sensazione che qualcuno mi stesse seguendo.

Con il cuore in gola, controllai ogni singola zona d'ombra. Ero solo paranoica? Perché Evan Carter sarebbe venuto qui? Nero non gli aveva fatto capire chiaro e tondo che cosa gli sarebbe successo, se fosse venuto a cercarmi. E, senza Nero nella mia vita, chi mi avrebbe protetto da Evan Carter?

Quando però non trovai nessuno, corsi verso la porta del mio dormitorio e la richiusi subito alle spalle, lasciando fuori gli occhi paurosi dell'oscurità dietro di me. Quando fui al sicuro, provai a cercarlo un'altra volta attraverso il vetro della porta, ma non c'era nessuno.

Forse stavo davvero perdendo la testa. Oppure il fatto che non mi sentissi più così vicina a Nero stava facendo tornare indietro tutte le mie paure? Ma pensavo di averle superate... pensavo di essermi finalmente liberata, una volta e per tutte, dagli incubi procurati da Evan Carter.

«Stai bene?» mi chiese Cory quando alla fine entrai in stanza.

«Non lo so»

«Che succede?» mi chiese subito lei, sedendosi dritta sul letto e dandomi la sua totale attenzione.

Non ero certa di sapere cosa avrei potuto dire.

«C'è un video che circola di Nero che si gode un balletto sexy dentro uno strip club.»

«E lo stripper era un uomo o una donna?»

Fissai Cory, congelandomi sul posto. Il mio cervello faticava a elaborare ciò che aveva appena detto.

«Woah! Perché è la prima cosa che mi hai chiesto? Da dove viene, questa domanda?»

«Scusa. Non so perché l'ho chiesto, scusami davvero.»

Cory distolse lo sguardo, nel panico. Passò in rassegna la stanza e poi si alzò, come se fosse in procinto di scappare via.

«Aspetta. Fermati! Perché mi hai fatto quella domanda?»

Cory rallentò e poi, lentamente, si voltò verso di me.

«È stata una domanda stupida» ammise.

«No, per favore. Dimmi perché lo hai chiesto.»

La testa di Cory si abbassò con fare imbarazzato.

«Beh, mi hai detto che al liceo ti vestivi da ragazzo, giusto?»

Sentendo le sue parole, deglutii. Non riuscivo a credere volesse arrivare proprio lì. Osservando la mia reazione, si affrettò ad avvicinarsi e mi prese la mano.

«Senti, era una domanda stupida. Non so perché mi sia scappata di bocca.»

«Lo hai chiesto perché pensavi che, se si è innamorato di me, allora dev'essere per forza bisessuale.»

«No.»

«Sì, invece» confermai.

Lasciai che il mio cervello assimilasse le sue parole. Non ero sicura di aver ben capito come dovermi sentire. Ero andata a scuola vestita da ragazzo per mesi interi, e c'era una ragione, dietro tutto questo. Sapevo di non essere la ragazza più femminile del pianeta.

«Pensi che, se piaccio a un ragazzo, allora questo dev'essere per forza attratto dai maschi.»

«Non è vero!» insistette lei. «Sei una ragazza bellissima. Credimi, sei una delle ragazze più belle che abbia mai visto.»

«Ma pensi che a Nero io ricordi un ragazzo.»

«Stavo soltanto pensando. Non volevo intendere né insinuare nulla. Sono sincera. Ti prego, non odiarmi.»

Deglutii di nuovo.

«Non ti odio. Ma quello che hai insinuato è sbagliato sotto numerosi punti di vista.»

«Lo so.»

«Invece no, non lo sai. Anche se Nero fosse bisessuale, stai insinuando qualcosa riguardo l'inclinazione a tradire degli uomini bisessuali.»

«Invece no, davvero.»

«Sicura? Perché a me sembra proprio così.»

«Seriamente, era una cosa così stupida che mi è scappata senza rifletterci, ecco tutto. E non volevo insinuare assolutamente nulla su di te. Sei la ragazza più carina che conosco. Lui è un idiota anche solo per aver messo piede in uno strip club. Un completo stronzo. Non ti merita.»

Non sapevo cosa stesse accadendo a Cory. Quello che aveva detto, aveva colpito nel segno ma non mi aveva ferita. Chiaramente, non lo aveva detto con malizia. Ma ciò non cambiava il fatto che, indipendentemente dalla ragione, Nero stava scivolando sempre più lontano da me. Proprio come io lasciai scivolare via le parole di Cory.

«Penso che lo stia perdendo» ammisi, mentre le lacrime mi riempivano silenziosamente gli occhi.

«Oh, Kendall,» disse Cory, stringendomi tra le sue braccia. «Cosa c'è in me, di sbagliato, che nessuno a quanto pare riesce ad amare?» le chiesi.

Avendo chiesto ad alta voce ciò che mi tormentava da una vita, non riuscii più a fingere. Scoppiai in lacrime. Cory mi strinse con forza, e io poggiai la testa sulla sua spalla.

Non mi lasciò andare per tutta la notte. Dormimmo così, e la cosa aiutò molto. Quando entrambe ci svegliammo, dovetti ammettere che fu un po' imbarazzante. Aveva un braccio sul mio petto e mi teneva stretta a sé come se non avesse più voluto lasciarmi andare. Era una cosa dolce, ma più intima di ciò a cui eravamo abituate.

Quello che rese la situazione davvero imbarazzante, però, successe dopo. Una mano di Cory scivolò sul mio seno. Pensavo fosse accaduto per caso, almeno finché le sue dita non si chiusero intorno alla circonferenza appena accennata, come per stringerla nel palmo. Quando sussultai, la tirò subito via.

Scattando immediatamente fuori dal letto disse «Scusami», non riuscendo a guardarmi negli occhi.

Ma che diavolo le stava succedendo? La guardai afferrare le sue cose per andare in bagno, poi dirigersi velocemente verso la porta.

«Pensi che dovremmo parlare di…»

«No!» urlò lei, facendomi spaventare.

Quando si rese conto di quanto forte lo avesse detto, provò a calmarsi.

«Scusa… ho detto a Kelly che l'avrei raggiunto per colazione. Devo andare» mi disse, prima di uscire fuori dalla stanza per andare a fare la doccia.

Cercare di scoprire cosa stesse succedendo alla mia compagna di stanza sarebbe stata una buona distrazione. Ma, ad un certo punto, la mia mente tornò di proprio accordo a Nero, e a ciò che invece stava succedendo a lui. Prendendo il telefono, scoprii di non avere ricevuto alcuna risposta. Non mi stava scrivendo. Tra di noi era davvero tutto finito. Non sapevo neanche cosa fosse andato storto. Il mio cuore si strinse in una morsa dolorosa, mentre ci pensavo.

Quando trovai la forza di lasciare il letto per andare a fare colazione, camminai per il campus come uno zombie per tutto il giorno. Non riuscivo a capirlo. Solo una settimana prima ero stata tra le sue braccia che mi avevano stretta forte come se dovessi restare lì per sempre. Che cosa era successo? Quando erano cambiate, le cose?

Grazie al cielo, il giorno eventualmente finì, ed io potei rintanarmi di nuovo sotto le mie coperte e dormire. Non avevo alcuna voglia di vedere il professor Nandan per la lezione delle otto del giorno successivo. Quando entrai in classe, provai a nascondermi nei posti in fondo, ma durante la lezione i nostri occhi, sfortunatamente, s'incrociarono. Mi aveva visto. Merda!

«Controllate il vostro programma di studio per capire cosa leggere questa settimana. E, Kendall, se potessi parlare un attimo con te prima che vai via, per favore?» disse il professore, raccogliendo tutti i fogli che aveva sparpagliato sulla scrivania.

Non volevo parlare con lui. La settimana prima mi aveva avvertito di quanto pericoloso fosse, avere una relazione con qualcuno che stavi aiutando. E non ci era voluta neanche una settimana perché le sue parole risultassero vere. Pensavo di avere tutto sotto controllo. Ma ora Nero non mi rispondeva, e poi quel video... Era tutto un casino.

«C'è un video di Nero che circola online. Lo hai visto?»

«Cosa?»

«Credo provenga dall'ultimo viaggio fuori porta che ha fatto con la sua squadra. È diventata una cosa nazionale.»

«Davvero? Perché?»

«Perché Nero sembra essere l'opzione migliore per le candidature alle squadre professionali. Pare che la ESPN lo abbia tenuto d'occhio per un bel po'. E quando hanno trovato il video, pare abbiano avuto molto da dire.»

«Io... non lo sapevo.»

«Non lo hai sentito, di recente?»

«L'ultima volta che abbiamo parlato è stata giovedì.»

«Ah. Beh, il team di pubbliche relazioni dell'Università ha cercato un modo per sistemare la situazione, e ha organizzato un'intervista per lui con la stampa locale. Considerato che sei la sua terapista, ho pensato che sarebbe una buona cosa se ci andassi anche tu.»

«Io?»

«Sì. Ti andrebbe bene?»

Ci pensai su. Più lo feci, più mi resi conto di quanto fosse importante separare i sentimenti dai percorsi di terapia. Mi faceva male pensare a quanto avessi sbagliato.

La vera domanda, ora, restava una: avrei dovuto ammettere al mio professore che Nero ed io eravamo stati insieme in maniera intima, e quindi lasciare che lui trovasse qualcun altro che potesse occuparsi della saluta mentale di Nero mentre io cercavo di lottare per la nostra relazione? O avrei dovuto occuparmi di provare a me stessa che questa era la carriera giusta per me, che avrei potuto essere professionale abbastanza da spingere un attimo di lato i miei sentimenti per Nero, abbastanza da poter essere lì per lui come avrei dovuto?»

# Capitolo 10

Nero

Girava tutto quanto.

Mi sentivo come se la mia vita fosse diventata una nuvola indistinta. Non avrei mai dovuto essere nato. Mia madre aveva drogato chiunque fosse stato quell'uomo sfortunato, e lo aveva stuprato. E lo aveva fatto perché aveva perso il figlio che davvero aveva voluto. E questo cosa significava, per me?

Che ero un errore. Che ero il prodotto di uno scempio, che non avrei dovuto esistere. Come potevo andare avanti con la mia vita, sapendo che il mondo sarebbe stato migliore, senza di me?

Da quando avevo scoperto la verità da mia madre, le cose intorno a me si erano fatte sempre più sfocate. Mi sentivo come se stessi perdendo il controllo di tutto. Non avevo avuto intenzione di farmi scivolare Kendall dalle dita insieme a tutto il resto, e invece l'avevo fatto. Non avevo avuto intenzione di andare a New Orleans, in uno strip club, eppure ci ero andato. E, certamente, non avevo voluto ricevere una lap dance, ma i miei compagni di squadra avevano spinto quella donna verso di me, ed io mi ero comportato come sapevo loro avrebbero voluto.

E, ora tutti erano arrabbiati con me. Cage non faceva altro che scrivermi a riguardo. Il coach mi aveva detto che avrei potuto perdere la mia occasione in una squadra professionale, per questo. Ed ero parecchio certo di aver perso la mia ragazza.

Non potevo esserne sicuro al cento per cento, perché non le avevo neanche risposto al messaggio che mi aveva mandato con il video. Ma come potevo andare avanti, sapendo che l'unica ragazza che avessi mai amato ora probabilmente mi odiava? C'era un limite alle cose che potevo sopportare.

«Sei pronto all'intervista?» mi chiese il coach, raggiungendomi nel suo ufficio.

«Sì, immagino.»

Il coach si fermò di colpo, e mi guardò dall'alto mentre io sedevo sul suo divano.

«Non vuoi stare qui, Nero? Vuoi essere da qualche altra parte? Perché lascia che ti ricordi che il motivo per cui sei qui è per cercare di salvare la tua carriera futura. Ma se non te ne frega un cazzo, allora possiamo dire a tutti di andare a casa, e gettarci tutto quanto alle spalle, compreso il tuo futuro.»

«No, voglio farlo. È solo che... non è giusto.»

«Cosa non è giusto? Che tutti, intorno a te, si stiano rompendo il culo per cercare di salvare la tua reputazione? Beh, a volte la vita non è giusta, ragazzo.»

«Ma non volevo ricevere quella lap dance. Non sono stato io a chiederla.»

«Se non ti fossi comportato nel modo in cui hai fatto nel video, noi non saremmo qui. Ascolta, Nero, quello che è stato è stato. Vuoi occupartene adesso, oppure vuoi lasciare che milioni di persone, che adesso ti conoscono come quello dell'East Tennessee che gioca a football e si è fatto fare una lap dance da una donna nuda a New Orleans, ti ricordino esattamente così per il resto della tua vita? Vuoi prendere in mano il tuo futuro, oppure vuoi lasciare che le cose vadano a puttane?»

Ci pensai su. La mia vita stava davvero andando a puttane, e di certo non per la prima volta. Ma, sin da quando ero piccolo, l'unica cosa sulla quale sapevo di poter contare era il football. Ero bravo. Non importava cosa stesse facendo mia madre, cosa non stesse facendo. Non importava quanto mi sentissi solo. Ero sempre stato bravo.

L'unica cosa che importava in quei momenti era quanto in fretta riuscissi ad afferrare la palla. Quanto in fretta riuscissi a correre lungo il campo. Tutta la merda della mia vita passava in secondo piano quando giocavo. Il football era sempre stata l'unica cosa in grado di darmi felicità. Se c'era qualcosa per la quale avrei dovuto lottare, allora era quella.

«Voglio prendere in mano le redini del mio futuro.»

«Bene. Perché il tuo futuro potrebbe essere brillante. È stato una tragedia, quello che è successo a tuo fratello. Non posso fare a meno di pensare al modo in cui è finita la sua carriera, al fatto che in qualche modo mi sembra che sia stata anche colpa mia. Non voglio deludere anche te» disse, portando una mano sulla mia spalla.

«Grazie, coach» dissi, e dicevo sul serio.

«Ora. Ho bisogno di farti una domanda un po' personale. Stai vedendo qualcuno?»

«Che importa questo?» chiesi, sentendo la mia pelle andare a fuoco solo pensando a Kendall.

«Perché quello che hai fatto non è illegale, ragazzo. Sei giovane. Sei forte. Giusto o sbagliato che sia, le persone lo capiranno se stavi semplicemente seguendo i tuoi… impulsi. Perciò, se dici al mondo che sei single, e in qualche modo ricordi loro, in maniera velata, che non hai fatto niente di moralmente sbagliato, loro ti perdoneranno.

«Certo, la gente proverà sempre a cercare un modo per sentirsi superiore, quindi non tutti ti daranno il lasciapassare. Ma se dici nel modo giusto che… i ragazzi sono ragazzi… forse ti andrà bene. Quindi ti chiedo: Nero, sei single, in questo momento?»

Restai fermo lì, ad ascoltarlo. Se avevo capito bene, mi stava dicendo che la vita faceva schifo. I ragazzi sono ragazzi? Cosa diavolo doveva significare?

Ma non potevo certo dire di aver mai creduto che la vita fosse giusta. Ero stato trasformato nella peggior versione di me, per sopravvivere. Quello era stato giusto? Perciò, se quella retorica schifosa era l'unica via d'uscita che avessi dalla mia infanzia di merda, allora l'avrei accettata.

«Non c'è nessuno» dissi, convinto in cuor mio che fosse vero.

Se anche Kendall non mi avesse odiato, non c'era modo che potesse voler stare con una persona come me. Ero fuori di testa, un pezzo di merda. Neanche io avrei voluto stare con me se avessi potuto evitarlo. Non c'era modo che una ragazza fantastica come Kendall avesse potuto pensare il contrario.

«Bene. Allora, durante l'intervista, focalizzati su questo punto. Dì che è stato un gioco, un modo per lasciare andare la tensione dovuta alla partita, e che sei single, non volevi fare del male a nessuno, non volevi mettere in imbarazzo nessuno. Ma, principalmente, sottolinea il fatto che sei single. E sii il più umile possibile. Puoi farlo?»

«Sì.»

«Dico sul serio, Roman. È importante. Non solo per te, ma per il programma di football. Puoi farcela?»

«Sissignore. Ce la faccio» dissi, cercando di trasformare il mio cuore in ghiaccio, perché sapevo cosa avrebbe significato, dire quelle parole ad alta voce, farle passare dalle mie labbra.

«Ottimo» disse allora il coach, stringendomi ancora una volta la spalla, quella volta con un sorriso sulle labbra. «Andrai alla grande, lì fuori. L'intervista sarà con la stampa del canale 5 di Nashville, con il programma sullo sport. Ma dobbiamo aspettarci che questa diventi virale, perciò prova a restare rilassato, ma ricorda che ci saranno milioni di persone, lì fuori, a guardarti.»

«Quindi… devo comportarmi come quando sono in campo, no?»

Il coach sorrise. «Esatto. Andiamo, dai» disse, facendomi cenno di uscire fuori dal suo ufficio e verso la stanza che era stata adibita ad un'intervista improvvisata. «O, e comunque, la ragazza che ti è stata assegnata come psicologa dal programma dell'Università è stata chiamata a partecipare. Sarà lì fuori anche lei, non sei da solo.»

«Kendall?» dissi, girandomi a guardare il coach e sentendo una fitta di dolore trafiggermi il petto.

«È così che si chiama?» mi chiese il coach, poi aprì la porta, e mi spinse fuori.

Completamente preso dal panico, presi immediatamente a scannerizzare la stanza, alla ricerca di Kendall.

Eccola lì, ferma in piedi dietro il cameraman. Quando i nostri occhi s'incrociarono, mi fu impossibile non leggervi dentro tutto il dolore che provava. Ero stato io a ferirla in quel modo? Non potevo essere stato che io. Tutto in me voleva mandare ogni singola altra persona all'interno di quella stanza a quel paese, correre verso di lei e stringerla tra le mie braccia. Ma non potevo. E quando non lo feci, vidi i suoi occhi abbassarsi sul pavimento.

«Pronto, Nero?» chiese il coach, indicando un punto di fronte una parete verde. «Nero!»

«Sì, sono pronto» dissi, ricordandomi immediatamente quello che avrei dovuto fare.

Non avevo idea di cosa significasse, che Kendall fosse lì. Forse era stata costretta a venire, un po' come me. Non potevo permettere che la sua presenza mi distraesse, però. Il fatto che fosse lì non significava niente. Il football era l'unica cosa sulla quale avevo sempre potuto, e avrei sempre potuto contare nella mia vita, e avrei fatto tutto il necessario per tenermelo stretto.

Il ragazzo dietro la telecamera si avvicinò a me, e mi diede un auricolare.

«Dall'altra parte del filo c'è il produttore della stampa. Ti darà un countdown, e quando sarà finito, sarai in live con Jill Walsh.»

«Il reporter dello sport è una donna?» chiesi, girandomi a guardare il coach, chiedendomi come avrebbe fatto tutto questo a cambiare le cose. Lui annuii, incoraggiandomi.

«Non lo sapevi che adesso lo fanno anche loro?» mi chiese il cameraman, prima di voltarsi e raggiungere Kendall un'altra volta.

Certo che lo sapevo, che lo facevano anche loro, avrei voluto urlargli dietro. Non ero uno stupido. Ero stanco di dover sopportare il modo in cui la gente mi vedeva. Non ce la facevo più. Glielo avrei dimostrato.

«Pronto? Ci sei?» mi chiese la voce di un uomo dentro l'auricolare.

«Sono qui, sono pronto.»

«Pronti. Saremo in live tra cinque, quattro, tre, due...»

«Questa sera siamo in diretta per un'intervista speciale con Nero Roman, il giocatore di football della East Tennessee che si ritrova ad essere al centro di un incredibile scandalo. Nero, grazie per esserti unito a noi.»

«È un piacere parlare con voi. Avrei voluto soltanto che fosse in circostanze più gioiose, come la vittoria di una partita.»

«E, giusto per farlo sapere ai nostri spettatori, di quelle tu ne puoi contare tante, più di quante ne possano contare tanti altri giocatori del primo anno nella storia dell'East Tennessee.»

«Questo non lo sapevo», dissi sinceramente. «Mi piace solo giocare al massimo delle mie abilità, e se le statistiche sono queste, certamente è perché sono fortunato abbastanza da avere al mio fianco una forte squadra.»

«Quindi... mi sembra che tu abbia la tua vita in pugno. Come ci sei finito, allora, nel bel mezzo di uno scandalo di questo tipo?»

«Onestamente non lo so. Dopo la partita, qualcuno ha pensato di uscire. Una cosa ha portato all'altra, e immagino che i miei compagni di squadra abbiano semplicemente voluto girarne un video.»

«E postarlo online.»

«E postarlo, sì. Ma... vorrei semplicemente dire, che stavamo provando a scaricare la tensione. E non è che stessi tradendo qualcuno. Non c'è nessuno. Sono single. Quindi... ci stavamo soltanto divertendo.»

«Perciò questo non è nient'altro che un tipico caso di 'i ragazzi sono ragazzi'?» suggerì lei, con mia grande sorpresa.

«Immagino di sì. Anche se, adesso capisco di aver sbagliato. Non era mia intenzione portare imbarazzo alla comunità sportiva della mia scuola, e al programma di football dell'East Tennessee. Se mi venisse concessa un'altra possibilità, sono certo di poter rendere tutti quanti orgogliosi» dissi, inventandomi tutto quanto.

«Sono certa di sì. E che mi dici, invece, del record di partite vinte dall'East Tennessee? Che programmi avete a riguardo?»

«Abbiamo intenzione di fare tutto ciò che possiamo per mantenerlo, e portare la nostra squadra a vincere un altro campionato nazionale.»

«Ed eccole qui, allora, le parole sincere di una star presente, e futura, del football del Tennessee.»

«E—stop» disse il produttore, tornando dentro le mie orecchie. «Ottima intervista, ragazzo. Persino io ti ho creduto. Buona fortuna per il resto della stagione!»

«Grazie» dissi, prima di togliere l'auricolare e restituirlo al cameraman, che sembrava essersi fatto più gioviale, adesso, con me.

«Ottima intervista, Roman! Non pensavo che potessi farcela» disse, sorridendo. «Andrai lontano nel mondo. Molto lontano!»

Sorrisi, poi presi a scannerizzare la stanza senza farmi vedere, alla ricerca di Kendall. Quando la trovai, sembrava ferita esattamente quanto avevo preventivato. Quando mi sembrò sul punto di scoppiare a piangere, si girò e corse via dall'aula.

Io non la rincorsi. Perché? Non ne avevo la minima idea.

Quando il coach decise finalmente di lasciarmi andare, mi disse di restare fuori dai guai fino a quando non sarebbe stata rilasciata l'intervista. E me lo disse con un tono che mi fece capire che pensava sarebbe stato difficile, farlo, per me. Non seppi che farmene, di quel tono. Fortunatamente, però, avevo altro per la testa.

Principalmente Kendall, e quello che mi ero lasciato scappare via.

Più mi avvicinavo alla mia stanza, più la rabbia nei confronti di me stesso cresceva. Ero un fottuto spreco di spazio. Tutto della mia vita era finto e schifoso, probabilmente perché non ero nient'altro che uno sbaglio, qualcosa che non avrebbe mai dovuto esistere di tutto principio.

Per quando arrivai nella mia stanza, ero pronto ad esplodere. Provai a trovare qualcosa che potesse calmarmi, ma l'unica persona che era sempre stata in grado di tenermi concentrato su qualcosa era la stessa per la quale tutto era andato così male. Non riuscendo più a contenermi, afferrai la testata del letto e la staccai, sbattendola contro il muro fino a quando non si ruppe.

Dopo quella, nulla nella mia stanza riuscì a salvarsi. Tutto ciò che avevo lo ruppi, buttandolo contro la parete. Qualsiasi cosa potessi strappare, la strappai. Quando mi ritrovai a corto di roba da rompere, la stanza versava in condizioni pietose, vetro infranto riverso su tutto il pavimento. Fu mentre guardavo intorno alla stanza, che decisi di cominciare con le cose di Titus.

Ma proprio mentre ero sul punto di farlo, la porta d'ingresso si aprì e da essa entrò proprio Titus. Guardò la stanza, gli occhi spalancati, e quando vide quanto fossi fuori controllo, corse verso di me.

Non avendo la minima idea di cosa stesse cercando di fare, reagii. In testa le immagini di tutte le risse alle quali avevo partecipato, girai il corpo verso di lui e lo colpii con un pugno dritto sulla faccia. Lui cadde sul pavimento immediatamente.

Mi congelai sul posto. Che cosa avevo fatto?

Titus non si muoveva.

«Titus?» dissi, inginocchiandomi al suo fianco. «Stai bene?»

Titus era riverso per terra, senza sensi. Lo avevo fatto svenire? O avevo appena ucciso qualcuno? Era finalmente arrivato il momento che avevo temuto per tutta la vita? Probabilmente sì.

Con Titus ancora senza sensi, scattai in piedi, afferrai le chiavi della mia macchina, e scappai via. Provai a non correre; avrebbe reso le cose fin troppo chiare. Ma dovevo andare via. Dovevo arrivare alla mia macchina, mettere in moto, e guidare fino a quando non sarei stato abbastanza lontano.

Magari sarei arrivato al lago che avevo trovato da bambino, e finalmente lo avrei oltrepassato. Oppure ci sarei andato proprio dentro, e avrei messo fine a quella mia patetica vita.

Non avrei dovuto essere lì. Non avrei dovuto essere vivo. L'unica domanda alla quale mi restava rispondere era se avrei trovato il coraggio di mettere fine all'atrocità che mia madre aveva commesso così tanto tempo fa.

# Capitolo 11

Kendall

Scappai via dalla stanza, lasciando Nero indietro. Non potevo credere che l'avesse detto sul serio. Davvero non avevo significato assolutamente nulla, per lui? Avevo creduto di sì. Non aveva detto di amarmi?

Riuscii a tenere a freno le lacrime solo fino a quando non fui fuori dall'edificio. Una volta in mezzo al campus, con nessuno intorno a me, scoppiai a piangere. Ero stata una tale idiota… ero stata una stupida a pensare che qualcuno come lui avesse mai potuto amare qualcuno come me. Era stato un errore, da parte mia, pensare che fosse arrivato il momento di dare un'altra possibilità ad un giocatore di football.

Erano tutti uguali. Forse Nero non mi aveva ferita come avevano fatto Evan e i suoi compagni, ma aveva trovato un altro modo, uno più originale. Uno peggiore, perché fino a quando ero stata a scuola, avevo avuto una sorta di barriera protettiva, intorno a me. Ma Nero mi era entrato fin dentro il cuore. E una volta esposto quello, l'unica cosa che gli era bastata fare era stata allungare la mano, e strapparmelo fuori dal petto.

Mentre i pensieri mi sopraffacevano, mi fermai un attimo e realizzai dov'ero arrivata. Guardandomi intorno, vidi che era lo stesso posto dove ero andata a finire con Nero, quando mi ero fatta prendere dal panico il giorno in cui mi era stato assegnato lui come primo paziente.

Trovai la panchina che avevamo scelto quella volta, e mi ci sedetti. Non riuscii a frenare le lacrime. Con i gomiti piantati sulle ginocchia, singhiozzai sulle mie mani. Avevo provato così tanto a spingere via i miei sentimenti verso di lui, essere professionale, e non ci ero riuscita. Mi ero lasciata andare, convinta che ne sarebbe valsa la pena, che lui provasse lo stesso. Come aveva potuto essere così crudele? Non aveva un cuore? Non gli era mai importato nulla, di me?

«Kendall, va tutto bene?»

Mi ci volle un po' per registrare appieno le parole. C'era qualcuno, fermo di fronte a me. Qualcuno di molto vicino, e la voce mi suonava familiare. Mi ci volle un altro secondo per capire perché, ma quando lo feci, sentii la paura viscerale stringersi con forza intorno al mio cuore.

Evan Carter era di fronte a me.

Alzai lo sguardo, trovando il motivo di tutti i miei incubi fermo lì, intento a guardarmi di rimando. Eccolo arrivato, il momento. Era arrivato il momento in cui

Evan Carter mi avrebbe uccisa per ciò che avevo permesso a Nero di fargli. Dovevo scappare via.

«Lasciami stare!» urlai, alzandomi di scatto e indietreggiando.

«No, Kendall, aspetta! Non sono qui per farti del male. Voglio solo parlare» disse, portando avanti le mani.

«Certo, sì. Come a scuola. Cosa farai, adesso, mi prenderai a pugni fino a quando non sarò quasi in fin di vita, lasciandomi qui a morire?»

«Dio, no! Cazzo! Perché mai diresti una cosa del genere?»

«Perché mai?» ribattei, guardandolo come sotto shock. «Mi stai prendendo per il culo? Ti sei dimenticato di tutto quello che mi hai fatto? Perché io non l'ho dimenticato, Evan! Lo rivedo nei miei incubi tutte le notti! Non riesco a cancellare le immagini dalla mia testa!»

Al sentire le mie parole, l'espressione di Evan si fece d'orrore. Era incredulo. Fermandosi, urlò, «Mi dispiace! Mi dispiace così tanto, Kendall!» disse, prima di accasciarsi a terra in ginocchio, sopraffatto.

Aspetta—cosa?

Non avevo la minima idea di cosa stesse succedendo. Mi prese così tanto in contropiede che smisi di indietreggiare. Mi aveva appena chiesto scusa? Lo aveva fatto, sì. E quella volta non sembravano scuse urlate per la paura. Sembravano reali.

Restai ferma a fissarlo, non sapendo cosa fare. Avrei potuto andare via, ma Evan mi aveva appena offerto esattamente quello che avevo aspettato per anni. Senza qualcuno che minacciasse di ucciderlo.

«Sono stato un tale stronzo, con te. E lo so cosa stai pensando. Stai pensando che io sia qui soltanto perché sei entrata in casa mia con quel ragazzo, e solo adesso mi penta di quello che ho fatto. ma non è vero. Me ne pento da sempre. Non c'è stato un singolo momento della mia vita in cui io non mi sia odiato per quello che ti ho fatto.»

Ora sì che ero confusa.

«Non capisco. Se ti fossi odiato per questo, allora perché avresti continuato? Perché le facevi?»

Evan alzò gli occhi su di me. Erano bagnati. Stava piangendo. C'erano delle reali lacrime nei suoi occhi. Non avrei mai pensato che fosse capace di provare emozioni umane.

«Devi saperlo. Dovevi saperlo, anche allora. Tra tutti quanti, tu dovevi saperlo. Non c'era modo che non lo sapessi.»

«Mi dispiace dirtelo, ma non ho la più pallida idea di cosa diavolo tu stia parlando» gli dissi, avvicinandomi a lui.

«Non ti ricordi quando è cominciato tutto?»

Pescai tra la mia memoria, alla ricerca di una risposta.

«Quando è cominciato cosa? Tu sei sempre stato uno stronzo, con me. Sei stato uno stronzo dal primo momento.»

«No, questo non è vero. Devi sapere che non è vero!»

«Invece non lo so, perché lo è» dissi, sicura delle mie parole.

«Il nostro primo anno di scuola. Eravamo in classe di arte insieme. Ricordi?»

Ci pensai su.

«Il corso del signor Adderley.»

«Sì.»

«E quindi?»

Evan sussultò d'improvviso, confondendomi ancora di più.

«Ero così insicuro, a quel tempo. Non avevo ancora fatto domanda per entrare nella squadra di football. Stavo ancora cercando di capire. Ma quello che sapevo per certo era che, quando ti ho vista la prima volta, mi sei piaciuta fin da subito. Non riuscivo a spiegarmelo, perché non avevo parole per farlo. Ma l'unica cosa che sapevo era che volevo parlarti. Non potevo, però, perché non riuscivo a parlare con nessuno. O almeno, non riuscivo a farlo senza troppe difficoltà. Aprivo la bocca e ciò che avevo in testa non riusciva a oltrepassarmi le labbra. E quando ci riuscivo, invece, prendevo a balbettare.

«Mi piacevi davvero, però. Passai settimane ad allenarmi per parlarti, ore davanti allo specchio a ripetere ciò che ti avrei detto. "Ehi, Kendall. Mi piace molto ciò che disegni." Lo ripetei almeno cento volte prima di avvicinarmi a te, durante la lezione di arte. Tuttavia, una volta davanti a te…»

«Ti sei limitato a fissarmi e a fare quel movimento, come se stessi per vomitare» dissi, ricordando all'improvviso.

«Non riuscivo a pronunciare le parole. Mi ero allenato per così tanto tempo e ci stavo provando con tutto me stesso…»

«Ed io ho risposto… prendendoti in giro» ammisi.

«Mi hai detto 'che schifo' e di allontanarmi da te.»

Evan si bloccò e prese a balbettare, sforzandosi di pronunciare le parole.

«Str…str…stronza» riuscì finalmente a dire.

E tutto, ogni singolo ricordo, mi investì. Ora capivo. Evan era balbuziente.

«Non lo sapevo. Non avevo mai notato balbettassi…»

«Facevo di tutto per nasconderlo. Ma, quando diventavo nervoso… capitava e basta» disse. «Però mi piacevi. Volevo soltanto dirtelo. E quello che mi dicesti tu, invece, mi distrusse. Cominciai a odiarti così tanto, dopo quell'episodio…»

«Evan, mi hai minacciata e costretta a inviarti foto intime che poi hai mostrato ai tuoi amici.»

«Lo so, e per quello non esistono giustificazioni.»

«Esattamente.»

«Ma ti odiavo e odiavo me stesso perché non riuscivo a non essere innamorato di te. E le avevo mostrate soltanto al capitano della squadra di football che stavo cercando di impressionare. È stato lui che le ha inviate a tutti gli altri. Non appena l'ho scoperto, ho fermato tutta la giostra. Scatenai una rissa per assicurarmi non ci fossero altre conseguenze.»

«E io dovrei fare cosa di preciso? Essertene grata?»

«No, non è quello che voglio dire.»

«Allora cos'è, che vuoi dirmi?»

«Che mi dispiace. Mi dispiace tantissimo.»

«Evan, mi hai fatto così tante cose orribili... Ti sei vendicato un sacco di volte per una cosa stupida che ho detto. Perché hai continuato per tutto quel tempo? Perché non ti sei mai fermato?» gli chiesi.

«Non lo so.» Aprii la bocca per dirgli quanto fosse stupido, ma poi mi fermai. Davvero non lo sapeva. Come poteva? Come poteva qualcuno sapere ciò che non sapeva?

Non era proprio quello, il compito di uno psicologo? Aiutare i propri pazienti a capire cose che da soli non potrebbero capire?

Quanto sarebbe stata diversa, la mia adolescenza, se ci fosse stato qualcuno nella vita di Evan ad aiutarlo ad affrontare il suo dolore? Probabilmente non sarei stata la persona che ero a quel punto. Non sapevo se ciò sarebbe stato un bene o male, ma certamente mi sarebbe piaciuto scoprirlo.

«Evan, hai mai preso in considerazione l'idea di vedere qualcuno? Uno psicologo?»

«Non ho bisogno di uno psicologo» disse allora, andando sulla difensiva.

«Prima di tutto, Evan, ne hai assolutamente bisogno. A malapena riesco a pensare a qualche altra persona che ne abbia bisogno più di te.»

Evan abbassò gli occhi. «Lo so.»

«Lo sai?»

«Sì. Potrei essere idiota... ma non sono stupido.»

«E allora perché non sei mai andato in terapia?»

«Non lo so. Ma... forse, se tu potessi essere disposta a mangiare qualcosa con me, potremmo parlare un po'...»

«Okay, questo non succederà mai, Evan, mai! Non solo perché riesco a malapena a guardarti in faccia, ma perché tra noi sono successe troppe cose. Io non potrei aiutarti mai.»

«Sì... hai ragione.»

«Ma ci sono tante persone che sarebbero disposte ad aiutarti. Ci sono delle linee telefoniche a cui puoi rivolgerti. Quello che ti sto dicendo è che c'è un modo per uscire da questa rabbia e questo dolore che provi, Evan. Devi soltanto trovare quello più adatto a te.»

Gli occhi di Evan restarono ancorati al pavimento. Restò in silenzio per un po', prima di parlare di nuovo.

«Posso chiederti una cosa?»

«Cosa?»

«Perché sei stato così cattiva, con me, quel primo giorno? Perché ha fatto davvero male, Kendall.»

Ci pensai su. Non mi ricordavo molto di quel momento. Per la maggior parte, perché non era stato altro che un giorno qualunque. Era così che lui ricordava tutti i giorni che aveva passato a torturarmi?

«Non lo so… Probabilmente ero solo insicura. Oppure ero semplicemente stronza», ammisi. «Stavo affrontando tante cose, in quel periodo. I miei genitori mi pressavano affinché fossi perfetta. Era difficile, vivere la mia situazione. Ero arrabbiata, e probabilmente mi sono sfogata su di te.»

«Quindi provavi dolore e hai ferito qualcun altro solo per liberartene?» disse Evan, chiarendo il suo punto di vista.

Non risposi, ma capii.

«Posso chiederti un'altra cosa?»

«Cosa?»

«Mi perdoni?»

Restai a fissarlo. Se avessi perdonato davvero Evan Carter, la ragione di tutti i miei incubi, il terrore della mia adolescenza?

«Evan... tu mi hai fatto male. Sto ancora cercando di ricucire tutte le mie ferite.»

«Se ti consola anche solo un po', anche io. Mi sveglio ogni singolo giorno urlando, dopo aver sognato tutte le cose orribili che ti ho fatto a scuola.»

«Hai incubi su ciò che mi hai fatto?»

«Tutti i santi giorni. Mi perseguitano. A dirti la verità, sono stato contento quando ti ho vista entrare nella mia stanza con il tuo amico, quando ha cominciato a prendermi a pugni. Ho pensato... magari finalmente adesso saremo pari. Ma la verità è che non è cambiato niente.»

«Il che ci porta al perché tu sia qui?»

«Sì.»

«E al perché ti ho visto in giro per il campus.»

Evan distolse lo sguardo.

«E perché ti vedevo così tanto in giro per il campus anche durante il mio primo anno qui?»

Lui abbassò lo sguardo.

«Quindi non avevo perso il senno. Ti vedevo sul serio, eri qui.»

«Volevo solo farmi perdonare da te.»

Guardai il ragazzo al quale avevo pensato per tutto quel tempo lungo il corso della mia vita. E, per la prima volta dopo tantissimo tempo, lo vidi come un essere umano.

«Evan Carter, ti perdono» dissi, sorpresa io stessa di sentire quelle parole uscire dalle mie labbra.

Lui si alzò di scatto.

«Davvero?» disse, contento.

«Sì.»

Con un gran sorriso in faccia, lui allargò le braccia, pronto a gettarmele intorno al collo.

Prima che fosse troppo tardi, io feci un passo indietro e gli puntai un dito contro.

«No!» dissi, e lui si fermò di colpo. «Ti perdono, Evan, ma io e te non siamo amici. E tu hai bisogno di essere aiutato. Lo devi a me, e a tutti quelli che hai ferito.»

Mi fermai un attimo.

«E, più di noi, lo devi a te stesso. Non c'è nessun motivo di continuare a sentirti così, Evan, e se ti dai la possibilità di aiutarti, di imparare ad accettarti, ti assicuro che c'è una bellissima vita che ti aspetta, dall'altro lato.»

Evan sembrò ricomporsi. «Apprezzo tanto le tue parole.»

«Bene. Non voglio vederti mai più, dopo oggi, Evan. Chiaro?»

Lui prese un profondo respiro. «Cristallino.»

«Fantastico. Buona fortuna» gli dissi, con sincerità.

«Grazie, Kendall... di tutto» disse, prima di girare i tacchi e uscire fuori dalla mia vita, per sempre.

Non avrei mai immaginato che la mia conversazione con Evan potesse prendere quella piega, o quanto davvero avrebbe potuto cambiare le cose. Mentre lo guardavo andare via, mi sentii diversa. Tutto sembrava diverso. Non mi ero mai sentita più sicuro di ciò che ne avrei fatto della mia vita come in quel momento. Volevo aiutare i ragazzini come Evan. Intervenire su di loro in tempo, cambiare le loro vite prima che loro potessero distruggere quelle di chi gli stava intorno.

Ma non volevo soltanto aiutare giovani ragazzi che cercavano di capire se stessi. Volevo aiutare anche gli adulti. C'erano tante persone, al mondo, che soffrivano. Ci pensai un po' su. Nero non era forse una di esse?

Non era mai stato destino, per me e Nero. Non era per quello che ci eravamo incontrati. Era perché io avrei dovuto aiutarlo. Sapevo che aveva passato dei momenti difficili. Sapevo che era incline a prendere brutte decisioni. Eppure, avevo permesso alle cose di sfuggirmi dalle mani.

Era stato sbagliato, da parte mia. Io a lui ci tenevo... e se ci avessi tenuto davvero, allora avrei dovuto comportarmi in maniera diversa. Se davvero lo amavo come dicevo, allora avrei dovuto prendere una decisione anche per lui. Non potevamo stare insieme. Non se ci tenevo. E non se volevo aiutarlo.

Sapevo quale fosse il suo problema, e non l'avrebbe avuto, se io non avessi sentito il bisogno di provargli quanto lo amavo, quanto potessi aiutarlo, e non avessi infilato il naso dove non mi competeva. Quando avevo sentito le parole di sua madre, persino il mio, di cuore, si era spezzato. Doveva essere stato incredibilmente doloroso, per Nero. Qualcuno avrebbe dovuto dirgli che lui era importante. Che qualcuno gli voleva bene. Molte persone avrebbero dovuto farlo.

Correndo verso la mia stanza, nella testa un piano, afferrai il telefono e, nello stesso momento, mi arrivò una chiamata da qualcuno a cui non stavo neanche pensando.

«Quin? Che succede?» chiesi, felice di sentirla.

«Hai visto Nero?»

«Sì, l'ho lasciato nell'aula dove hanno fatto le interviste circa trenta minuti fa. Penso sia ancora nell'edificio sportivo.»

«No, io non credo.»

«Che succede, Quin?»

«Ho appena ricevuto una chiamata da Titus... Ha detto di essere entrato in stanza e di averlo beccato intento a rompere tutto quanto. E quando si è avvicinato per fermarlo, Nero gli ha dato un pugno e l'ha steso. Ha perso conoscenza. Quando si è svegliato, Nero non c'era più. Kendall... non credo sia un buon segno.»

Cazzo!

«Hai un'idea di dove potrebbe essere?» continuò Quin.

«Nessuna.»

«Ne sei sicura? Perché speravo che almeno tu potessi averne una.»

«Mi dispiace, ma no.»

Nel momento stesso in cui lo dissi, mi tornò un ricordo in mente. Eravamo noi, fermi di fronte al lago. Era lì che andava sempre, da bambino. Non riuscii a capire perché ci pensai, ma ricordare il momento in cui avevo capito di essere innamorata di Nero non poteva essere una cosa buona.

«Okay. Cage sta provando a contattarlo. Speriamo risponda.»

«Fammi sapere che sta bene, quando l'avrete sentito.»

«Lo farò» disse Quin, poi chiuse la chiamata.

Era tutta colpa mia. Quello era il motivo per cui il professor Nandan mi aveva voluto lì, insieme a lui, durante l'intervista. Avrei dovuto essere il suo supporto morale, e invece mi ero lasciata prendere dai miei stupidi drammi amorosi. E adesso chissà dov'era, Nero, fuori a fare del male a qualcuno, o più probabilmente a se stesso.

Ripensai ancora una volta al tempo che avevamo passato al lago. Perché continuavo a pensarci? Non ne ero certa. Ma dovevo mantenere la concentrazione. Dovevo cercare di capire dove potesse essere. Ad un certo punto durante tutte le nostre chiacchierate, doveva pur essersi lasciato scappare un posto dove avrebbe potuto essere.

Mentre continuavo a pensarci, presi a camminare verso la mia stanza. Speravo quasi di non trovarci Cory. Le volevo un mondo di bene, ma non aveva fatto altro che comportarsi in modo strano da quando ci eravamo svegliate abbracciate l'una all'altra.

Avevo provato anche a dirle che non era successo nulla di che. Okay, sì, mi aveva toccato le tette, e allora? Non era così grave. La vita va avanti.

Io stavo passando un periodo difficile già di mio. Ero contenta di averla al mio fianco, e glielo avevo anche detto. Lei aveva soltanto grugnito qualcosa di incomprensibile, e poi aveva smesso di parlarmi.

Strano, vi dico.

Avrei tanto voluto che non fosse così, perché sarebbe stato bello poterle dire tutto ciò che stava succedendo. Quante volte le avevo raccontato dei miei incubi su Evan Carter? Quante volte si era svegliata insieme a me, a causa di uno di essi? Beh, fermi tutti, signori e signore! Evan ed io avevamo fatto pace!

Okay. *Non avevamo* fatto pace. Però, io di certo aveva ritrovato la mia. O almeno, così era stato prima di ricevere quella chiamata da Quin. Ora, l'unica cosa alla quale riuscivo a pensare era trovare un modo per aiutare Nero. Forse gli serviva qualcosa di più intensivo. Ma invece di una riabilitazione, forse quella cosa intensiva poteva essere sentirsi finalmente dire dalle persone che lui amava che lo amavano di rimando. Che erano felici di averlo nella loro vita.

Mi fermai di colpo, premendo i palmi contro gli occhi. Perché, immediatamente, mi ricordai che io non potevo essere tra quelle persone. Non avrei mai potuto essere tra quelle persone. Non potevo amarlo nel modo in cui così disperatamente volevo. Non se avessi voluto dargli l'aiuto di cui aveva bisogno, che volevo anche dargli. Non possiamo sempre ottenere ciò che vogliamo, e quella volta, la persona che non avrebbe potuto ottenere ciò che voleva ero proprio io…

Come senza forze, mi accasciai sulle ginocchia e piansi. Quello non aveva nulla a che vedere con il pianto che mi ero fatta un'ora prima. Quella volta sapevo perché io e Nero non saremmo stati insieme, e sarebbe stato per amore. Era così che gli avrei dimostrato di amarlo, mettendo i suoi bisogni prima dei miei. E non sarebbero state più parole vuote, promesse fatte al vento… adesso sapevo cosa dovevo fare.

Anche se saperlo non avrebbe reso il farlo un'impresa più semplice.

Restai seduta per terra a piangere per un bel po'. Quando alla fine trovai la forza di alzarmi e incamminarmi di nuovo verso camera mia, mi sembrò essere passata un'eternità. Mi sentii meglio, una volta arrivata. Beh, okay, forse meglio era una parola troppo grossa. Ma di certo mi sentivo più forte.

«Ehi» dissi a Cory, che alla fine risultò essere in casa.

«Ehi» rispose lei, ancora incapace di guardarmi negli occhi.

Ero stanca. Così stanca, che sbuffai senza più pazienza.

«Questa situazione è ridicola, Cory, adesso basta! E che diamine, mi hai toccato una tetta. Hai dormito con me per cercare di farmi stare meglio e la tua mano mi è finita sulle tette Le cose succedono! Quanto davvero puoi essere omofoba?»

«Kendall, io non sono etero!» urlò lei di punto in bianco, interrompendomi.

Mi bloccai sul posto, cercando di capire se avessi sentito davvero quello che avevo sentito.

«Scusa. Cosa?»

«Non sono etero. Ho sempre sospettato di non esserlo, che ci fosse qualcosa di diverso, ma sto con Kelly da così tanto tempo che mi sono sempre detta, non è un problema. Ho sempre pensato che non avrei avuto motivo di doverlo affrontare. Ma non posso più fingere. Io non sono etero!» disse, guardandomi con quei suoi enormi occhi da cucciolo.

Restai a fissarla, senza dire una parola. Ero incredula. Non era lei, Miss Perfettina? O almeno, non era quella l'impressione che aveva dato a me e al resto del mondo?

Aspettate... Questo ha per caso a che fare con il motivo per cui mi aveva chiesto se la lap dance a Nero l'avesse fatta un uomo o una donna? Oddio, questo era il motivo per cui mi aveva toccato le tette? Come avrei dovuto reagire?

«Non dici niente?» mi chiese allora lei.

Cosa stavo facendo? Era di Cory, che si trattava: lei c'era stata sempre per me, più degli altri. Io le volevo un bene dell'anima.

Avendo aspettato un po' troppo a lungo in silenzio, sapevo che mi era rimasta una sola cosa da fare. Così mi incamminai verso di lei, le gettai le braccia intorno al collo, e strinsi forte.

«Io sarò qui per te lungo tutta la strada. Per qualsiasi cosa ti serva», le dissi.

«Grazie, Kendall.»

La lasciai andare, tenendo le mani sulle sue spalle.

«Quindi... che versione usiamo? Abbiamo intenzione di dire che dormire con me ti ha eccitata, o...?» le chiesi, scoccandole un sorrisetto.

Cory scoppiò a ridere. Era bello vederla sorridere di nuovo. Almeno una delle due era felice.

«Ti piacerebbe!» disse, trovando il buon umore.

«Voglio dire, se tu fossi single, magari.»

«Oh!» disse lei, tornando immediatamente seria.

«Ma non lo sei!» le ricordai. «Ed io sono nel bel mezzo di una crisi a causa del ragazzo con cui invece avrei dovuto stare io, ma con il quale, a quanto pare, non sto.»

«Che sta succedendo?»

Raccontare tutto quanto a Cory occupò il resto della giornata, considerato quando era stata l'ultima volta in cui avevamo parlato. Quando alla fine si fece buio, fuori, e non avevo ancora ricevuto alcuna notizia da Quin, decisi di mandarle un messaggio.

*Scoperto niente?*

*Ancora niente. Non è andato agli allenamenti. Lo stanno ancora cercando tutti.*

Ci pensai ancora, non trovando alcuna soluzione. L'unica cosa alla quale riuscivo a pensare era il momento in cui ero rimasta ferma a guardarlo rimettere la colazione della mattina, dopo avergli confessato che avevo avuto paura potesse farmi del male. Come poteva una persona essere così dura, eppure così sensibile?

A malapena riuscii a dormire, quella notte, ma quando lo feci, l'unica immagine che m'infestò la mente e i sogni fu il lago. Di sogni, quella notte, ne feci tanti. In uno gli chiedevo perché mi aveva lasciata. Nell'altro, gli chiedevo perché avrebbe mai voluto ferire se stesso. Così, quando mi svegliai la mattina dopo, la prima cosa che feci fu chiamare Quin.

«L'hai sentito?» disse immediatamente lei dopo aver risposto, la voce disperata.

«Forse. Non lo so. Ma penso di sapere dove possiamo trovarlo. È un posto dove mi ha portato, durante il nostro weekend a Snowy Falls.»

«Cage ha guardato ovunque. Ha chiesto a tutti quanti.»

«Non è un posto dentro il paese. Ti dirò io come arrivarci. Ma prima di farlo, Quin, ho bisogno che voi facciate una cosa. Una cosa importante. Questione di vita o di morte.»

# Capitolo 12

Nero

Seduto dentro la mia macchina, restai fermo a fissare il lago di fronte a me. Quello mi fissò di rimando, immobile. Ero rimasto lì tutta la notte, e ancora non avevo deciso cosa fare.

La prima volta che mi ero ritrovato davanti allo specchio d'acqua, le cose si erano fatte immediatamente più chiare. Avrei dovuto fare tutto ciò che era in mio potere per proteggere mia madre. E ciò aveva significato trasformarmi nella persona che ero nel presente.

Ma ora? Non c'era nessuno da cui sarei potuto tornare. Avevo tradito Kendall, e lei mi aveva visto farlo. Avevo visto nei suoi occhi quanto quello che avevo fatto l'avesse ferita. Avevo pensato che il football avrebbe potuto essere abbastanza, ma non lo era. Eppure, ora era tutto ciò che mi restava.

Come aveva fatto la mia vita a finire così? Solo una settimana fa credevo di avere tutto. Ma quando mi ero reso conto che nessuno mi aveva davvero voluto, era stato facile capire quanto quella fosse stata una bugia.

Non avevo niente, non avevo nessuno. Non sapevo cosa c'era, ormai, che avrebbe potuto fermarmi dal mettere fine ad ogni cosa. Mettendo in moto la macchina e fissando ancora una volta il lago, combattendo contro la mia stessa mente per l'ultima volta, ero sul punto di accelerare quando qualcosa, sulla strada dietro di me, si mosse.

I miei occhi scattarono allo specchietto retrovisore. Una macchina si stava avvicinando, ed io la conoscevo. Era la macchina di Cage. Che cosa ci faceva, lui, lì?

Prima ancora di poter trovare una risposta, vidi un'altra macchina spuntare dietro la sua. Era quella di Titus. Altre spuntarono dietro, tutte macchine che riconoscevo, appartenenti agli abitanti di Snowy Falls. Ce n'era anche una che riconoscevo dagli allenamenti, che vedevo sempre nel parcheggio del campus.

Ma che diavolo stava succedendo? Tra tutti i posti nel mondo, perché erano lì? Perché ora?

Spegnendo la macchina, uscii fuori dal veicolo e li guardai fermarsi. Cage fu il primo ad uscire dalla sua, e correre verso di me.

«Nero, ti abbiamo trovato, finalmente! Eravamo così preoccupati. Perché diavolo non hai risposto al telefono? Non sapevamo cosa pensare» disse, prima di gettarmi le braccia intorno al collo, e stringermi in un abbraccio.

«Io—» balbettai, ma prima di riuscire a dire qualsiasi altra cosa, vidi Titus raggiungerci.

Con sollievo appresi di non averlo ucciso. Anche se il livido nero che aveva sulla guancia sarebbe stato molto difficile da ignorare.

Persi tutta la mia forza quando ricordai ciò che avevo fatto. Ero davvero l'errore più grande del mondo. Quello che avevo fatto al mio amico... Non ero nient'altro che un animale. E meritavo di essere abbattuto.

«Nero!» urlò Quin, uscendo fuori dalla macchina e avvicinandosi a noi, abbracciandomi insieme al suo ragazzo. «Siamo così felici che tu sia sano e salvo!»

Titus non si avvicinò così tanto. Neanche Sonya o suo figlio, Cali, lo fecero. Tom, il dottore del posto, e suo marito Glenn, restarono vicini alle loro macchine. E così fece anche Mike, lo stronzo dal quale avevo lavorato come cameriere. E Claude, uno dei miei compagni di squadra delle superiori.

Tutte quelle facce familiari presero a spuntare dalle diverse macchine, fino a quando non mi allontanai da quelli che mi si erano avvicinati.

«Non lo capisco. Perché siete tutti qui?»

Cage e Quin mi fissarono negli occhi.

«Perché eravamo tutti preoccupati per te, fratello.»

Mi venne difficile capire le sue parole. Ma se anche quello che aveva appena detto fosse vero…

«Dan, che ci fai qui?» chiesi ad uno degli amici di mio fratello, che ancora giocava nella squadra di football dell'Università.

«Quello che ha detto lui. Eravamo preoccupati per te. E Cage ha detto che avresti avuto bisogno di noi, così eccomi qui.»

Io guardai Cage.

«Sapevamo che c'era qualcosa che non andava, e quindi siamo venuti ad aiutarti.»

«Come facevate a saperlo?»

Titus si fece avanti. «Non sei stato particolarmente silenzioso, a riguardo» disse, scoccandomi un sorrisetto divertito.

Provai con tutte le mie forze a trattenere le lacrime, ma non ce la feci più. Mi lasciai cadere contro la macchina, gli occhi bassi, il viso chino, e scoppiai a piangere. Lasciai andare con le mie lacrime tutti gli errori che avevo commesso. Piansi per tutti quelli che avevo ferito. E piansi per tutte le persone che erano ferme lì, di fronte a me, in quel momento. Ferme, lì, per me.

Quante di quelle persone avevo ferito tanto quanto Titus? Forse non le avevo colpite. Ma non ero mai stato uno studente modello, o un bravo compagno di squadra. Dio solo sapeva quanto avevo fatto schifo come impiegato. Non ero mai riuscito a farne una buona.

«Non capisco. Perché siete qui?» pregai di sapere, attraverso le lacrime.

«Perché ti vogliamo bene, Nero» insistette Cage.

«Sì», confermò Quin.

«È per questo che siamo qui», aggiunse con sicurezza Titus.

«Ma voi non capite... Nessuno di voi capisce.»

«E allora spiegacelo», mi pregò con dolcezza Cage.

Fissai i volti di più delle venti persone che mi stavano guardando, e poi mi sporsi verso Cage.

«Mamma non mi voleva. Lei... ha fatto in modo di avermi solo per rimpiazzare te.»

«Questo non è vero.»

«Ma invece lo è.»

«Se non mi credi, allora può dirtelo lei stessa.» Cage si girò verso la macchina, e urlò, «Mà! Non era sicura che l'avresti voluta vedere, così non è scesa dalla macchina insieme a tutti gli altri.»

Guardai mia madre scendere dalla macchina. Non saprei dire cosa mi aspettavo, ma la donna che si avvicinò a me non era la stessa che io avevo dovuto proteggere per tutti quegli anni. Non era neanche la stessa che mi aveva detto di come ero venuto al mondo. Sembrava più forte, più sicura di sé.

«Mamma?»

Quando fu abbastanza vicina, lei aprì le braccia, facendomi cenno di andare. Io andai. Non ricordavo neanche quando fosse stata l'ultima volta in cui mi aveva abbracciato. Non era mai stata un tipo da abbracci, neanche prima di perdere la testa. Ma stavo cominciando a capire che, forse, io mia mamma non l'avevo mai davvero conosciuta.

«Mi dispiace così tanto, piccolo mio. Per così tante cose, mi dispiace così tanto.»

E con solo quelle parole, io piansi di nuovo.

«Tu sei l'uomo più forte che io abbia mai conosciuto. Le cose che hai dovuto affrontare… non potrei mai ripagarti per tutto quello che hai fatto, piccolo mio. Il mio bellissimo bambino…»

Strinsi mia madre con forza, e singhiozzai. Anni di dolore accumulati sulle spalle si riversarono con le mie lacrime, ed io piansi, piansi con forza. Una volta aperta, la diga non fu più chiusa. Lei restò lì, ferma, a tenermi tra le braccia. Avrei voluto non lasciarla andare mai.

Non seppi quanto tempo passò prima di riuscire a trovare nuovamente il controllo di me stesso. Quando mi resi conto che tutta la gente che conoscevo mi stava guardando, mi sentii in imbarazzo.

«Scusate» dissi, asciugandomi gli occhi.

«Non dirlo, fratello. Tutte le persone che vedi, qui, ti vogliono bene. Non c'è motivo di vergognarsi di chi sei. Sappiamo tutti cosa significa, provare dolore. Noi siamo qui per te. Qualsiasi cosa tu abbia bisogno, noi ci siamo.»

Mi girai a guardare le teste intente ad annuire. Non avevo la forza di provare a capire se ciò che avesse detto fosse vero, così semplicemente decisi di credergli. Era bello pensare di non essere solo, così lo feci e basta.

«Perché qui?» chiese mia mamma, guardandosi intorno.

La guardai negli occhi, e tornai indietro con la mente a sette anni prima. Il cuore mi si strinse in una morsa. Dovette notarlo, in qualche modo, perché mi strinse la mano. Abbassai lo sguardo sulle nostre mani giunte, pensando ancora una volta a quanto lei fosse diversa.

«Non so se posso dirtelo, mami.»

«Pensi che non riuscirei a sopportarlo?»

La guardai negli occhi, senza riuscire a dirle che sì, era quello che pensavo.

«Nero, tu sei stato così tanto forte per entrambi, per così tanto tempo. Permettimi di essere forte per te, stavolta. Dimmelo. Perché qui? Cosa ti ha fatto venire qui?»

Ci pensai, e poi passai in rassegna tutti i volti di fronte a me. Nessuno lì sapeva chi io fossi, o perché. Tutto ciò che sapevano era che da ragazzo facevo sempre a botte, e avevo un brutto carattere. Ma non sapevano cosa mi fossi ritrovato costretto a fare da piccolo, o la minima idea che fosse stato il nostro padrone di casa a farmi diventare quello che ero diventato. Il mio più grande successo era stato tenere quelle mie due vite completamente separate. Forse era arrivato il momento di smetterla, di tenerne una segreta.

«Mami, ho dovuto fare tante cose per tenerti al sicuro» dissi, prima di raccontare loro tutti i brutti dettagli sul mio passato.

Quando finalmente la storia fu conclusa, mi sentii completamente svuotato. Non mi ero mai sentito così esposto prima di quel momento. Tutti sembravano intenti a guardarmi con occhi diversi, nuovi. Non avevo idea di cosa pensare.

Più loro restavano a fissarmi, più io mi sentivo insicuro riguardo alla scelta che avevo preso di raccontare loro la verità. Aprii la bocca per scusarmi, ma Cage mi fermò sul nascere.

«Non posso neanche spiegarti quanto grato io sia che tu ce l'abbia detto. Sapevo, *sapevo* che c'era una parte di te, della tua vita, dentro la quale non mi permettevi di entrare. Adesso lo capisco. Stavi cercando di proteggerci.»

«Sì, grazie per avercelo detto» aggiunse Titus. «Tante cose adesso, finalmente, cominciano ad avere senso. Finalmente adesso so chi sei» disse, sorridendo.

«Grazie per avercelo detto» disse ancora Quin, seguito da un coro di voci che dicevano la stessa cosa.

L'unica persona a non dire nulla fu la donna ferma di fronte a me. Mi guardava con occhi spalancati. Non avevo idea di cosa dirle, o se avessi dovuto dire qualcosa di tutto principio.

Forse avrei dovuto tenere la bocca chiusa. Ma adesso era troppo tardi. L'unica cosa che mi restava da capire era se sapere la verità su ciò che avevo passato l'avrebbe portata a chiudersi dentro la sua testa un'altra volta.

Mentre ci pensavo, mia madre fece qualcosa che non mi sarei mai aspettato, da lei: si gettò completamente su di me, con le braccia a cingermi il collo, e mi strinse con forza disumana contro il suo corpo.

Poi la sentii singhiozzare. «Mi dispiace... Mi dispiace così tanto... Il mio bambino... Che cosa ho fatto?»

«Non te ne faccio alcuna colpa, mami. Stavi male. Avevi bisogno di aiuto. E io avrei fatto qualsiasi cosa per tenerti al sicuro. Ti voglio bene, mamma.»

«Oh, piccolo mio, ti amo così tanto! Sei tutto il mio mondo» disse, singhiozzando in silenzio sul mio collo.

La strinsi forte per tutto il tempo che fu necessario. Quando mi lasciò andare, decisi di concludere qualsiasi cosa fosse quella che stava succedendo in quel momento.

«Non posso neanche dirvi quanto ciò che avete fatto significhi, per me. Grazie.»

Tutti presero a sorridere.

«Adesso sto meglio. Penso che andrò a casa, e dovreste anche voi. A meno che non vi piaccia particolarmente la vista» dissi, indicando il lago che, di notte, faceva molta paura.

Alcuni risero.

«Come pensavo. Ma grazie per essere venuti qui per me. Dico sul serio» dissi, portandomi una mano sul cuore.

«E di che» disse Dan, girandosi verso la sua macchina. «Ci verrai agli allenamenti, ora?»

«Se riesco a tornare in tempo, certo.»

«Porta il culo a scuola, perché il coach perderà la testa se non vedrà arrivare la sua star indiscussa agli allenamenti ancora una volta» disse lui, sorridendo.

«Sì, okay, certo» risposi io, sorridendo di rimando.

Salutarli tutti richiese un po' di tempo. Promisi a Claude di farmi sentire, per sapere cosa stesse facendo. A differenza di molte delle persone con cui mi ero diplomato, Claude era andato via per l'Università subito dopo la fine della scuola. Mi disse però, quella sera, che si era appena trasferito di nuovo in città, e che c'erano tante cose che poteva raccontarmi. Io gli dissi che ne sarei stato lieto, e lo ringraziai di essere venuto.

Quando finalmente restammo soltanto io, mio fratello, Quin, mia madre e Titus, io non potei fare altro che sottolineare l'ovvio.

«Pare che tutti quelli che conosco fossero qui... tranne Kendall.»

«È stata lei ad organizzare tutto questo» disse Quin.

«Cosa?»

«Sì. È stato lei a dirci che ti avremmo trovato qui. E ci ha detto che questo era ciò che ti serviva di più.»

«Davvero?»

«Sì.»

«E allora perché non è qui anche lei?» chiesi, con il cuore esausto, a battere dolorosamente.

Quin si guardò intorno. Nel momento in cui lo fece, tutti si allontanarono, e restammo soli. Il cuore prese a battermi forte nel petto, spaventato all'idea di ciò che avrei sentito.

«Ha detto che non avrebbe avuto il coraggio di dirti tutto questo di persona, perciò mi ha chiesto la cortesia di farlo per lei.»

«Okay» dissi, sentendo il terrore dentro di me crescere.

«Mi ha detto che ti ama. Ti ama così tanto, che è disposta a fare tutto ciò che serve, per aiutarti. E questo, per lei, significa che non potete stare insieme. Perché lei vuole aiutarti, e vuole esserci per te, ma non può farlo a meno che tra di voi non ci sia una relazione strettamente professionale. Psicologa-paziente.»

Quin mi guardò negli occhi con compassione.

«Mi dispiace, Nero. Lo so che l'ami. Che cosa hai intenzione di fare, adesso?»

Restai a guardare Quin, ripetendo dentro la mia testa le parole di Kendall. Come poteva, una persona, rispondere a una cosa del genere? Che cosa avrei dovuto fare, adesso?

# **Capitolo 13**

Kendall

Ero ferma di fronte all'entrata che portava al Commons, chiedendomi se sarei stata in grado di fare ciò che dovevo fare. Questa sarebbe stata la prima volta che avrei parlato di nuovo con Nero da quando avevo organizzato quel raduno al lago. Quin mi aveva detto di aver passato il mio messaggio, e che Nero aveva accettato. E sapevo che l'aveva fatto davvero, perché non aveva provato a contattarmi, da allora.

Anche se... una parte di me aveva quasi dato per scontato che lo avrebbe fatto. Almeno per ringraziarmi. Non perché mi servisse la sua gratitudine; per me era abbastanza sapere di essere riuscita ad aiutarlo. Ma avevo semplicemente pensato che lui non sarebbe stato in grado di fermarsi.

Un'altra parte di me, invece, aveva sperato che lui semplicemente andasse contro la mia richiesta. Forse era la mia parte romantica, ma una parte di me aveva sperato di sentirgli dire che non aveva la minima intenzione di tenere le cose professionali, tra di noi, e che mi avrebbe avuto nella sua vita come ragazza, altrimenti niente.

Nel mio cuore, però, sapevo che quella sarebbe stata la decisione peggiore che avrebbe potuto prendere. Avrei potuto aiutarlo molto di più, in maniera professionale. Così, alla fine, fui contenta della cosa.

Ma... non c'erano forse persone che amavano sentire dire da qualcuno, «'Fanculo tutte queste regole, io ti voglio e basta.»? Potevo ammettere, almeno a me stessa, di essere una di quelle persone. Nonostante sapessi che la cosa fosse per il meglio.

Prendendo un ultimo, grande respiro, aprii le porte di metallo ed entrai nell'edificio. Una volta in alto, presi a guardare tutti i tavoli. Avevamo deciso di andare a mangiare fuori a cena al ristorante della caffetteria, e di dare inizio a quella che sarebbe stata, da quel momento in noi, la nostra sessione bisettimanale di terapia. Avevo cercato di inventarmi la cosa più noiosa possibile da fare. E Nero, ancora una volta con mia grande sorpresa, aveva accettato.

Quando lo trovai, lui trovò me nello stesso momento, ed io gli indicai il bancone per fargli capire che avrei preso prima qualcosa da mangiare. Fortunatamente, il suo cibo era già di fronte a lui sul tavolo. Gli avrebbe permesso di tenere il posto. Erano parecchio difficili da trovare, a quell'ora. Forse quello significava che era arrivato un po' prima.

Pagando con la tessera della scuola, presi il vassoio e andai verso il suo tavolo, sedendomi di fronte a lui. Provai a non pensare a quanto bello fosse. Provai anche a non pensare a cosa si provasse, a fare l'amore con lui, perché lo sapevo. Provai a non pensare alla sensazione che avevo provato nel sentirlo spingersi dentro di me.

La cosa sarebbe stata più dura di quanto avessi preventivato.

«Ciao», dissi, in imbarazzo.

«Ciao», rispose lui, senza il suo solito sorriso disarmante.

Sapevo bene di dover essere io a cominciare una conversazione, ma non era mai stata quella, la nostra dinamica. Era sempre stato lui quello che provava a farmi parlare. Tutto sembrava diverso e sbagliato, adesso, tra di noi. Ma avrei trovato un modo per far funzionare la cosa, a qualsiasi costo.

«Quindi… Quin mi ha detto che le cose sono andate bene, al lago. Ti trovi d'accordo?»

«Mi trovo d'accordo? Certo.»

Il silenzio fu ciò che restò per aria per un po', quando lui non aggiunse altro.

«Bene. Vorresti dirmi qualcosa riguardo questa esperienza?»

«Tipo cosa?»

«Qualsiasi cosa che ti sia rimasta più impressa. Qualsiasi che per me potrebbe essere importante sapere.»

Nero ci pensò su per un po'. «Ho detto a tutti di ciò che il proprietario di casa mi ha costretto a fare quando avevo quattordici anni.»

«Sul serio? E com'è andata?»

«Abbastanza bene. Alla fine, mi hanno ringraziato per averlo detto. C'erano alcune persone con cui mi sono comportato da vero stronzo, a scuola, e persino loro mi hanno ringraziato.»

Lo guardai confusa. «Quante persone c'erano?»

«Venti? Venticinque?»

Provai con tutte le mie forze a non reagire in alcun modo. Avevo detto a Quin che sarebbe stato di vitale importanza portare quante più persone possibili. Però, nella mia testa quelle ammontavano a sei. Venti equivalevano ad un'armata.

Avrei dato di tutto per poterlo vedere, o per essere lì. Dopotutto, ero stata io ad organizzare tutto ciò per l'uomo che amavo.

«È fantastico. Sono contenta che abbia funzionato. E che mi dici degli allenamenti? Quelli come vanno?»

Nero mi fece un resoconto delle cose per lo più irrilevanti che si era ritrovato ad affrontare in quei giorni, e poi mi guardò in attesa della prossima domanda. Ma la verità era che io ero rimasta a corto di cose da chiedergli. Abbassai lo sguardo sul mio piatto, chiedendomi se non fosse il caso di chiedere un cartone dove mettere il mio pranzo per andare via.

«E che mi dici di te?» mi chiese poi Nero. «Come te la passi? O, forse non dovrei chiederlo. Non so bene quali siano le regole.»

Ci pensai su. Neanche io sapevo quali fossero le regole; andavo un po' a sentimento, ancora.

«No, puoi chiedere» gli dissi, rivolgendogli un sorriso tirato.

«Allora, come stai?»

Mi chiesi se avessi potuto rispondergli con sincerità. Di certo non potevo dirgli di quanto fosse stato doloroso e difficile, accettare il fatto che avrei dovuto mantenere una relazione strettamente professionale, con lui. Quanto difficile fosse ancora, soprattutto quando ce lo avevo di fronte. Non poteva sentirmi dire una cosa del genere.

«Oh! Ho visto qualcuno di completamente inaspettato, di recente.»

«Chi?»

«Evan Carter.»

Nel momento stesso in cui pronunciai il suo nome, il corpo di Nero si tese dalla rabbia. I suoi occhi passarono da cucciolo smarrito a bestia di Satana.

«Non preoccuparti. È andato tutto bene.»

«È andato bene? Come?»

«È venuto a trovarmi in campus, in realtà.»

«Gli avevo detto che se fosse venuto a cercarti—»

«No, Nero, dico sul serio! È stato un bene. A quanto pare, il motivo per cui si è comportato così male con me durante gli anni del liceo è che gli ho detto una cosa abbastanza cattiva e me ne sono completamente dimenticata. Ma poi l'ho visto cadere per terra in ginocchio, piangendo, pregandomi di perdonarlo! E non perché era spaventato, ma perché davvero ci stava male.»

«Il fatto che stai sorridendo mi dice che ti è piaciuta molto, la scena» osservò Nero.

«Sto sorridendo?»

«Tantissimo.»

Stavo davvero sorridendo. «Oh, beh, devo dire che è stato un sogno che diventa realtà.»

«Pensavo che quello fosse stato il mio pestarlo a sangue.»

«Prima di sapere che vedere te che lo pestavi potesse essere un'opzione, il mio sogno era sempre stato quello di vederlo in ginocchio a pregare per il mio perdono. Ma non so se sarebbe mai riuscito a farlo, se tu non avessi fatto quello che hai fatto. Pare che, all'inizio, avesse pensato che con quell'episodio le cose tra di noi potessero essere considerate pari. Quindi devo comunque ringraziarti, a quanto pare.»

«È bello sapere che almeno ho avuto una piccola parte nella tua felicità» disse, ritrovando il suo sorriso, per quanto fosse amaro.

«Hai avuto una parte fondamentale» ammisi io, con vulnerabilità.

«Magari potrei ancora?» chiese lui, aprendomi completamente il cuore.

Dio, quanto avrei voluto dirgli di sì. Ma, invece, distolsi lo sguardo.

«Giusto, sì» disse allora, prendendo a raccogliere le sue cose. «C'era qualcos'altro di cui avremmo dovuto parlare?»

«No. Se sta andando tutto bene, e che non abbia sentito l'impulso di prendere a pugni qualcosa, credo di no.»

«No, niente del genere. Anzi, non credo di aver mai avuto così chiaro ciò che voglio, e cosa fare per ottenerlo.»

«Oh! E di che si tratta?»

Nero inchiodò i suoi occhi ai miei, poi si alzò. «Hai detto che non ci è concesso parlarne» mi disse, tenendo gli occhi nei miei ancora un po', e andandosene poi via.

Non sapevo a che cosa si stesse riferendo, esattamente. Che cosa avevo detto riguardo a ciò di cui non potevamo parlare? C'erano delle cose che avevo reso chiare dovessimo lasciare andare, ma non ricordavo di aver messo dei paletti su qualche discussione in particolare.

Non mi resi conto di quanto difficile sarebbe stato, per me, guardarlo andare via fino a quando non lo feci. L'immagine del suo didietro mi restò impressa nella mente per tutto il tempo. Qualcuno avrebbe potuto dire che aveva a che fare con l'incredibile culo che si ritrovava, ma era più di questo. Il fatto che lo vedessi significava che stava andando via. Che mi stava lasciando. E il pensiero di stare senza di lui mi fece così tanto male da spezzarmi in due.

Più passavano i giorni, le settimane, più le cose restavano difficili. Nero ed io continuammo ad incontrarci ogni settimana per le nostre sessioni e, dalla sua parte, Nero continuò a tenerle professionali come la prima. La verità era che ogni singolo appuntamento con lui mi faceva capire quanto solitaria fosse stata la mia vita, prima di conoscerlo.

Certo, Cory era fantastica. E aiutarla a fare i conti con la sua identità, con il suo orientamento sessuale, a capire che fosse bisessuale, era fantastico. Ma con Nero era anche sopraggiunto un nuovo senso di famiglia, e una migliore amica che avrei tanto voluto rivedere. Così, quando ricevetti un messaggio da Quin che mi invitava per cena, non potei accettare più in fretta.

«Come stai?» le chiesi subito, sedendomi al tavolo del ristorante Thai che avevamo scelto.

«Bene! Penso di aver finalmente completato il trasloco con Cage! Non vedevo l'ora!»

«Sei andata lì più spesso?»

«Sfortunatamente no. Ci sono andata la scorsa settimana, ma questa non posso. Oh, a proposito, sto organizzando una serata di giochi da tavolo sabato, oppure domenica. Ti andrebbe di venire?»

Non dovetti neanche pensarci. Ovviamente mi andava.

«Nero ci sarà?»

«Ha una partita fuori porta questa settimana, quindi probabilmente no. Ma è una partita importante, per lui, perciò probabilmente la metteremo in tv in sottofondo, per guardarla.»

Ci pensai su. Mi mancava passare del tempo con Quin tanto quanto mi mancava stare con Nero. Però, almeno con quest'ultimo mi vedevo ogni due settimane. Quin era completamente sparita dalla mia vita.

Lo capivo. Aveva un po' delineato i limiti, e Nero era praticamente suo cognato. Ma l'idea di passare del tempo con lei mentre Nero faceva ciò che sapeva fare meglio sembrava irresistibile.

«Posso farti sapere dopo?»

«Certo» disse Quin, restando poi in silenzio. Mi sembrava delusa.

«Non è che non voglio venire. È solo che non so se dovrei.»

«Lo sai, una volta anch'io ho scelto il mio lavoro invece di scegliere Cage.»

«Che intendi?»

«Io sono cresciuta con una grande pressione addosso; quella di fare la cosa giusta. E per me, questo significava cambiare il mondo con il mio lavoro. Per me,

Cage e Snowy Falls non potevano rientrare dentro quel quadro. Così ho scelto quello, piuttosto che Cage.»

«E poi cos'è cambiato?»

«Qualcuno di molto più saggio di me mi ha fatto cambiare idea.»

«Lo sai che le nostre situazioni sono diverse, però. Vero?»

«Certo. Tu pensi che, per poterlo aiutare, devi rinunciare ad averlo nella tua vita, perché è l'unica soluzione.»

«E lo è. È una regola vecchia cent'anni della psicologia. Non puoi avere un rapporto personale con la persona che stai cercando di aiutare.»

«Ma tu non sei la sua psicologa, però, Kendall.»

«Chiamalo come ti pare. Sono la persona che farà tutto ciò che serve per assicurarsi che lui sia felice.»

«E hai mai preso in considerazione il fatto che il periodo più felice che io gli abbia mai visto passare è stato quello che ha passato con te? Ho visto il modo in cui siete, quando siete insieme. E non l'ho mai visto così felice.»

Ripensai al nostro tempo a Snowy Falls. Dovevo darle ragione. Non solo quel weekend era stato anche il mio periodo più felice, ma era anche quello in cui avevo visto Nero esserlo di più.

«Io voglio davvero aiutarlo ad ottenere tutto ciò che ha sempre voluto, Quin.»

«E che succede quando ti renderai conto che quello che ha sempre voluto sei tu?»

Volevo così tanto credere alle sue parole...

«Penso che sappiamo entrambe quanto conti il football, per Nero.»

Quin distolse lo sguardo, annuendo piano.

«Tu lo ami, Kendall?»

Venni presa completamente in contropiede da quella domanda. «Come?»

«Sto dicendo tutte queste cose, ma che importanza hanno le mie parole, se tu in fondo non lo ami?»

Che cosa avrei dovuto dirle? Certo che lo amavo. Lo amavo così tanto che solo pensarlo faceva male. Nei giorni in cui sapevo di doverlo vedere per il nostro appuntamento, riuscivo ad alzarmi senza alcuna difficoltà; era diverso quando invece i nostri appuntamenti non c'erano. Non aveva alcuna importanza che non potessimo stare insieme, cosa ci riservasse il futuro. Il fatto stesso che sapessi di avere quegli appuntamenti con lui, di poterlo vedere, mi permetteva di continuare a respirare.

«Sì, lo amo.»

«Lo stesso saggio che mi ha aiutato a cambiare idea, quella volta, mi ha detto che quando sei fortunata abbastanza da trovare l'amore, dovresti sempre scegliere quello sopra ogni cosa.»

«E non l'ho fatto? Ho scelto di mettere la sua felicità prima della mia.»

«L'hai fatto? Oppure non hai fatto altro che scappare da una cosa che non conosci davvero, e che ti fa paura? Non mi hai detto molto sul tuo passato, Kendall, ma non potrebbe essere che tu sia stato ferita, prima, e che adesso usi la distanza professionale come uno scudo per non permettere più che accada?»

Provai con tutta me stessa a non ascoltare le parole di Quin, ma il modo in cui mi sentii fu chiaro. Ero stata ferita, in passato. Evan Carter aveva riempito la mia adolescenza di nient'altro che dolore e sfiducia. La nuvola che questo aveva creato era così spessa, che a malapena riuscivo a vedere oltre a essa.

Quindi... Quin aveva forse ragione? Stavo usando la scusa della distanza professionale come uno scudo per proteggermi da possibili altre ferite? Ero solo... spaventata?

Anche quando Quin cambiò argomento, io non feci altro che pensare alle sue parole ancora, ancora e ancora, per tutta la notte. Quando fummo sul punto di andarcene, mi ricordò ancora una volta della serata di gioco.

«Hai detto che Nero non ci sarà?»

«Ha una partita importante quel weekend. Penso che non riuscirebbe ad arrivarci con i tempi neanche se volesse. Non vorresti, se ci fosse?»

«Non lo so. Ma visto che non c'è, immagino che non abbia importanza. Mandami il giorno in cui la farete. Io proverò a farcela» dissi, lasciando a me stessa la possibilità di tirarmi indietro, se una volta arrivato il momento avessi cambiato idea.

Quin non ci provò neanche a nascondere la sua felicità a riguardo. «Ah, sono contenta! Non hai incontrato la mia coinquilina, ancora. Lou. Ci sarà anche lei.»

«E Titus?» chiesi, ricordando quello che Nero mi aveva detto riguardo Titus e la compagna di stanza di Quin.

Quin scoppiò a ridere. «Okay, okay. È chiaro che anche tu sai di loro due. Non riesco a capire perché semplicemente non la fanno finita di fare gli stupidi e si mettono insieme.»

«A Lou lui piace, vero?»

«Chi può dirlo, con quella? Penso sia ancora troppo occupata a cercare quello che le manca, per realizzare quello che ha già.»

«Quanti drammi!»

«Mi sento dentro una soap opera» disse lei, scoccandomi un sorrisetto.

«Beh, io sono pronta per la mia entrata in scena» dissi, sapendo bene quale ruolo avrei interpretato.

«Non intendevo te.»

«Sì, intendevi anche me. Ma va bene. Lo capisco.»

«Io penso solo che potreste essere felici, insieme.»

«Magari, sì» ammisi, senza neanche accorgermene, per la prima volta. «Ma che ne dici se cominciamo con una serata di giochi da tavolo?» dissi invece, sorridendo.

Quando ci salutammo, io ero proprio di buon umore. Mi era mancata davvero tanto. Non vedevo l'ora di passare di nuovo del tempo con le persone che avevo conosciuto tramite lei e Nero.

Però, nel momento stesso in cui pensai a Nero e me insieme, successe una cosa strana. Mi sentii stringere forte il petto. Quella fu una sensazione nuova; non l'avevo mai provata, prima. Certo, dovevo anche ammettere che non avevo mai permesso a me stessa di pensare davvero a me e Nero in una relazione.

Non era lo stesso, pensare di fare sesso con lui. Quello lo facevo praticamente tutti i giorni. Così come pensavo costantemente al calore e alla sicurezza che avevo provato, stesa su quel letto tra le sue braccia. Ma aprirmi a lui, mostrargli il mio cuore? Rendermi vulnerabile? Dargli il potere di ferirmi, come avevano fatto tutti gli altri?

Forse avevo davvero messo dei paletti e allargato le distanze tra me e Nero a causa della mia paura. Ma se quello fosse stato il caso, avrei mai potuto cambiare le cose, se volevo? Non solo avrei dovuto combattere contro una parte di me che chiaramente era forte, ma avrei anche dovuto capire come portare Nero al mio fianco. Non lo avevo forse allontanato? Spinto via? Nero non era andato avanti?

Realizzare per la prima volta che ci fosse la grande possibilità di averlo davvero perso per sempre mandò un'ondata di fuoco a percuotermi da capo a piedi. Avevo davvero rovinato le cose. Che cosa avrei dovuto fare, adesso?

Quando finalmente arrivai in stanza, restai a fissare il mio telefono per tantissimo tempo. Volevo chiamarlo. Sentivo il bisogno di sentire la sua voce. Avrei potuto chiamarlo, però? E dall'altro lato continuavo a dirmi, perché mai non avrei potuto?

Trovai subito il suo numero, ed ero sul punto di pigiarci su col dito per chiamare, quando all'improvviso mi fermai.

Non ce l'avrei fatta.

Era troppo. Era troppo spaventoso.

Così decisi di fare l'unica altra cosa che avrei potuto fare. Scrivergli.

*In bocca al lupo per la tua partita, questo fine settimana.*

La sua risposta arrivò immediatamente.

*Grazie! È una molto importante.*

*Andrai alla grande. Lo so che lo farai.*

Ci fu una pausa, un momento di silenzio e immobilità durante il quale io restai a fissare quel 'Online' scritto proprio sotto il suo nome.

*Se vuoi, la vinco per te,* scrisse poi.

Restai a fissare le parole. Che cosa avrei dovuto rispondere ad una cosa del genere? Come psicologa, era chiaro cosa avrei dovuto dirgli: che avrebbe dovuto vincerla per se stesso. Ma non volevo rispondergli così.

*Vinci per me,* risposi allora, prima ancora di realizzare cosa le mie dita stessero facendo.

*Qualsiasi cosa, per te,* rispose lui, inviando subito dopo una faccina sorridente che mi sciolse il cuore.

Mi sentii la pelle andare a fuoco quando rilessi le sue parole. Dentro di me sentivo un tornado di emozioni. Paura. Gioia. Apprensione. Volevo scappare via nella notte e raggiungerlo. Sentivo ogni singola cosa.

Quello che stava succedendo era esattamente ciò di cui avevo avuto paura dal momento in cui lo avevo conosciuto. E se mi avesse mandata via, ora? Come avrei fatto a sopravvivere, una volta abbassate le mie difese? Non credevo di potercela fare. E cosa avrei dovuto fare io, invece?

Non dormii neanche per un secondo, quella notte. A malapena riuscii a dormire la notte successiva. Ero esausta, eppure non mi sentivo neanche stanca.

Era come se qualcuno mi avesse iniettato una quantità illegale di Red Bull in corpo. Il cuore mi batteva così forte da essere sul punto di esplodere. L'unica cosa che riuscì a darmi sollievo fu il messaggio di Quin che ricevetti, in cui mi diceva che la serata giochi sarebbe stata la domenica.

*Quindi non guardiamo la partita di Nero? Non sarà sabato?*

Quin non fu altrettanto veloce, con le sue risposte.

*Abbiamo tutti promesso di non guardare la partita fino a domenica sera, quando saremo insieme. Promesso?*

Non sapevo cosa rispondere. Io non ero un'appassionata di football, ma certamente ero una fan di Nero. Non aveva detto che avrebbe vinto quella partita per me? Non avrei dovuto quantomeno fargli le mie congratulazioni, se l'avesse fatto?

*Nero lo sa che aspetterete tutti per guardarla?*

*Sì. E gli ho detto che tu sarai con noi quella sera. Quindi, prometti?*

*Fintanto che lui lo sappia.*

*Lo sa.*

*Okay, allora proverò a non sentire nulla al riguardo fino a domenica sera.*

Pensai a Nero dal momento in cui aprii gli occhi il sabato mattina, fino a quando arrivò il momento in cui, ero abbastanza certa, fosse giunta la fine della partita.

«Hai sentito della partita del tuo amico?» chiese Cory nel momento stesso in cui entrò in camera.

«No! Non dirmelo! La guardo domani con Quin e gli amici di Nero. E da quando a te piace il football?»

«Non mi piace» rispose lei, guardandomi in maniera strana. «È solo che è stata una partita interessante, ecco.»

«Interessante anche se a te non piace?»

«Immagino di sì» disse, con esitazione. «Oh, comunque, penso sia il caso che tu resti in questa stanza, se non ti va di sentire cose riguardo la partita.»

«Dici sul serio?»

«Decisamente, sì.»

«Beh, fortunatamente, l'unico mio piano per la giornata era andare in caffetteria a mangiare.»

«Non ti conviene fare neanche quello. Ma, per tua grandissima fortuna, io sto andando proprio lì. Vuoi che ti porti qualcosa?»

«Ehm... certo? Okay, che cosa è successo in questa partita?»

Cory restò a guardarmi, gli occhi luccicanti.

«No, davvero, non è stato niente. Lo vedrai domani. Credo sarà più divertente, in questo modo. Potrai goderti la partita appieno. Ti porto qualcosa da mangiare» disse Cory, lasciando andare le sue cose sul tavolo e uscendo dalla stanza.

Anche se non aveva detto nulla a riguardo, dalle sue parole avevo ormai capito che l'East Tennessee doveva aver vinto. Sapeva cosa provavo per Nero. Non avrei neanche potuto immaginarlo a sorridere in quel modo, se il ragazzo che sapeva io amassi aveva perso una partita.

Provando a perdere del tempo, aprii Netflix sul telefono e cercai qualcosa da guardare, ma l'unica cosa che davvero volevo fare era parlare con Nero. Resistere alla tentazione di mandargli un messaggio fu la cosa più dura che avessi mai fatto in tutta la mia vita. L'unica cosa che la rendeva più semplice era il fatto che Nero non mi aveva scritto. E, visto che sapeva che non avrei guardato la partita prima dell'indomani, sapeva che avrebbe dovuto scrivermi per darmi notizie al riguardo.

Quando Cory tornò in camera con il mio cibo, il suo umore era totalmente diverso. Non mi sembrava più come se stesse nascondendo un segreto, ma, allo stesso tempo, chiaramente stava cercando di non guardarmi. Che motivo c'era di comportarsi in maniera così strana?

La mattina dopo, le cose non andarono molto meglio. Era bello avere qualcuno che mi portava le cose in camera per mangiare; non mi era mai particolarmente piaciuto dover trovare un posto dove sedermi, in caffetteria, e poi mangiare tutta sola. Mi aveva sempre fatto sentire incredibilmente a disagio, perciò di certo non mi sarei lamentata del fatto che Cory mi stava dando una scusa per evitarlo. Ma era comunque tutto molto strano.

Uscii fuori dalla mia camera soltanto per farmi una doccia, e quando arrivò il momento mi preparai per la serata da Quin e mi misi in cammino. E, forse ero io che ero un po' paranoica, ma sulla strada dal mio dormitorio a quello di Quin mi sembrò di avere tutti gli occhi della gente puntati addosso. Il che era proprio strano, perché per quale assurdo motivo avrebbe dovuto guardare proprio me, la gente?

Ma, se fosse stato vero, allora lo avrei semplicemente ignorato. Abbassai la testa, e continuai a camminare verso casa di Quin. Fortunatamente, quando arrivai lì nessuno sembrava strano. Avrei voluto raccontare loro di quanto invece lo era stata Cory, ma alla fine non lo feci; avevo paura di far sapere loro com'era andata a finire la partita prima del tempo, rovinando la loro sorpresa. Così, invece, trovai posto accanto a Quin e mi godetti il momento.

«Cosa facciamo? Giochiamo a Wavelength o guardiamo la partita? Perché se giochiamo, allora vorrei solo dirvi che Lou e io vi faremo il culo, stasera!» annunciò Titus, scoccando un sorriso luminoso.

Io mi girai a guardare la ragazza mingherlina e dal modo di fare malizioso seduta accanto a Titus, e sorrisi. «Non credo abbiamo avuto il piacere di conoscerci, prima. Io sono Kendall» le dissi, allungando il braccio per stringerle la mano.

«Lou. Quindi sei tu quella che ha una tresca con Nero...» rispose lei, sorridendo di rimando.

«Non cominciare neanche, Lou» disse subito Quin.

«Che c'è? Le ho solo fatto una domanda!»
«Certo, okay.»

«No, ma dico, ma per chi mi avete presa?» chiese lei, sembrando davvero offesa.

«Ti abbiamo presa, solo?» chiese Quin, sorridendo.

Lou le scoccò un'occhiata incredula.

«Non preoccuparti, Lou. Ti proteggo io» disse Titus, allungando il braccio sulle sue spalle e guardando Quin con disapprovazione.

«Almeno qualcuno lo fa» disse Lou, come ferita.

Quin si girò a guardarmi e mimò con la bocca, *Dramma!*

Io ridacchiai.

Quando Titus e Lou si persero nella loro conversazione, io mi girai a guardare Quin e sussurrai, «Titus non era in squadra con Nero?»

«Sì, ma è stato tagliato fuori un paio di partite fa. Non chiederglielo. È ancora un tasto dolente.»

Stavo per chiedere della squadra di Nero in generale, quando il campanello di casa suonò, con un suono simile a quello del morse code, per qualche motivo.

«È Cage. Mi ha detto di avere una sorpresa» disse Quin, alzandosi per aprire. «Sono già tutti qui!» disse a lui rispondendo al citofono, poi aprì la porta.

Cage entrò con in mano due scatole grandi di pizza. Quin lo salutò per prima, baciandolo.

«Qual è la sorpresa?» chiese Quin, confusa.

Cage alzò gli occhi e li puntò su di me, poi guardò gli altri. «Una di queste pizze ha l'ananas sopra.»

Titus rise. «E come fa questa ad essere una sorpresa? Ne porti una ogni volta.»

Quin guardò Titus. «È una sorpresa perché gli avevo caldamente suggerito di cambiare questa pizza con un'altra, almeno per una volta.»

«Dici sul serio, amore? Oh, mi dispiace! Me ne sono dimenticato.»

Lou scoppiò a ridere. «Sì, ti crediamo tutti. E adesso dirai anche che ti sei convenientemente dimenticato di portare con te il tuo amico che sembra uno schianto, quello di cui continui a parlare.»

«Chi, Claude? Avrei dovuto invitarlo?» chiese Cage, guardando la stanza.

Lou gli scoccò un'occhiataccia. «Ti perdonerò, soltanto perché sei molto dolce.»

I miei occhi trovarono subito Titus. Aveva ancora quel suo solito sorriso ad incurvargli le labbra, ma adesso era meno luminoso, e i suoi occhi non erano su nessuno in particolare.

«Comunque, che ne dite se mettiamo in TV la partita? Voi fate quello, e io comincio a preparare il tavolo per Wavelength.»

«Ti aiuto» dissi a Quin, già pronta a divertirmi.

Per prima cosa, Quin accese la televisione. Nel momento stesso in cui lo fece, un telecronista stava parlando di Nero. Venni colta di sorpresa dalla cosa.

«... Sta ormai battendo ogni singolo record come matricola, ed è ormai quasi certo che entrerà a far parte di qualche squadra professionale per la fine dell'anno», era intento a dire l'uomo dai capelli grigi.

«Essere preso in considerazione ed entrare effettivamente in una squadra dell'NFL sono due cose molto diverse» disse un giovane atleta accanto all'uomo.

«Beh, vedremo cosa ci riserverà il suo gioco, oggi. Come tanti prima di lui, al momento resta uno dei tantissimi giovani che sperano di fare una buona impressione in questa partita per poter essere considerato ai piani alti.»

«Quindi questa è *veramente* una partita importante, per Nero?» chiesi a Quin, perché non mi ero resa conto di quanto davvero quella partita contasse.

«Rappresenta la prima partita in cui avrà la possibilità di farsi vedere a livello nazionale. Se riesce ad essere preso in considerazione, non significa che sarà preso da qualche squadra professionale, però avrà la possibilità di provarci. Gente importante verrà a vederlo giocare, per capire quanto velocemente corre, quante cose sa fare. Cose così. Questa partita, più di tutto, è quella che dimostra a chi conta quanto un giocatore riesca a giocare bene sotto pressione, quando sa di avere gli occhi di qualcuno di importante addosso. Il modo in cui reagisce e risponde alla pressione sul campo, è molto importante» mi spiegò Quin.

Nel momento stesso in cui Quin mi spiegò quanto davvero importante fosse quella partita, la mia testa non ebbe nessun altro pensiero che Nero. Certo, aiutai comunque a sistemare la tavola per il gioco, e giocai anche un po', ma la mia attenzione era sempre rivolta alla TV. Quando le due squadre cominciarono a camminare lungo i tunnel e verso il campo, il mio cuore prese a battere dolorosamente.

«È lui! È Nero!» dissi a tutti quando il suo viso spuntò sullo schermo mentre era intento a riscaldarsi.

Dio, quanto era bello. Lo avevo già visto con la sua uniforme da football, ma... mai così da vicino. Ero stata seduta sugli spalti del campo dell'Università, e sì, sapevo chi fosse, ma la sensazione non era la stessa. Vederlo lì, così vicino ai miei occhi... dovetti girare lo sguardo per nascondere quanto la sola vista mi rendesse felice.

Quando lo vidi finalmente correre in campo, ero così nervosa che a malapena riuscivo a respirare. Non ci volle molto perché lui trovasse il suo posto nel campo e la palla cominciasse a volare. In un attimo, Nero stava correndo con la palla tra le mani. Non avevo neanche visto quando l'aveva presa, tant'era stato veloce. E, correndo contro un muro fatto da ragazzi che sembravano enormi, lui trovò in qualche modo uno spiraglio per passare.

«Oh, Dio!» dissi, saltando in piedi. «Ce l'ha! Ce l'ha!» dissi, mentre lui sorpassava un difensore dopo l'altro.

Alla fine, Nero prese a correre su uno spazio completamente aperto, infinito, solo per lui. Oltrepassò la metà del campo, poi di più, fino a quando restò un solo difensore in vista. Quello che avrebbe dovuto fermare Nero prima che sorpassasse la linea che gli avrebbe permesso di fare goal.

L'avversario si abbassò, e Nero saltò in aria. Come fosse un acrobata, Nero saltò oltre il giocatore e sembrò fare una piroetta per aria, atterrando per terra con un giro su se stesso che non sembrava neanche reale. Fu la cosa più bella che avessi mai visto.

«Che l'ha fatta!» urlai, quando Nero si alzò esattamente dall'altro lato della linea di goal.

Tutti scoppiamo ad urlare felici. Non mi ero mai sentita in quel modo. Come fossi ubriaca, ma senza aver bevuto neanche un singolo goccio d'alcol. Volevo averne di più, di ciò che avevo appena visto. Non avevo fatto altro che evitare il football per tutta la vita; perciò, non mi ero mai resa conto di quanto potesse essere interessante, di come potesse farti sentire. Quella era una prima esperienza, per me.

Non ci fu modo di tornare a dare la mia attenzione al gioco da tavolo, da quel momento in poi. Le uniche due persone che sembrarono riuscirci furono Lou e Titus. Alla fine, presero a giocare insieme soltanto loro due. Io, Cage e Quin, invece, ci mettemmo direttamente di fronte alla televisione, incollati allo schermo come se le nostre vite dipendessero da questo. Mi chiesi tra me e me quanto della mia in effetti lo facesse.

Nero aveva detto che avrebbe vinto quella partita per me. Che cosa avrebbe significato, la sua vittoria? Che cosa sarebbe successo se fosse stato davvero scritturato per provare ad entrare in una squadra professionale? Non sarebbe stato costretto a trasferirsi, a quel punto? Avrebbe mai voluto stare con una ragazza del college mentre giocava a football per una squadra professionale?

Per quanto fossero preoccupazioni lecite, le mie, decisi che avrebbero potuto aspettare. Perché, per quanto il primo tempo fosse stato grandioso, sapevo che c'era ancora tanto che mi aspettava. La palla non arrivò sempre nelle mani di Nero, ma quando lo fece, era un goal automatico. Era la cosa più incredibile che io avessi mai visto in tutta la mia vita.

E non ero l'unica. I telecronisti non riuscivano a smettere di parlarne. Lo chiamavano piccola star. E lo era. Con ogni singolo passo, ad ogni singola nuova mossa che faceva, io mi ritrovai a sentire quella fiamma calda e rassicurante dentro il mio cuore con cui ormai ero arrivata a fare i conti, quella che rappresentava il mio amore per Nero, per l'uomo che mi aveva ormai già cambiato la vita, farsi sempre più grande.

A metà del tempo, la squadra di Nero era in testa di dodici punti. I telecronisti dissero che Nero aveva superato qualsiasi altro record registrato in precedenza, soprattutto per il numero di yard corse in quel poco tempo. Ero così fiera di lui, che sentivo il cuore pronto ad esplodermi. Sarei stata in grado di scoppiare a piangere soltanto al pensiero.

Quando il secondo tempo finalmente cominciò, Nero riprese da dove aveva lasciato. Schivando, scivolando, saltando, sembrava di guardarlo danzare piuttosto che giocare, su quel campo. Nessuno avrebbe potuto fermarlo.

Per la fine della partita, i telecronisti non riuscivano a smettere di ripetere quanto avesse superato qualsiasi altro record precedente nella storia del football. Ne parlavano tutti e con così tanta veemenza che, per quando alla fine tagliarono e mostrarono un'intervista fatta proprio con lui a fine partita, io mi ritrovai a dovermi asciugare le lacrime dagli occhi.

«Nero Roman, hai appena battuto ogni singolo record nella storia del football universitario tra numero di yard corsi, numero di palle prese, e numero di touchdowns in una partita, e sei solo una matricola. Il tuo nome verrà scritto e ricordato per molte generazioni a venire, lo sai, vero? Devo chiedertelo, dunque: cos'è che ha ispirato questa meravigliosa partita?»

Nero guardò la donna che lo stava intervistando con una luce strana negli occhi. Come avesse aspettato tutta la serata per ricevere quella domanda.

«L'amore. È stato l'amore ad ispirare tutto questo.»

«Il tuo amore per il football!»

«No», disse lui, ridacchiando. «Io amo il football, non mi fraintenda. È una cosa bellissima, e mi sento me stesso in campo. Ma non si tratta di questo; prima della partita ho detto a qualcuno che avrei vinto per questa persona. Che avrei fatto di tutto per riuscirci. E quindi l'ho fatto.

«Perciò, *Kendall*... tutto quello che ho fatto stasera, l'ho fatto per te, per te e basta. E lo so che pensi che non dovremmo stare insieme, ma sono stanco di dirti che mi va bene. Perciò voglio che tu sappia che ho intenzione di fare tutto quello che serve, e superare ogni linea immaginaria che abbiamo, per stare con te. Perché mi rendi migliore. Perché mi fai venire voglia di essere migliore. E quando riuscirò a farti tornare nella mia vita, so che mi renderai la persona più felice su questo pianeta.

«Io ti amo, Kendall, dal primo momento in cui ti ho vista. E niente, e nessuno, potrà fare o dire qualcosa che cambierà quello che provo per te. Mai» disse, i suoi occhi ormai lucidi mentre fissava la telecamera, come stesse cercando di guardare solo ed esclusivamente me.

«Beh, Frank, eccoti qui una bella risposta! Una partita che entrerà negli annali portata a termine in bellezza da una matricola, e tutto non per l'amore provato per il gioco, ma per vincere l'amore di una ragazza. Non abbiamo mai visto nulla di simile. E adesso di nuovo a te—»Restai a fissare la televisione senza alcuna parola. Non riuscivo a respirare. Mi ci volle un po' per capire che stavo piangendo, e quando mi guardai intorno, notai di non essere l'unica: perché l'unica persona a non piangere era rimasta Cage. Lui stava semplicemente sorridendo, e mi guardava come se sapesse qualcosa che io, invece, non sapevo. E fu in quel momento, allora, che si alzò, andò verso la porta, e la aprì.

«Ora, tornando a quella sorpresa che dicevo…» disse, facendosi da parte per far vedere Nero fermo dall'altro lato della porta, un mazzo di rose tra le mani.

«Nero? Sei qui!» urlai io, scattando in piedi.

«Ho sentito che saresti venuta per la serata gioco… Non volevo perdermela» disse lui, sorridendo.

Il cuore mi si sciolse in un istante. Non riuscivo a parlare.

Nero entrò in casa, e quando mi fu proprio di fronte, sentii gli occhi di tutti gli altri addosso a noi.

«Ti ho comprato queste» disse, allungando il mazzo di rose verso di me. La cosa non aiutò per niente, con le mie lacrime.

«Ma sei tu che hai vinto la partita. Non dovrei essere io quello a darti dei fiori?»

«Certo, se questo avesse a che fare con il gioco. Allora forse sì. Ma non c'entra niente.»

«E con cosa ha a che fare?»

«Hai sentito quello che ho detto alla fine della partita?»

Strinsi le labbra, e annuii subito.

Nero aprì la bocca per parlare, ma poi la richiuse, guardandosi intorno.

«Pensate che potremmo avere un po' di privacy?»

«Certo, fratello» disse Cage. «Perché non andiamo a prenderci del gelato?» chiese poi a tutti gli altri. «Ne volete un po' per quando torniamo?»

Nero era già tornato a guardarmi, ed io stavo ancora guardando lui. Non riuscivo a staccargli gli occhi di dosso.

«Sì, ne porteremo un po'» disse Cage, rispondendo a se stesso prima di uscire di casa seguito da tutti gli altri, lasciandoci soli.

Quando finalmente restammo soli, Nero afferrò la mia mano e mi portò verso il divano. Poi spense la televisione, e lasciò le mie rose sul tavolo per poter prendere entrambe le mie mani tra le sue.

«Intendevo tutto quello che ho detto, Kendall. Nessuno mai ha fatto quello che tu hai fatto per me. Far venire tutte quelle persone a trovarmi, al lago? Fare dire loro quanto significassi per loro? Chi mai farebbe una cosa così meravigliosa? Sei la ragazza più incredibile che io abbia mai conosciuto. Sarei uno stupido se semplicemente ti lasciassi scivolare via dalle mie dita.»

Aprii la bocca per parlare, ma lui non me ne diede il modo.

«E so cosa stai per dire. Che pensi che l'unico modo che hai per aiutarmi sia mantenendo le cose professionali, tra di noi. Ma se io dovessi scegliere tra l'avere una carriera come giocatore di football e te, Kendall, io sceglierei te. Se la scelta fosse tra un milione di dollari e te, Kendall, io sceglierei sempre te. Non c'è una singola cosa che sceglierei al tuo posto. E se ci dai un'occasione io ti prometto, te lo prometto, non te ne farò mai pentire.

«Lavorerò sodo ogni singolo giorno per renderti felice tanto quanto lo hai fatto già tu. E non m'importa cosa diranno di noi, cosa penseranno. Ti amo, ti amerò sempre, e voglio stare con te. E spero solo che tu dirai di sì.»

Con gli occhi fissi nei suoi, non potei dire nient'altro che una sola parola.

«Sì.»

«Sì, starai con me?» disse, la sua espressione improvvisamente luminosa.

«Sì, starò con te. Sì, ti amo. Sì a tutto quanto» dissi, sentendo improvvisamente il bisogno di averlo.

«Non ci posso credere, io—»

Fu a quel punto che lo baciai. La sensazione di avere le sue labbra nuovamente sulle mie fece sciogliere di colpo il mio cervello, mi fece girare la testa. Avevo bisogno di essere parte di lui. E, come in grado di leggermi nella mente, Nero afferrò la mia testa e mi schiuse le mie labbra.

Le nostre lingue presero a danzare insieme, e fu come andare a fuoco. Mi sentii viva per la prima volta nella mia vita. Il calore si propagò dentro di me, ma io volevo di più. Così, quando lui fece scivolare la sua mano sotto la mia maglietta e toccò la mia pelle nuda, io gemetti di piacere.

Come infiammata dal mio stesso piacere, Nero mi liberò subito della maglietta. Poi mi spinse sopra il divano, e prese il totale controllo della situazione. Mi portò le braccia sopra la testa, girando il mio viso per potermi mordere il lobo dell'orecchio. Non riuscivo a respirare.

La sua lingua prese a leccarlo completamente, e la sensazione mi fece andare a fuoco. Riuscivo a sentire ogni singolo suono. Mi stava facendo impazzire. Il mio petto si alzava ed abbassava come impazzito, e io non riuscivo a fermarlo. Così, quando lui cominciò a farsi strada lungo il mio corpo con le labbra, fermandosi proprio sopra il mio capezzolo, le mie gambe presero a tremare dal desiderio.

Con le mani strette sulle mie braccia, Nero prese a mordermi i capezzoli. Ero estremamente sensibile, e lui stava mordendo. E faceva male, ma quel dolore mandava scariche di piacere che mi fecero perdere la testa.

Quando sembrò non avere alcuna intenzione di lasciarmi andare, però, cercai di liberarmi dalla sua presa potente, e solo a quel punto lui continuò la sua discesa lungo il mio corpo.

Il mondo intorno a me era freddo come il ghiaccio, ma le sue labbra erano calde come il fuoco. Riuscivo a sentire la punta del suo naso, il calore del suo respiro. Il suo calore mi circondò completamente, strappando via la mia forza di volontà. E quando arrivò finalmente nel mezzo delle mie gambe e prese a toccare il bottone dei miei pantaloni come volesse toglierli, lo volevo così tanto che avrei potuto urlare.

Nero fece scivolare le sue guance scolpite tra le mie cosce, stuzzicandomi. Io sentii il corpo tendersi, non potendo fare nient'altro, e Nero spinse le guance ancora più forte, come per farsi sentire.

Io volevo di più, però. Così, quando mi sbottonò i pantaloni, sentii il doloroso bisogno di avere la sua pelle sulla mia. E quando fui completamente nuda anch'io, non dovetti aspettare molto.

Alzando lo sguardo su di lui, mi sentii completamente vulnerabile mentre lui mi guardava. I suoi occhi mi inchiodavano sul posto, mi fissavano come appartenessi a loro e nessun altro. E avevano ragione. Avrei fatto qualsiasi cosa mi avesse chiesto di fare. Tutto, per lui.

In piedi accanto al divano, Nero si tolse la maglietta. Era bellissimo. I suoi addominali scolpiti sembrarono luccicare sotto la luce del lampadario. Le sue braccia erano così grandi, così muscolose, e le sue spalle erano larghe abbastanza da proteggere il mondo.

Non potevo credere che quel ragazzo fosse tutto mio. Era la persona più bella che io avessi mai visto in tutta la mia vita. E quando vidi l'ombra di ciò che nascondeva sotto i pantaloni, deglutii con forza. Sapevo bene che fosse sul punto di dominarmi completamente, ed io volevo proprio quello. Volevo prenderlo tutto, fino a quando non gli sarebbe rimasto nient'altro da darmi.

Così, quando sbottonò i suoi, di pantaloni, e si mise in ginocchio in mezzo alle mie gambe, sentii la mia intimità pulsare. Prese subito a leccarmela, come una volta. Le sue labbra calde mi sembravano infuocate. O forse ero io, semplicemente, a bruciare per lui.

Con le sue mani a massaggiare delicatamente la fessura, la sua lingua prese a tracciare i contorni del monte di Venere per raggiungere il clitoride. Quando prese a leccarlo su e giù, riuscii a stento a contenermi. Non mi ero mai sentita così sensibile al tocco di qualcuno, prima di quel momento.

Riuscii a resistere soltanto per qualche altro minuto, prima di allungare le mani sui suoi capelli e stringere con forza. Dovette aver capito che fossi sul punto di esplodere, perché fu a quel punto che liberò il mio clitoride. Sistemandosi sopra di me, si sporse in avanti e mi baciò.

Fu con i suoi denti a mordicchiare gentilmente il mio labbro inferiore che sentii la punta del suo cazzo premere contro la mia entrata, spingersi dentro di me. Mi ricordavo bene quanto grande fosse, ma in qualche modo avevo dimenticato cosa si provasse a sentirlo entrare. Per quanto fossi dilatata, avevo sempre bisogno di aprirmi di più. Gemetti e tremai ad ogni centimetro in più che guadagnava dentro di me.

Quando la mia entrata finalmente scattò intorno alla sua punta, fu un miracolo e un regalo. Fu estatico. Alzai lo sguardo, cercando di ritrovare il respiro. Lui mi diede il tempo che mi serviva, e quando cominciò a muoversi di nuovo, ero pronta.

Urlai di piacere quando lui mi penetrò completamente, riempiendomi del tutto.

Nero era un Dio, in ogni singolo aspetto della sua vita. Sotto di lui mi sentivo come un maiale impalato su uno spiedo fin troppo grande. E quando alla fine mi riempì del tutto e poi lentamente prese a ritrarsi, arricciai le dita dei piedi, sapendo cosa sarebbe arrivato adesso.

Nero mi scopò piano, all'inizio. Ma non ci volle molto perché le sue spinte si facessero più forti, più violente, e molto più veloci. La sensazione mi fece perdere la testa. Sentii la mia testa sollevarsi, il mio bisogno di averlo in qualche modo farsi sempre più forte.

E quando Nero cambiò posizione per dare attenzioni anche al clitoride mentre mi scopava, io afferrai le sue natiche e le strinsi, muovendo i miei fianchi a ritmo fino all'orgasmo.

Urlai con tutte le mie forze quando quella sensazione incredibile mi strinse forte all'interno.

Nero si spinse completamente dentro di me mentre venivamo insieme. Io stavo squirtando un po' dovunque; Nero, invece mi stava riempiendo l'interno con il suo sperma.

Piantata sul divano, sembrò come se i tremori non finissero mai. Come fossi la persona più sensibile del mondo, ogni singolo movimento mi faceva venire di nuovo. Nero era nella mia stessa situazione. Sembrava spaventato all'idea di muoversi quanto lo ero io.

Dal momento stesso in cui lo avevo conosciuto, Nero mi aveva dato ogni singola cosa bella che avessi nella vita. E quella serata era appena diventata l'ennesima di quelle belle cose.

Ancora alla ricerca del mio respiro, alzai lo sguardo per cercare i suoi occhi. Li trovai già pronti, fissi su di me.

«Ti amo» disse lui, prima ancora di poterlo fare io.

«Ti amo anch'io» risposi allora, sentendo quelle parole in ogni singola parte di me.

Con i nostri sentimenti finalmente dichiarati, il mio corpo sembrò dirsi soddisfatto e smise di tremare.

Lui riuscì a tirare fuori il suo cazzo ancora duro, e lasciò cadere gentilmente le mie gambe. Mi aspettai quasi di vederlo lasciarsi andare su di me, ma invece, come pesassi nulla, lui mi prese in braccio e cambiò le nostre posizioni, portandomi sopra di sé.

Non c'era un altro posto al mondo nel quale avrei voluto essere, se non lì. Nero era la mia casa. Era il mio angelo custode. Avrei fatto tutto ciò che sarebbe servito, per tenerlo con me. E sapevo che lui era pronto a fare lo stesso.

Amavo Nero con ogni fibra del mio corpo. Sapevo che lo avrei amato fino al giorno in cui avrei esalato il mio ultimo respiro. Certo, davanti a noi la strada era tortuosa, soprattutto dopo il casino virale che aveva combinato.

Ma non avevo dubbi, neanche uno, neanche mezzo, che, alla fine di tutto, davanti a noi ad aspettarci non ci fosse nient'altro che un 'vissero per sempre felici e contenti'.

# Giorno del draft NFL

Nero

Arrivare al giorno in cui finalmente sarei stato scritturato per le squadre professionali fu più difficile di ciò che avrei potuto pensare prima. Ma, seduto dentro l'aula convegni con tutti quelli che amavo al mio fianco, mi resi conto che ne era valsa davvero la pena.

Se i colpi che presi durante le partite successive alla mia intervista fossero stati più forti di quelli prima della mia dichiarazione d'amore a Kendall in diretta tv? Sì, alcuni lo erano stati. E avevo dovuto sopportare alcune brutte parole. Ma io e la mia squadra ci eravamo presi la nostra rivincita nel modo migliore che conoscessimo. Continuammo ad andare avanti durante la stagione senza perdere neanche una partita, e ci aggiudicammo il nostro premio nazionale per la prima volta da quando Cage aveva fatto lo stesso.

E quello rese le cose solo un po' più facili, quando si trattava del mio futuro nelle squadre professionali. Solo un po', perché non ricevetti neanche la metà degli inviti che una persona con il mio curriculum sportivo e i miei voti avrebbe dovuto ricevere. Andavo incredibilmente bene, in campo scolastico. Avevo una media che la maggior parte della gente che cercava di fare ciò che facevo io poteva soltanto sognarsi. Eppure, soltanto sette squadre mi avevano contattato. E ciò non poteva essere un buon segno.

Cage mi aveva avvertito che le squadre dell'NFL non stavano cercando altri giocatori del mio ruolo. E aveva ragione. Non avrebbe potuto fregarmene di meno. Qualsiasi cosa avessi in quel momento era più di ciò che avevo avuto prima che mio fratello e la sua meravigliosa ragazza entrassero nella mia vita.

Prima di lui, organizzavo risse clandestine per fare soldi, e lavoravo come cameriere. Ma grazie a mio fratello, avevo ottenuto una borsa di studio per il football. Avevo trovato l'amore della mia vita. Avevo lavorato sodo per assicurarmi anche solo la possibilità di avere un futuro in una squadra professionale. Adesso, quell'ultima parte non sembrava più così tanto sicura. Ma, fintanto che avessi avuto la mia famiglia e Kendall al mio fianco, a me non importava nient'altro.

Mi girai a guardare l'amore della mia vita. Era seduta accanto a me, e indossava il più bell'abito nero che avessi mai visto. Dio, quanto era bella. Come faceva la gente a non capire perché le avessi dichiarato il mio amore di fronte a milioni di persone?

Allungando la mano per prendere la sua, l'afferrai e ci lasciai sopra un bacio. Lei si girò a guardarmi e mi sorrise, ricordandomi ancora una volta quali fossero davvero le cose importanti.

«La prima recluta per quest'anno è...» cominciò il sovrintendente sportivo delle squadre professionali, prima di leggere il nome sul cartellino che teneva in mano. «Todd Percy.»

«Un quarterback, che te ne pare?» dissi a Cage, che ridacchiò sarcastico. «Quello potevi essere tu.»

«Sto incredibilmente bene dove sto, grazie tante» disse, stringendo la mano di Quin con la sua.

Forse Cage ci aveva visto giusto sin dall'inizio. Aveva deciso di passare una vita con Quin piuttosto che stare lì, fermo, ad aspettare che qualcuno decidesse le sue sorti per lui. E, con il suo impiego come allenatore di football al liceo locale di Snowy Falls, io non lo avevo mai visto così felice. Non conoscevo nessuno più felice di mio fratello. Neanche Titus, che sembrava sempre sorridente e pimpante, così tanto che molte volte mi ero ritrovato a domandarmi se per caso non si drogasse il caffè, la mattina.

Girandomi a guardare Titus, decisi che, indipendentemente da ciò che sarebbe successo quel giorno, avrei fatto tutto ciò che era in mio potere per aiutarlo a trovare l'amore. Dopo avergli dato un pugno così forte da fargli perdere i sensi e averlo visto venire tra i primi al lago, nonostante ciò, era il minimo che potessi fare per sdebitarmi.

Era l'amico migliore che avessi mai avuto, e lo avrei aiutato a conquistare Lou se anche fosse stata l'ultima cosa che avrei fatto. Era stare con Lou che lo avrebbe reso felice, non era forse vero? Mi serviva soltanto una sua ammissione.

Il telefono del mio agente prese a squillare di colpo, tirandomi fuori dai miei pensieri. Era stato messo sul tavolo di fronte a lui. Abbassando lo sguardo sullo schermo, si girò a guardarmi con la fronte aggrottata, prima di rispondere.

«La seconda recluta di quest'anno per le squadre professionali è...» disse ancora una volta il sovrintendente, prendendo un altro cartellino di fronte a lui.

«Certamente!» disse il mio agente, uno sguardo di completo shock sul suo viso. Chiuse la telefonata, e restò a fissarmi. «Non ci posso credere.»

«Cosa?» chiesi, confuso.

«Nero Roman» chiamò il sovrintendente, dicendo il mio nome.

«Era la squadra che ti ha scelto. Sei stato reclutato come secondo posto nella lista di tutte le reclute di quest'anno» mi disse, eppure le sue parole non riuscirono a far andare via la mia confusione.

«Nero! Sei stato reclutato per l'NFL!» disse Kendall, afferrando il mio viso e baciandomi.

Non avevo la minima idea di cosa Kendall stesse dicendo. Il mio agente mi aveva detto di non aspettarmi molto, specialmente di essere tra i primi nomi. E poi, i giocatori nella mia posizione non venivano mai chiamati come reclute, specialmente al primo anno. Semplicemente non succedeva.

«Nero, porta il culo la sopra! Sei stato chiamato!» mi urlò Cage, raggiante.

Ero… incredulo. Non riuscivo a muovermi. Mi girai a guardare mia madre; era bellissima con quel vestito addosso. Aveva le lacrime agli occhi, e stava applaudendo per me.

«Nero, devi andare, adesso» mi ricordò Kendall, e la sua voce fu infine ciò che riuscì a farmi alzare dal mio posto.

Ancora incredulo, presi a camminare. Mi sentivo le gambe molle come gelatina, non avevo idea di come sarei riuscito ad arrivare sul palco. Cercai con tutte le mie forze di mantenere la mia sanità mentale intatta almeno per quel momento. Non avrei rovinato le cose proprio ora.

Avvicinandomi al palco, mi resi finalmente conto che la mia vita aveva appena superato ogni mia singola aspettativa. Ogni mio sogno più grande. Non solo avevo una famiglia, e una grandissima carriera ad attendermi…

avevo qualcuno da amare per il resto dei miei giorni, e oltre.

Avrei fatto davvero qualsiasi cosa per assicurarmi che Kendall fosse sempre felice. L'amavo con tutto il mio cuore. E quando saltai sul palco, sentendo le luci colpirmi da capo a piedi, non sentii nient'altro che immensa gratitudine.

L'unica cosa che mancava era un padre con cui condividere tutto.

Magari, una volta diventato ricco e famoso, avrei finalmente trovato un modo per capire come avere anche quello.

Ma anche senza, ero incredibilmente grato del modo in cui la mia vita si era trasformata. Avevo tutto quanto.

E, con Kendall al mio fianco, non avevo il minimo dubbio che avrei vissuto per sempre felice e contento, insieme a lei.

Stai pensando di rileggere questa storia? Considera di leggerlo come una storia d'amore licantropa maschio/femmina in '*Lupo Torturato*', una storia d'amore sana maschio/femmina in '*Andando Lontano*', o una sexy storia d'amore sportiva maschio/maschio in 'In Cerca di Guai'.

*****

'Tutto quello che desidera il Milionario':

Tutto quello che desidera il Milionario
(BDSM)
Da
Alex Anders

Diritto d'autore 2014 McAnders Publishing
All Rights Reserved

'TUTTO QUELLO CHE DESIDERA IL MILIONARIO' è una collezione stuzzicante composta da 4 novelle scritte dall'autore di bestseller internazionali Alex Anders ed è per colore che amano le storie dove giovani ed innocenti donne sono scopate da potenti maschi alfa milionari che pretendono sottomissione e amano il BDSM.

Soddisfare il Miliardario:

LEI HA FATTO TUTTO PER GLI ALTRI-
Annie Hill non è mai stata apprezzata dai ragazzi.
Lavorava 40 ore alla settimana per mantenersi gli studi e
poi 60 ore per pagare quelli del fratello minore. Era
indipendente, autonoma e non aveva bisogno di nessuno,
specialmente di un uomo… o almeno così pensava.

LUI VUOLE FARE TUTTO PER LEI -
Sola e annoiata, Annie viene avvicinata da un
gentiluomo elegantemente vestito, Jarvis. Il suo ricco
principale vuole assumerla come compagnia per la cena
in cambio di un attico, un generoso salario e di un
rimborso spese a 5 zeri per il guardaroba. È
un'opportunità che Annie non può lasciarsi scappare e
solo dopo aver vissuto come una principessa per tre mesi
incontra il suo bel benefattore. Fissando lo sguardo nei
suoi occhi mentre le luci del panorama notturno della
città brillavano dietro di lui, tutto sembrava perfetto.

MA C'E' LA TRAPPOLA -
Annie, alla quale era stato promesso che il sesso non era
richiesto, impara quanto difficile sia resistere alla volontà
di un potente, dominante uomo che ha cambiato la sua
vita. E combattendo i suoi desideri in ogni fase del
percorso, il suo benefattore le offre tutto quello che
avesse mai potuto desiderare in cambio di una sola cosa;
l'accettazione di quello che aveva avvolto in una piccola
scatola d'argento. Scartando nervosamente il pacco senza
pretese, quello che vi trova all'interno la conduce in un
mondo di piaceri sessuali inimmaginabili, cambiando la
sua vita per sempre.


Al servizio del miliardario:
SI INCONTRARONO -

Il cuore di Rachel si fermò appena lui entrò nel ristorante. Era vigoroso e sexy, il suo sorriso illuminò la stanza, ma l'oscurità negli occhi lasciava intendere qualcosa di più.

LUI LA SALVÒ -
Abbandonata sul ciglio dell'autostrada, con la vita che le crollava attorno, lui c'era ancora. Trascinandola dentro la sua macchina sportiva la portò via a gran velocità verso un mondo di lusso e privilegi, lasciando che lei si liberasse di tutti i suoi problemi.

MA C'ERA UN TRANELLO -
Rachel ansimava per la passione come sotto l'effetto di una droga: lasciarlo era come morire, ma stare con lui significava danzare con i demoni che sembravano volerla consumare così come avevano già consumato lui.

Rachel doveva sapere se lui l'avesse distrutta o se l'avesse resa completa.


Come Desidera il Miliardario:
Rebecca Prichard non era in cerca dell'amore, non era neanche in cerca di divertimento. Quello che voleva più di ogni altra cosa era un lavoro. Ma indifesa e vulnerabile, vide LUI, e i suoi sensuali occhi verdi… la sua oscurità…la sua brutalità la soggiogò. Non poté fermarsi. Attirata nella sua vita come una falena in una fiamma, lei lo seguì nella sua limousine e la sua vita cambiò per sempre.


A Loro Piacimento: Dominata dal Miliardario e dal Ragazzaccio:

Il corpo di Isabel ebbe un fremito al primo tocco del suo padrone, il suo fidanzato italiano Luca. Lui risvegliava la sua sessualità e lei desiderava i colpi di lui e la sua forza. In viaggio per Parigi per sposare quel bellissimo furfante, lei cattura l'attenzione di un misterioso signore con il doppio della sua età. È impossibile sottrarsi al suo volere, e durante una sosta forzata, lui la seduce, dominando il suo corpo a un livello oltre a quello che il suo giovane fidanzato può immaginare. Combattuta tra il ragazzaccio e il suo potente signore, Isabel deve decidere a chi sottomettersi.

*****

## Tutto quello che desidera il Milionario

Annie continuò a fissare il panorama quando sentì la calda mano dell'uomo toccarle la gamba. Era in piedi dietro di lei che le esplorava il corpo e lei non sapeva cosa fare. Congelandosi così come fece sull'uscio, seguì il suo tocco separarsi nelle 5 dita che massaggiavano ulteriormente tra le sue gambe.

Annie arrossì nello scoprire le sue sensazioni. Nessun uomo l'aveva mai toccata lì da quando il suo strano ragazzo di 16 anni le tolse per sbaglio la verginità. Lei non voleva fare sesso con lui, ma nella confusione di dita e palpate, perse la sua innocenza pentendosene in ogni momento della sua vita.

Il tocco di quest'uomo, comunque, non era come quello di un sedicenne. Questo sembrava sapere ciò che stava facendo. Era come se stesse pizzicando una corda che conduceva sino alle sue regioni più profonde. Ed ogni volta che la pizzicava lei cadeva sempre più sotto il suo incantesimo.

E mentre le sue grandi mani toccavano il delicato cotone delle mutandine, Annie riusciva a respirare a malapena.

Mentre lottava per respirare, le parole uscirono dalla sua bocca "Mi era stato detto che il sesso non era necessario".

"Il sesso non è necessario" rispose. "Ma se lo vuoi puoi farlo."

Pur permettendole di andarsene con queste parole, le sue mani raccontavano un'altra storia. Le sue dita, con la loro gentile esplorazione, le chiedevano di restare. Prima che se ne accorgesse, il suo bacino oscillò come un edificio nel vento. E le sue dita trovarono la sua sporgenza congestionata, Annie si arrese.

Annie deglutì appena la sua testa oscillò da una parte all'altra. Sentì di nuovo la sua testa fluttuare e si perse nelle ondulazioni dei suoi sfregamenti. Le sue mutandine si stavano bagnando e lei lo sapeva. Non aveva idea di cosa sarebbe potuto accadere se si fosse lasciata andare ma, incapace di muoversi, sapeva di non avere altra scelta che scoprirlo.

I denti di Annie tremarono non appena una forte sensazione raggiunse i suoi fianchi. Si era imposta la regola di non toccarsi mai ed ora, posseduta dalla lussuria, si sentiva impreparata. Voleva urlare ma non poteva. Voleva cadere a terra ma non poteva. Tutto ciò che poteva fare era fremere e vibrare nel sentire il piacere che lui le donava prendere il sopravvento sui suoi pensieri. E come in un sogno ad occhi aperti, venne sopraffatta da un'ondata di emozioni che dipingevano immagini sotto le sue palpebre con cangianti ombre rosse e rosa. Non si era mai sentita così viva e, come i suoi reni pulsarono, ogni muscolo del suo corpo si contrasse e si distese per il piacere.
Per saperne di più ora

'Schiaffeggiarle le Curve 1-4':

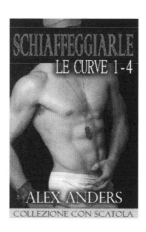

Schiaffeggiarle le Curve 1-4
(Grandi Belle Donne)
Da
Alex Anders

Diritto d'autore 2014 McAnders Publishing
All Rights Reserved

**'Schiaffeggiarle le Curve 1-4'** è una collezione stuzzicante composta da 4 novelle scritte dall'autore di bestseller internazionali Alex Anders ed è per coloro che amano le storie dove belle ragazze in carne conquistano il loro uomo e ricevono un po' di sculacciate.

'SCHIAFFEGGIARLE LE CURVE'
BellaJacobs pensava che il suo corpo formoso le impedisse di trovare un bel ragazzo.DylanCole, il suo miglior amico dal corpo magro, addominali scolpiti e

sguardo meraviglioso non la pensava così. E ogni volta che Bella non era d'accordo lui se la metteva sulle ginocchia per darle qualche sculacciata amichevole come punizione. Ma quando la sua mano smise di sculacciarla per iniziare a carezzare in modo seducente il sedere nudo di Bella, le fece accendere la passione profondamente nascosta per Dylan, tanto da dover farla decidere se la passione cambierà le loro vite per sempre.

'SCHIAFFEGGIARLE LE CURVE 2'
Danielle Jamison non fu felice quando i suo i genitori la mandarono nel ranch di famiglia"per il suo bene". Owen Slade, il bellissimo cowboy che le era stato assegnato, era ugualmente dubbioso al riguardo. Gli piacevano le curve voluttuose di quella puledra selvaggia, ma non il suo modo di fare infantile. E costretto a dare a Danielle una sculacciata vecchio stile accende un desiderio tra i due che cambierà per sempre le loro vite.

'SCHIAFFEGGIARLE LE CURVE 3'
Da ragazza, Maggie Rivers era incontenibile quando aveva al suo fianco il suo migliore amico, Ryan. Ma un'estate dopo aver messo su peso, si nascose da tutti perdendo cosi il suo bellissimo migliore amico. Guardando Ryan diventare un uomo in forma e sexy pensò che fosse uscito per sempre dalla sua vita. Ma quando lui ottiene un trasferimento per lavoro che lo fa tornare nella vita di lei, porta con se un segreto cosi sexy che trasformerà la vita di Maggie nella sua più grande fantasia.

'SCHIAFFEGGIARLE LE CURVE 4'
La bella e un po' in sovrappeso Theresa McGovern e un'impiegata di successo presso la grande azienda dove lavora, nessuno si accorge di lei tranne una persona; fortunatamente questa persona è il milionario ingaggiato

per trovare il prossimo Amministratore delegato della società. Chiamata nel suo ufficio, lei fa un patto con l'uomo – fare qualsiasi cosa lui ordini per trasformarla nella persona che guiderà la compagnia. Qual è il segreto? I suoi metodi. Prevedono lei china sulle gambe dell'uomo e la mano di lui giù forte.

*****
**Schiaffeggiarle le Curve 1-4**
"Ohno," disse sorridendo. "Tocca a me."

Bella strofinò le mani contro il suo petto vestito e sembrò quasi come se avesse sempre sognato di farlo. Si piegava e le scivolava sotto le dita facendole fremere il corpo. Gli sbottonò la camicia e vide il suo petto leggermente peloso. Il corpo di Dylan era tonico e in forma, gli addominali risaltavano come quelli degli uomini nelle riviste e facendo scivolare le mani lungo picchi e vallate senti che le labbra gonfie le facevano male.

Bella fece scivolare le mani fino al gonfiore che pulsava nei suoi pantaloni. Era l'ultima barriera della loro amicizia. Lei esitava toccarlo lì, ma non poteva fermarsi e non voleva. Con i sentimenti per lui sbloccati ora lo desiderava completamente.

Bella gli aprì i pantaloni e lasciò che facesse capolino. Anche lei assaporava il momento e quando fu libero dai jeans lei alzò lo sguardo verso i suoi occhi.

Il volto squadrato di Dylan e i suoi occhi dolci le fecero sussultare il cuore. Senza guardare in basso Bella fece scivolare la mano sul c**** di Dylan. Era caldo e le riempiva la mano. Con suo piacere stava pulsando. Mandò giù mentre lottava per respirare.

Allungando in basso le mani fino alla cintura gli fece scivolare giù le mutande. Senza guardare, rimasero ferme un attimo prima che lui si liberasse e le facesse scivolare sulle cosce. Ancora ancorata al suo sguardo dolce, lei si inginocchiò mentre lui continuava a farle scivolare fino alle caviglie. Alla fine, col volto a pochi centimetri dal cazzo, lei distolse gli occhi e lo guardò. Era duro e forte e tutto quello che aveva sempre immaginato. Lasciando che le carezzasse la guancia prima di alzarsi si sentiva pronta per tutto quello che lui avrebbe voluto fare in seguito.

Per saperne di più ora

*****

Follow me on TikTok @AlexAndersBooks where I create funny, fun book related videos: